AF567604

Thomas Gelfert

TESTAMENT7

Der Schatz der Tempelritter

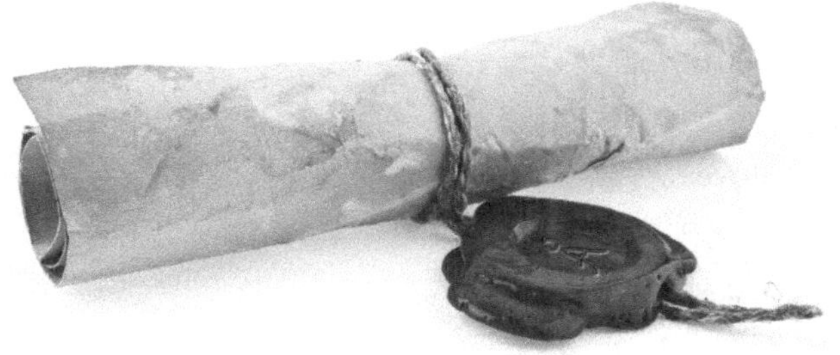

Thomas Gelfert
Testament7: Der Schatz der Tempelritter

Best.-Nr. 271 585
ISBN 978-3-86353-585-8
Christliche Verlagsgesellschaft Dillenburg

Die Bibelstellen wurden zitiert nach:

NeÜ bibel.heute

www.derbibelvertrauen.de
bibel@derbibelvertrauen.de

Lutherbibel, revidiert 2017

1. Auflage

www.cv-dillenburg.de
Umschlaggestaltung: Thomas und Claudia Gelfert
Satz und Illustration: Thomas Gelfert
Umschlagmotiv: © Thomas Gelfert
Druck: GGP Media GmbH, Pößneck
Printed in Germany

Inhalt

Spass oder Langeweile?

Kapitel 1

In gleichmäßigem Rhythmus wippte Samuels Kopf auf und ab. Mit der rechten Hand tippte er auf den Schreibtisch, während er mit der linken an einigen Reglern drehte. Vor ihm bewegten sich mehrere Linien auf dem Bildschirm im gleichen Rhythmus wie die Musik, die dazu lief. Konzentriert mischte er einen neuen Soundeffekt in das Lied und drehte die Lautstärke hoch.

Es dauerte keine Minute, und schon flog Samuels Zimmertür auf und seine aufgeregte Mutter schrie: „Hey! Sag mal, geht's noch?"

Irritiert drehte Samuel den Kopf in Richtung Tür und zog die Augenbrauen hoch. „Hm?"

„Stell dir mal vor: Es gibt in diesem Haus noch Menschen ohne Gehörschaden!"

„Ist ja gut", knurrte er und wollte seinen Kopfhörer aufsetzen.

„Was machst du da überhaupt?", fragte seine Mutter.

„Na, das siehst du doch oder besser hörst du ja."

Seine Mutter schüttelte den Kopf. „Also, ich höre nur Gewummere."

„Och nee! Mom, das ist gerade eine kleine Stelle aus dem ganzen Stück. Ich hatte dir das schon mal erklärt. Das nennt sich Dubstep. Eine Mischung aus melodischen Stücken mit Rhythmen und Soundeffekten. Ich mixe bzw. komponiere da etwas."

„Ah ja. Also, zu meiner Zeit gab es noch richtige Musik", meinte sie kopfschüttelnd.

Samuel grinste und gab flapsig zurück: „Ja klar, vor hundert Jahren gab's auch noch keinen Strom."

„Werd mal nicht frech, ja?“ Etwas verärgert verließ sie den Raum, und Samuel setzte amüsiert seine Kopfhörer auf.

Doch die Ruhe währte nicht lange. Schon war sein Vater zur Stelle und tippte ihm auf die Schulter.

Genervt zog Samuel den Kopfhörer wieder herunter. „Was denn jetzt noch?“

„Schon wieder vergessen?“ Verständnislos schüttelte sein Vater den Kopf, ging zur Tür zurück und rief über die Schulter: „Der Hof macht sich nicht von selbst. Du bist mit Fegen dran.“

Samuel stöhnte: „Dieser blöde Bauernhof.“ Gemächlich erhob er sich und schlurfte nach unten in den Flur. Vor dem Spiegel blieb er stehen und sah sich an. „Mann!“ Er warf den Kopf in den Nacken und murmelte: „Was soll das nur alles?“ Als er die Haustür öffnete, blendete ihn das Sonnenlicht. Während seiner Arbeit am Computer hatte er die Zeit völlig aus den Augen verloren. Die Sonne stand schon so tief, dass sie jeden Moment hinter der Scheune verschwinden würde. Er betrat den Hof und schloss die Augen. Dabei ließ er sein Musikstück noch einmal im Kopf abspielen. Eine Ziege zerriss den Gedanken mit ihrem Gemecker. Landluft stieg in Samuels Nase und erinnerte ihn an seine Pflicht. Lustlos nahm er einen Besen und begann, den Hof zu fegen, als sein Vater mit dem Traktor vorbeifuhr.

„Ich hab echt Besseres zu tun“, murmelte Samuel.

Zum Glück klingelte sein Handy. Dominik rief an:

„Hey Kumpel, wie läuft's?“

„Na ja, schleppend. Muss noch den Hof saubermachen.“

„Wenn du fertig bist, könnten wir noch 'ne Runde drehen. Was meinst du?“

Samuel nickte: „Sicher. Warum nicht? Kannst du vorbeikommen?“

„Geht klar. Bis dann!“

„Jo, ciao!“

Die Aussicht auf eine Runde Fahrradfahren hob Samuels Stimmung wieder und ließ ihn schneller fegen als sonst.

„Da bist du ja!", freute sich Samuel und begrüßte seinen Freund mit einem speziellen Handschlag. „Du kommst wie gerufen. Ich brauch dringend mal frische Luft."

Dominik lachte. „Was denn, die gute Bauernhofluft gefällt dir wohl nicht?"

Nachdenklich murmelte Samuel: „Hm, das ist es nicht. Los, lass uns fahren!"

„Okay, ich fahre vor", gab Dominik den Ton an.

Neugierig fragte Samuel: „Wo geht's denn hin?"

„Überraschung."

„Pfff. Ich hasse Überraschungen", grunzte Samuel.

„Hihi, ich weiß. Aber die hier wirst du lieben, glaub mir!" Dominik trat in die Pedale und steuerte sein Mountainbike über die großen Pflastersteine der Hofeinfahrt. Neugierig folgte Samuel ihm durch die halbe Stadt. Dann ging es durch eine enge Gasse. Kurz darauf passierten sie die Villsteiner Kirche und fuhren auf den Bergfluss zu. Hier bog Dominik scharf ab und fuhr einen kleinen Weg in den Wald hinein.

„Hier waren wir auch lange nicht", stellte Samuel fest.

Dominik schwieg. Er erinnerte sich ungern an seinen letzten Besuch in diesem Teil des Waldes.

Jetzt konnte Samuel das Ziel ihrer Reise ausmachen. In einiger Entfernung entdeckte er Paul und Sarah, die bereits warteten. „Ah, ich verstehe", rief er Dominik zu. „Der Villstein! Aber warum sind wir hier?"

Dominik stoppte und stieg vom Fahrrad ab. „Tja, weißt du, es ist noch gar nicht so lange her, dass ich in dieser stürmischen, verregneten Nacht hier draußen umherirrte und letztlich unter diesem Felsen – dem Villstein – Zuflucht fand. Am Ende wurde alles gut, sogar mit meinem Vater."

„Aber?", wandte Samuel ein.

„Letzte Woche habe ich ein Buch gelesen. Darin ging es um verpasste Chancen im Leben. Wenn ich so daran denke ... es hätte nicht viel gefehlt, und ich hätte die Chance verpasst, meinen Vater kennenzulernen. Ich bin Gott sehr dankbar dafür, dass alles gut ausgegangen ist. Es gibt keine Garantie dafür, dass es immer so läuft. Also habe ich Paul und Sarah vorgeschlagen, eine kleine Tradition zu begründen: den D-Day sozusagen – also den Danke-Tag."

„Hallo Samuel!" Sarah und Paul kamen auf die Neuankömmlinge zu und begrüßten ihre Freunde. „Schön, dass ihr da seid." Sarah strahlte übers ganze Gesicht und umarmte Samuel zur Begrüßung erst einmal herzlich. Was auch immer hier geplant war, es schien ihr große Freude zu bereiten.

Paul war schon ganz hippelig. „Und? Hast du Samuel schon alles erzählt?", fragte er Dominik.

„War gerade dabei." Dominik wandte sich wieder an Samuel und fuhr fort: „Sieh mal, wir alle haben etwas, wofür wir Gott besonders dankbar sind. Ich glaube, dass es wichtig ist, sich immer wieder daran zu erinnern. Und ... wer weiß? Vielleicht erleben wir noch mehr großartige Dinge, für die wir dankbar sein werden. Dinge, die wir nicht vergessen wollen."

Sarah griff den Gedanken auf: „Dom hat vorgeschlagen, dass wir uns ab heute jedes Jahr einmal hier treffen, um uns gegenseitig daran zu erinnern, was wir mit Gott erlebt haben und wofür wir ihm besonders dankbar sind. Was meinst du dazu?"

Samuel dachte kurz nach. „Find ich 'ne klasse Idee."

„Kommt bitte mit rein. Ich war so frei, unser Lagerfeuer schon einmal vorzubereiten." Paul verschwand in der Höhle.

Sie machten es sich alle am Feuer bequem, als Samuel meinte: „Ich will ja kein Spielverderber sein, aber ist es nicht eigentlich verboten, ein Lagerfeuer im Wald zu machen?"

Paul lächelte. „Ja, in der Regel schon. Aber das hier ist etwas Besonderes. Ich war heute extra beim Bürgermeister und habe unser Anliegen vorgetragen. Als ich ihm erklärte, dass wir das Feuer in einer Felsenhöhle machen wollen und außerdem einen Eimer Wasser in der Nähe haben würden, stimmte er zu und gab uns die Erlaubnis."

„Er hat wieder an alles gedacht, unser Organisationsgenie", lächelte Sarah Paul anerkennend zu.

„Jetzt bin ich aber mal neugierig." Ungeduldig rutschte Dominik auf seinem Stein hin und her. „Los! Erzählt mal! Wofür seid ihr besonders dankbar?"

Sarah holte tief Luft. „Wenn es okay ist, würde ich gern anfangen."

Die anderen nickten.

„Es ist noch gar nicht so lange her, dass Paul nach Villstein gezogen ist und alles ordentlich aufgewirbelt hat. Wer hätte gedacht, dass so viel passieren würde. Vor allem aber ... mit mir." Jetzt wandte sie sich an Paul: „Paul, als ich mein traumatisches Erlebnis wegen dem Unfall meiner kleinen Schwester hatte, warst du sehr verständnisvoll und hast versucht, mich aufzumuntern. Ihr beiden natürlich auch. Keiner von euch war mir böse. Dafür danke ich euch. Ihr seid eben echte Freunde." Dann wurde sie traurig und unruhig. „Tja ... und dann war da unser letztes Abenteuer in Schottland. Dass mir nun ausgerechnet der Mensch über den Weg gelaufen ist, den ich am meisten hasste, weil er meine Schwester auf dem Gewissen hat, war für mich echt schwer zu ertragen. Doch mit Gottes Hilfe – und der von einigen lieben Menschen – kann ich daran arbeiten. Es tut noch immer weh, wenn ich daran denke, dass meine Schwester nicht mehr da ist." Sarah schluchzte. „Aber ich ... ich kann jetzt besser damit umgehen. Gott gibt mir jeden Tag die Kraft dazu."

Samuel dachte an die vergangenen Monate. Sarah war fix und fertig gewesen, und es machte ihn wahnsinnig, ihr nicht helfen zu können. Noch immer zog es ihm den Magen zusammen, wenn er an diese ganze Sache dachte.

„Okay, jetzt ich", drängte sich Dominik ungeduldig rein. „Wahrscheinlich wisst ihr bereits, worum es bei mir geht. Ich habe gleich zwei dicke Gründe zum Dankesagen." Er beugte sich zu Paul, setzte ein breites Grinsen auf und meinte dann:

„Wenn wir schon einmal bei deiner Ankunft sind – wärst du nicht gewesen, wäre ich vermutlich ertrunken. Gar nicht weit von hier entfernt, oben im Bergfluss."

„Hm, ja", nickte Paul. „Ich wundere mich heute noch, wieso ich an diesem Morgen auf die Idee kam, so tief in den Wald zu fahren. Zumal ich mich dort noch nicht auskannte."

„Gott sei Dank!", jubelte Sarah, nahm sich einen der mitgebrachten Kekse und reichte sie weiter.

Dominik nickte: „Du sagst es. Ja ... und dann ist da natürlich mein Vater. Es war ein Wunder, dass er wieder gesund wurde. Vermutlich könnte man auch von einem Wunder sprechen, dass ich ihm vergeben konnte. Wenn ich daran denke, dass er mich damals nicht haben wollte ... und deshalb fortgegangen ist. Mir wird immer noch schlecht, wenn ich daran denke. Aber das vergeht, weil ich ihm vergeben habe und mich nun freue, endlich einen Vater zu haben."

Paul wiegte den Kopf hin und her. „Hm, mich macht das alles nachdenklich. Ich hatte euch ja erzählt, dass ich damals – in meiner alten Heimatstadt – unbedingt Anerkennung darin finden wollte, zur berühmt-berüchtigten Schlangenkopfbande zu gehören. Als ich schließlich nach Villstein kam, war mir nichts wichtiger, als endlich einen Freund zu finden. Ich war immer total egoistisch."

„Doch als du mich gerettet hast, war das alles andere als egoistisch", erklärte Dominik vehement.

„Ja, da hast du wohl recht. Vermutlich habe ich gar nicht groß darüber nachgedacht, was ich da eigentlich tat. Ich kann mir das nur so erklären: Gott hat mir Mut und Kraft geschenkt. Was aber viel wichtiger ist: In *euch* habe ich meine ersten echten Freunde gefunden. Ihr habt mich vorbehaltlos aufgenommen, obwohl ich es gar nicht verdient hatte. Nun sind wir schon seit einiger Zeit ein tolles Team – echte Freunde. Dafür bin ich echt dankbar."

Dann wurde es still in der Runde. Alle schauten auf Samuel.

Gedankenverloren sah er den aufsteigenden Funken des Feuers nach. Langsam begann er: „Wenn ich ehrlich bin, kann ich heute nicht wirklich etwas sagen. Ich meine ... es fällt mir gerade ziemlich schwer klarzukommen."

Irritiert runzelte Sarah die Stirn. „Wie meinst du das? Alles okay bei dir?"

„Seit Monaten drängen mich meine Eltern, der Schule mehr Zeit zu widmen."

„Wieso das denn?", empörte sich Dominik. „Wenn ich nicht irre, bist du einer der Besten der ganzen Schule."

Samuel schüttelte langsam den Kopf. „Das mag schon sein. Aber weißt du, wie ich dahin gekommen bin? Meine Eltern erinnern mich nahezu täglich, zu lernen und zu büffeln. Dass ich öfters mal mit euch abhänge, wissen sie manchmal überhaupt nicht. Die sind so mit ihrem Hof beschäftigt, dass sie mich fast über... ach, egal."

„Mit Hof meinst du den Bauernhof, äh, ich meine das alte Rittergut, wo ihr wohnt?", fragte Paul nach.

Samuel nickte. „Genau. Alle paar Wochen erklären sie mir, wie fleißig sie doch waren, um Karriere zu machen. Nur dadurch haben sie so viel Geld verdient, um sich ihren Traum zu erfüllen, einen eigenen Bauernhof zu kaufen." Ärgerlich stand er auf und ging einige Schritte umher. „Dabei interessiert mich das alles überhaupt nicht. Das nervt tierisch!"

„Und ... wenn ich das so fragen darf ... *was* interessiert dich?", wollte Paul wissen.

„Musik", sagte Samuel leise und setzte sich wieder hin. „In den letzten Wochen hab ich viel an meinem Computer experimentiert. Ich habe gemerkt, dass ich ein gutes Händchen dafür habe, Musik zu mixen. Vor allem an Dubstep find ich großes Gefallen. Das ist ein spezieller Musikstil."

„Elektronische Musik. Eine Mischung aus House, Vocals, melodischen Stücken, Drum'n'Bass", erklärte Paul.

Überrascht nickte Samuel: „Wow! Richtig."

Paul lachte. „Es gibt noch andere Leute, die im 21. Jahrhundert leben, Kumpel."

Sarah guckte mitleidig. „Lass mich raten, deine Eltern finden keinen Gefallen an diesem Dubstep!?"

„So ist es. Aber nicht nur das. Ich werde das Gefühl nicht los, dass sie mich absichtlich auf dem Hof beschäftigen, damit ich weniger Zeit für meine Musikprojekte habe."

„Das wäre aber fies", erkannte Dominik.

„Hm", war alles, was Samuel dazu einfiel.

Dann schwiegen sie eine Weile.

„Weißt du was?", warf Sarah ein. „Auch wenn dein Leben gerade kompliziert ist, so können wir doch dankbar dafür sein, dass wir es Gott in die Hände legen können."

„Ja, das stimmt", bestätigten Dominik und Paul.

Schließlich beteten sie gemeinsam und dankten Gott für die letzten Monate und die großartigen Wunder, die sie hatten erleben dürfen.

Mit einem erwartungsvollen Grinsen im Gesicht sagte Dominik: „Ich bin schon auf unser nächstes Abenteuer gespannt."

„Oh ja!"

In fröhlicher Runde unterhielten sie sich noch eine Zeit lang und verputzten die letzten Kekse. Schließlich löschten sie das Feuer und traten den Heimweg an.

Spät in der Nacht lag Samuel im Bett und konnte nicht einschlafen. Ihm gingen so viele Gedanken durch den Kopf, aber er konnte sie nicht ordnen. Wie sollte er seinen Eltern nur klarmachen, dass er Musik machen wollte? Dafür würde er einen extrem guten Plan brauchen.

Notfall in der Kirche

Kapitel 2

In den nächsten Tagen verschwand Samuel immer recht schnell zu Hause in seinem Zimmer und vergrub sich in seinem Tonstudio, wie er es nannte. Für seine Freunde schien er überhaupt keine Zeit mehr zu haben.

Am Nachmittag klingelte Samuels Handy. „Ja?"

„Hi, Sami, hier ist Paul. Ich könnte ganz dringend deine Hilfe gebrauchen!"

Samuel stöhnte. „Uff, ist es *wirklich* dringend? Ich bin nämlich gerade sehr beschäftigt."

„Würde ich dich anrufen, wenn es nicht dringend wäre?"

„Ja, schon gut. Worum geht es denn?

„Wir ... also, ich ... habe zugesagt, mich um die Technik für ein Konzert zu kümmern, das nächste Woche hier bei uns in der Villsteiner Kirche stattfinden soll. Na ja ... wir haben hier ein paar Probleme. Ich krieg's einfach nicht hin."

„Okay. Ich helfe dir."

„Versprochen?"

„Versprochen!", bestätigte Samuel.

Ungeduldig fragte Paul nach: „Wann kannst du da sein?"

„Ähm ... du meinst, heute?"

„Ja, na klar."

„Uh ... na ja ... sagen wir – in einer halben Stunde."

„Danke. Bis dann!"

„Ciao!" Samuel legte auf und fragte sich unwillkürlich, wofür er da gerade zugesagt hatte. Er erledigte noch ein paar Handgriffe und speicherte seine Daten. Beim Verlassen des Zimmers fiel sein Blick auf einen Uni-Flyer, der an die Pinnwand geheftet war. „Hm ... das muss warten", murmelte er, verließ das Haus und schwang sich auf sein Mountainbike. Kurz darauf erreichte er den Marktplatz an der Kirche.

Sarah stand draußen und erwartete ihn bereits. „Ah, da bist du ja. Gut, dass du kommst. Paul verzweifelt langsam."

„Na, lass mal schauen!" Samuel stellte sein Fahrrad ab und betrat das Gebäude durch den Seiteneingang. Hinten entdeckte er Paul und beobachtete kurz, wie er aufgeregt hin und her flitzte.

„Shit!", platzte es gerade aus Paul heraus. Wütend warf er ein Kabel in die Ecke. „Das muss doch gehen!"

Jetzt musste Samuel eingreifen: „Na, vielleicht kann ich helfen. Was ist denn eigentlich los?"

Paul erklärte, was er gemacht hatte, wie er gemeinsam mit Dominik und Sarah alles aufgebaut und angeschlossen hatte. „Ich versteh das einfach nicht. Immerhin mach ich das nicht zum ersten Mal. Allerdings muss ich gestehen, dass ich noch nie mit so altem Zeug zu tun hatte."

Samuel sah sich um und nickte. „Hm, du hast recht. Das sieht fast antik aus. Auf jeden Fall alles analoge Technik. Da hast du dir was vorgenommen. Ist dir das klar?"

Paul zog die Augenbrauen hoch. „Wieso?"

„Du weißt schon, dass Sakralbauten, wie Kirchen, besondere akustische Herausforderungen darstellen, oder? Durch die Bauweise ergeben sich starke Hall- und Echoeffekte. Die musst du erst mal rausregeln."

Paul schluckte.

„Du sagtest etwas von einem Konzert, das hier stattfinden soll. Welche Art von Konzert?", erkundigte sich Samuel.

„Es soll ein Benefizkonzert für die Rehaklinik werden. Ich glaube, da werden sogar einige berühmte Sänger und Musiker anreisen."

Samuel lachte. „Na, du hast Nerven!"

„Hilfst du mir jetzt oder willst du dich lustig machen?" Paul schien etwas ungehalten.

„Immer die Ruhe. Ich bin ja hier, oder?"

In der nächsten Stunde überprüften die beiden alles miteinander und änderten einige Verkabelungen. Zwischendurch wippte Samuels Kopf immer wieder rhythmisch, so als hätte jemand die Musik angemacht. Dabei ging ihm sein Musikmix fürs Festival durch den Kopf. Dann gab er Paul noch ein paar Tipps. Schließlich hielt er kurz inne, schaute sich um und räusperte sich. „Sag mal, wo hast du die technische Ausrüstung eigentlich her?"

„War schon da. Der Pfarrer meinte, dass alles vorhanden sei. Schließlich haben wir alles im Kirchenkeller gefunden. Das Tonmischpult, die Verstärker, das Lichtmischpult, die vier Lautsprecherboxen, die Scheinwerfer und auch die ganzen Kabel. Die Mikrofone wurden in der Sakristei aufbewahrt."

Samuel schien irgendetwas zu beunruhigen. „Hm ... diese antiken Dinger fressen ganz schön Strom, und wenn ich mir diese Kabel und die wackligen Stecker so anschaue. Puhh ... egal, wird schon gehen." Dann wandte er sich an Dominik. „Dom, steck den Stecker des roten Verlängerungskabels mal in die Steckdose und schalte die Technik ein."

Gesagt, getan. Dominik verband das Verlängerungskabel mit der Wandsteckdose und schaltete den Verstärker und das Licht ein.

Auf einmal knallte es: BOOOOM!

Aus dem nahegelegenen Kelleraufgang stieg grauer Qualm auf.

„Mach schnell wieder raus, Dom!", schrie Samuel.

Dominik stand erschrocken da.

„Sofort!", wiederholte Samuel. „Kabel raus!"

Schnell schaltete Dominik wieder aus. „Was war das?", hauchte er, noch immer ganz durcheinander. „Hab ich was falsch gemacht?"

Samuel eilte an Dominik vorbei und verschwand im Keller. Sofort stieg ihm ein beißender Geruch in die Nase. Kurz darauf erschien er auch schon wieder am Kellereingang. Er wirkte ziemlich entsetzt.

„Was ist los?“, fragte Paul ganz aufgeregt.

Samuel hob die Schultern. „Ich versteh's nicht. Der Sicherungskasten ist im Eimer. Das heißt, die Sicherungen sind rausgeflogen – und zwar alle!“

Paul verstand. „Kein Wunder, dass es hier auf einmal so dunkel geworden ist.“

„Genau. Aber ... das hätte nicht passieren dürfen. Ich verstehe nicht, wieso gleich der ganze Kasten kaputt gegangen ist.“

Paul hob eine Augenbraue. „Wie meinst du das – der ganze Kasten?“

„Nun ja“, Samuel zuckte mit den Schultern, „die Sicherungen sind nicht nur einfach rausgeflogen, sie scheinen regelrecht geschmolzen zu sein. Der ganze Kasten ist total schwarz und verschmort.“ Irritiert schüttelte er den Kopf und lehnte sich an die Wand. Er kratzte sich am Kinn und murmelte: „Hilft alles nichts. Wir müssen wohl oder übel einen Elektriker holen.“

„Jetzt? Am Abend?“ Pauls Unruhe stieg ins Unermessliche. „Wie stellst du dir das vor?“

„Was weiß ich?“, winkte Samuel ab. „Hast du 'ne bessere Idee? Die Sicherungen sind im Eimer. Da geht nix mehr. Ich kann das nicht reparieren.“ Er nahm sein Handy und schimpfte leise vor sich hin: „Kein Empfang, Mist!“ Verärgert verließ er die Kirche.

Kurz darauf gesellten sich die anderen zu ihm.

„Und? Hat's geklappt?“, fragte Sarah vorsichtig.

Samuel nickte und sah auf seine Armbanduhr. „In einer Viertelstunde sollte jemand kommen.“

Paul machte ein erstauntes Gesicht. „Das ging aber schnell.“

„Hm, ja. Zum Glück. Denke ich.“

Zwanzig Minuten später hielt ein kleiner weißer Transporter vor der Kirche, und ein Mann im Arbeitsanzug stieg aus. Er kam auf die Kinder zu und fragte in gebrochenem Deutsch: „Ich hier richtig? Strom kaputt?“

Samuel räusperte sich und nickte. „Äh ja, ich glaube, wir haben telefoniert. Mein Name ist Samuel Goosenbach. Folgen Sie mir, bitte."

Wortlos verschwanden die beiden in der Kirche. Gespannt folgten Paul, Dominik und Sarah ihnen.

„Oh, das schlimm aussieht. Was du gemacht?", fragte der Elektriker Samuel, der ahnungslos die Schultern hob.

„Nichts. Wir haben nur alles ganz normal angeschlossen und den Verstärker eingeschaltet. Das ist mir noch nie passiert."

Neugierig beobachteten die Kinder den Elektriker. Er ging wieder nach draußen und unterbrach die Stromzufuhr an der Hauptsicherung des Hausanschlusses. Dann eilte er wieder in den Keller, wo er mehrere dicke Kabel aus dem verschmorten Sicherungskasten herausoperierte und in einen Kasten verlegte, der wie eine große Verteilerbox aussah. Auf der einen Seite führte das dicke Hausanschlusskabel hinein, und auf der anderen Seite wurden mehrere Anschlusskabel der Stromanschlussleitungen herausgeführt, wie zum Beispiel für die Beleuchtung und die Technik. Schließlich schraubte er den Verteiler wieder zu, stand auf und sagte grinsend: „So, Strom repariert. Ich draußen wieder Hausanschluss aktivieren. Du warten."

Ungeduldig trappelte Dominik auf der Stelle. Dann kam der Elektriker endlich wieder und sagte: „Du können wieder einschalten."

Samuel schien das alles nicht ganz geheuer zu sein. „Sind Sie sicher? Wenn ich das richtig sehe, haben Sie die Leitungen direkt mit dem Hausanschluss verbunden. Ohne Sicherung dazwischen. Ist das so eine gute Idee?"

Der Elektriker winkte ab: „Ah, nix Problem. Alte Sicherung kaputt. Du nicht brauchen. Du können einschalten."

Neugierig schaltete Paul das Licht wieder ein. „Funktioniert."

„Na, was ich sagen?", lachte der Elektriker, packte sein Werkzeug ein und verschwand wieder.

Samuel war sich immer noch nicht sicher, dass das so richtig war. Aber was wusste er schon. Immerhin war der Elektriker der Fachmann.

Noch ehe er weitergrübeln konnte, rief Dominik: „Ich versuch's jetzt noch einmal." Er schaltete den Verstärker wieder ein und aktivierte auch gleich noch die Stromversorgung für die Scheinwerfer. Die großen Lampen erhellten die Bühne, und die LEDs des Mischpultes leuchteten auf.

„Juhu, es klappt!", rief Paul erleichtert und begann damit, die Musik zu testen.

Sarah und Dominik gingen auf die Bühne, wo sie die Mikrofone ausprobierten. Alles schien zu klappen, und Paul führte erste Gesangstests mit seinen Freunden durch. Doch auf einmal war ein brutzelndes Geräusch zu hören. Irritiert hielt Paul sein Ohr ans Mischpult. „Ähm ... wieso klingt das so als, würde hier jemand was braten?"

„Braten?" Irritiert guckte Samuel zu Paul, als plötzlich Rauchschwaden vom Mischpult aufstiegen. „Oh nein! Nein. Nein. Nein! Das darf doch nicht wahr sein!"

Auf einmal begann Sarah, wie ein Hase zu schnüffeln. Plötzlich rief sie aufgeregt: „Sagt mal, ist das normal, dass die Steckdose hier schmilzt?"

„Wie bitte?", rief Samuel erstaunt aus und rannte zu ihr auf die Bühne. „Schnell weg hier!" Er riss Sarah zur Seite. Gerade noch rechtzeitig. Die Steckdose war schwarz geworden und fing Feuer. Der Vorhang, der direkt darüber hing, begann zu brennen. Schnell rannte er zur Hauptsteckdose und riss das Verlängerungskabel heraus. Licht und LEDs erloschen, und stattdessen stieg nun von beiden Mischpulten Rauch auf.

„Ach, du meine Güte!", rief Dominik entsetzt.

Paul hatte sich inzwischen eine Decke geschnappt und konnte das Feuer schnell wieder ersticken.

„Boah, stinkt das." Sarah wedelte den Qualm weg.

Dominik lief hin und her. „Wo ist der Elektriker?"

„Ich glaube, der ist gerade nach draußen gegangen", überlegte Paul.

Sarah lief schnell hinaus und sah ihn tatsächlich gerade davonfahren. „Hey! Warten Sie!" Doch es war vergebens. Er hörte sie nicht.

Fix und fertig sank Samuel zu Boden. „Das war's dann wohl", hauchte er.

Paul wurde blass. „Mann! Was machen wir denn jetzt? Das Konzert soll in einer Woche stattfinden."

Samuel vergrub den Kopf in den Händen. „Sorry! Ich bin mit meinem Latein am Ende."

„Also, wenn ihr mich fragt, dieser Elektriker war mir von Anfang an unheimlich", überlegte Dominik laut.

Sarah nickte. „Allerdings. Wie schnell der hier war – um diese Uhrzeit. Wo hattest du seine Nummer eigentlich her, Samuel?"

„Wieso fragst du?" Samuel war gerade überhaupt nicht nach Diskutieren zumute. „Ist doch jetzt sowieso egal. Ich hatte draußen ein Werbeplakat gesehen."

Paul machte große Augen. „Was denn? Vor der Kirche?"

„Ja doch."

Schnurstracks eilte Paul nach draußen, dicht gefolgt von Sarah und Dominik. Dann rief Paul: „Kommst du mal bitte?"

Mühsam stemmte sich Samuel hoch und schleppte sich nach draußen. „Was denn?"

Paul fragte: „Wo? Welches Plakat? Ich würde mir das gern mal anschauen."

„Na, gleich da drüben, wo ... Moment mal. Wo ist es hin?" Irritiert blickte Samuel sich um. Er lief hin und her und suchte den Marktplatz ab. „Na, sagt mal, spinne ich etwa? Ich bin mir ganz sicher, dass hier ein Plakat hing."

„Wo genau?", erkundigte sich Paul.

„Das war gleich gegenüber vom Haupteingang der Kirche angebracht. Ich glaube, da drüben am Fahrradständer."

Paul überquerte den Marktplatz und untersuchte den Fahrradständer. Dann hörte man ihn rufen: „Heureka!"

„HeuWAS?", meinte Dominik.

Samuel murmelte genervt: „Das soll Archimedes gesagt haben, als er eine Erkenntnis über die Wasserverdrängung in einer Badewanne gehabt hat."

Verwirrt schüttelte Dominik den Kopf.

„Es bedeutet so viel wie *Ich hab's.*"

Inzwischen kam Paul zurück und legte Samuel die Hand auf die Schulter. „Ich bin mir ziemlich sicher, dass man dich reingelegt hat."

Samuel riss die Augen auf. „Was sagst du da?"

„Ich habe frische Klebereste am Fahrradständer gefunden. Daher vermute ich, dass dort vor Kurzem ein Plakat angebracht war."

Dominik wandte ein: „Aber das kann doch alles Mögliche gewesen sein."

Paul wiegte den Kopf hin und her und meinte dann: „Stimmt schon. Aber zählen wir mal eins und eins zusammen. Wir erlebten einen eigenartigen Totalausfall. Der Elektriker kommt ausgesprochen schnell – vor allem für diese Uhrzeit."

„Und genauso schnell ist er wieder verschwunden", ergänzte Sarah.

„Ich verstehe trotzdem nicht, was das mit einem Plakat zu tun haben soll", meinte Dominik kopfschüttelnd.

Da hob Samuel die Hand. „Ich glaube, ich weiß, worauf Paul hinauswill. Das Plakat hat aller Wahrscheinlichkeit nach exakt dazu gedient, mich eine ganz bestimmte Nummer anrufen zu lassen. Ich kam aufgeregt aus der Kirche gerannt, war total durcheinander und suchte dringend nach einer Lösung. Da kam mir die Werbung für einen Elektriker wie gerufen. Also habe ich dort angerufen."

„Boah ey", prustete Dominik. „Das klingt ja nach einer Verschwörung. Wer sollte denn so fies sein?"

„Vielleicht ..."

„Wer?", fiel Paul ihm sofort ins Wort.

Samuel schaute seine Freunde der Reihe nach an und schüttelte langsam den Kopf. „Ich bin mir nicht sicher. Solange ich keine Beweise habe, will ich keine falschen Vermutungen aussprechen."

„Hey Mann! Das ist jetzt aber ziemlicher Mist hier!" Paul ließ seinen Ärger jetzt einfach heraus. „Du hast versprochen, dass du die Technik zum Laufen bringst. Nun ist alles hinüber. Was soll ich denn jetzt machen?"

„Was kann ich denn dafür?", brüllte Samuel zurück. „Mach doch deinen Mist das nächste Mal selber!" Wütend stapfte Samuel davon, schnappte sich sein Fahrrad und fuhr nach Hause.

Daheim angekommen, warf er sein Mountainbike wütend ins Gras und wollte gerade ins Haus gehen, als ihn seine Mutter rief: „Hallo Samuel! Alles okay bei dir?"

„Okay? Nichts ist okay!", grunzte er.

Es war offensichtlich, dass ihn etwas bedrückte. Seine Mutter stand vom Blumenschneiden auf und wollte ihn umarmen. „Was war denn los? Erzähl doch mal!"

„Ach, nichts." Verärgert stieß er seine Mutter weg.

„Nichts?"

Samuel wusste genau, dass seine Mutter nicht eher Ruhe geben würde, bis sie Bescheid wusste. „Na schön. Ich erzähl's dir. Aber du musst mir versprechen, mich dann in Ruhe zu lassen."

Samuels Mutter rollte mit den Augen. „Okay, okay."

„Also, das war so." Er erzählte von Pauls Notruf und seinen Versuchen, alles in Gang zu bringen. „Eigentlich kenne ich mich mit Technik ziemlich gut aus. Also hab ich Paul mein Versprechen gegeben, alles zum Laufen zu bringen. Tja, und am Ende hab ich's schlimmer gemacht, als es vorher war. Ich bin ein echter Versager."

Gerade kam sein Vater um die Ecke und hatte offenbar einiges mitbekommen. „Du weißt hoffentlich, dass du die Verantwortung dafür übernehmen musst, ja?"

„Franko, jetzt sei doch nicht so streng!", ermahnte ihn seine Frau und versuchte, ihren Sohn zu verteidigen. „Samuel kann doch nichts dafür, wenn die Technik alt und marode ist und der Elektriker offenbar geschludert hat."

„Was heißt streng? Wer Mist baut, muss auch dafür geradestehen. Ich sehe das ganz einfach – wenn man ein Versprechen gibt, ist man daran gebunden."

„Hab schon kapiert, Sir." Wütend drehte sich Samuel um und ging auf sein Zimmer.

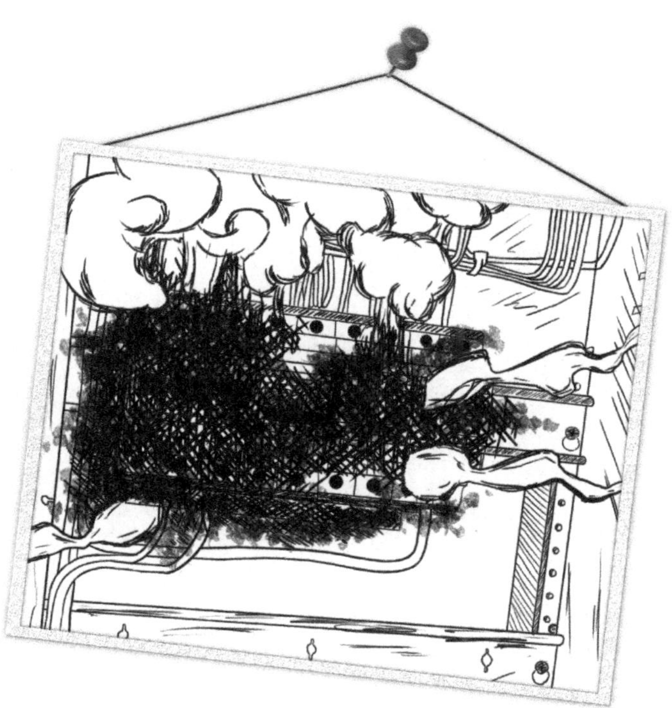

Schlimmer geht immer

Kapitel 3

Samuel rief den Pfarrer der Kirche an, informierte ihn über den Vorfall und erklärte ihm, dass die Kirche derzeit keinen Strom hatte. Dann setzte er sich an seinen Computer und suchte nach einem Elektriker. Ein Experte für alte Gebäude sollte es diesmal sein. Es war gar nicht so leicht, einen aus der näheren Gegend zu finden. Schließlich trieb er doch noch einen auf. Um diese Uhrzeit konnte Samuel allerdings nur eine E-Mail schreiben. Vor Montag war keine Antwort zu erwarten. Jetzt hatte er zwar einen Fachmann angeschrieben, aber irgendwie fühlte er sich trotzdem nicht besser. Wann würde der neue Elektriker kommen? Außerdem würde das teuer für die Gemeinde werden. Samuel stand auf und ging im Zimmer auf und ab. Er wusste gerade nicht, was ihn mehr schmerzte – der Umstand, dass er sein Versprechen kaum noch würde halten können, oder die Kosten von gleich zwei Elektrikern. Unwillkürlich fragte er sich, ob er das Problem mit dem Sicherungskasten selbst verursacht hatte.

Doch er hatte keine Gelegenheit, weiter darüber nachzusinnen, denn sein Vater kam gerade herein. „Na? Wie sieht's aus?"

Sofort fielen Samuels Mundwinkel nach unten. Was sollte diese Frage? „Na, wie schon?"

„Hör mal", setzte sein Vater an, „es war nicht meine Absicht, dich zu verärgern. Deine Mutter glaubt, mein Appell an dein Verantwortungsgefühl sei falsch angekommen."

Samuel zog eine Augenbraue hoch. „Ach was, meint sie das?"

Sein Vater verschränkte die Arme. „Du machst es uns nicht gerade leicht, weißt du das?"

„Und wieso, wenn ich fragen darf?"

„Wir versuchen, dir mit allen Mitteln klarzumachen, dass es wichtig ist, für sich und sein Leben Verantwortung zu übernehmen."

Samuel verstand die Welt nicht mehr. „Ich habe Verantwortung übernommen. Paul hat mich um Hilfe gebeten, ich habe versprochen zu helfen. Dann gab es leider einige Hürden. Am Ende war alles kaputt, und jetzt stehe ich doof da."

„Aber du hast auch eine Verantwortung uns gegenüber. Erkläre mir doch bitte, wo heute Nachmittag deine Hilfe war? Ich hätte dich in der Scheune gebraucht."

„Woher sollte ich das denn wissen?"

„Ich habe dir eine Nachricht geschickt. Seit wann checkst du dein Handy nicht mehr? Du bist doch sonst immer fast damit verwachsen."

Irritiert fingerte Samuel nach seinem Handy. Tatsächlich – um 15:45 Uhr war eine Nachricht von seinem Vater gekommen. „Oh ... ähm ... sorry. Das muss ich übersehen haben. Ich ..."

„V e r a n t w o r t u n g", wiederholte sein Vater gedehnt. „So geht es im ganzen Leben weiter. Nehmen wir zum Beispiel die Schule ..."

Samuel stöhnte und ließ sich auf sein Sofa plumpsen. Jetzt fing er tatsächlich damit wieder an.

„... du weißt, von nichts kommt nichts. Deshalb lege ich auch so viel Wert darauf, dass du regelmäßig in deinen Schulfächern lernst. Hausaufgaben sind nicht genug, um wirklich fit zu werden. Du musst immer zwanzig Prozent mehr geben, als verlangt wird. Das muss dir klar sein."

Samuel winkte ab. „Du hast keine Ahnung, oder?"

„Ich? Keine Ahnung? Also, ich ...", Samuels Vater unterbrach seine Ansprache, weil seine Frau ihn rief. Sofort verließ er den Raum.

„Danke, Mom", stöhnte Samuel. Da nahm er ein Piepsen seines Computers wahr. Er hatte eine Nachricht von einem Festivalveranstalter erhalten. Es war eine Einladung für ein

Dubstep-Festival. Er könnte offiziell einige seiner Mixe auf dem Festival spielen. „Wow!“, dachte er. Sofort nahm er an seinem Mischpult Platz, setzte die Kopfhörer auf und machte sich ans Werk. Er musste unbedingt noch einige Vorbereitungen treffen und einen neuen Remix produzieren.

Am nächsten Tag wollte er nach dem Unterricht schnell wieder die Schule verlassen, wurde jedoch von Dominik zurückgehalten. „Hey Sami, hast du Lust, heute etwas mit uns zu unternehmen?“

„Ja, das ist eine tolle Idee“, stimmte Sarah zu, „endlich sind Ferien, und die Sonne scheint so schön. Wir könn...“

„Nein“, unterbrach Samuel sie gleich wieder, „tut mir leid. Ich muss etwas Wichtiges vorbereiten. Außerdem sitzt mir mein Vater im Nacken von wegen Lernen und Helfen auf dem Hof und so. Ein anderes Mal.“ Mit diesen Worten wandte er sich ab und verließ den Schulhof. Er konnte gerade noch hören, wie seine Freunde über ihn sprachen. Er war einfach zu neugierig, und so schlich er um die Ecke und lauschte.

„Findet es noch jemand merkwürdig, dass Samuel sich neuerdings so komisch benimmt?“, fragte Dominik in die Runde.

Paul sah Samuel nachdenklich hinterher und meinte schulterzuckend: „Er wird schon seine Gründe haben.“

„Ich find's schade“, meinte Sarah traurig.

„Ich hab 'ne Idee, was wir machen könnten.“ Paul blickte in den Himmel und fuhr fort: „Wir wollten doch schon längst einmal unser neues Hauptquartier ausbauen. Heute ist das Wetter ideal dafür.“

„Aber ohne Samuel?“, wollte Sarah einwenden.

Doch Dominik winkte ab. „Wenn er doch zu beschäftigt ist. Wir können ihn ja schlecht zwingen.“

„Hm, okay.“

„Super. Dann treffen wir uns halb vier am Waldparkplatz, okay?“, schlug Paul vor.

Die anderen stimmten zu und gingen schließlich ihrer Wege. Betreten stand Samuel hinter der Mauerecke und war hin- und hergerissen. Einerseits wollte er gern etwas mit seinen Freunden unternehmen. Aber das Festival reizte ihn doch zu sehr. Er schob den Trübsinn schnell beiseite und machte sich auf den Weg nach Hause.

Seine Mutter erwartete ihn bereits und winkte ihm zu. „Du kommst gerade richtig, Samuel. Heute gibt es Lasagne, dein Lieblingsgericht. Komm bitte schnell rein!"

Das ließ er sich nicht zweimal sagen. Im Handumdrehen saß er am Esstisch und wetzte Messer und Gabel. Die Hälfte seiner Portion hatte er schnell geschafft.

Dann hielt es sein Vater wohl nicht mehr aus. „Samuel, wir müssen unser Gespräch von gestern noch fortsetzen."

Samuel spürte auf einmal etwas Dickes im Hals. War es die Lasagne oder ein dicker Kloß? „Muss das jetzt sein?"

„Du weißt, dass ich unerledigte Dinge hasse. Also ... wo waren wir stehen geblieben? Ach ja, du hattest mir vorgeworfen, dass ich keine Ahnung hätte. Nun, dem möchte ich vehement widersprechen. Immerhin habe ich eine – wenn ich das so sagen darf – beeindruckende Karriere hingelegt. Doktortitel mit 26, die erste selbst verdiente Million mit 28. Deine Mutter kam mir ziemlich nahe in ihrem Einsatz. Ich erinnere daran, dass dies der Grund ist, weshalb wir hier leben und uns dieses Rittergut überhaupt leisten können. Wir haben mehrere Jahre lang geschuftet, damit wir den Bauernhofbetrieb wieder aufnehmen konnten. Außerdem ermöglichen wir dir perfekte Möglichkeiten für ein späteres Studium – als Arzt, Jurist oder wenigstens irgendein Ingenieur. Und damit nicht genug. Du hängst ständig am Computer oder verbringst zu viel Zeit mit deinen Schulfreunden. Du musst dich entscheiden: Entweder du willst etwas aus deinem Leben machen oder es vergeuden."

Samuel stöhnte. „Hast du dir jemals die Frage gestellt, ob ich das alles überhaupt will? Vielleicht habe ich eine andere

Vorstellung, wie mein Leben aussehen soll", gab Samuel barsch zurück und knallte das Besteck auf den Tisch.

Sein Vater schnappte nach Luft. „Wie bitte? Wir rackern uns für dich ab, und du willst mir erzählen, dass dir das alles egal ist?" Wütend stopfte er sich ein viel zu großes Stück Lasagne in den Mund und verschluckte sich beinahe.

„Hast du überhaupt gewusst, dass ich zu den besten Schülern meiner Schule zähle?" Samuel stand auf und war kurz davor zu explodieren. „Unterstelle mir nicht andauernd, ich würde zu wenig lernen."

„Und was ist mit deinen Praktikumsbewerbungen? Vergiss nicht, dass einige der Universitäten ein Vorpraktikum erwarten." Sein Vater schien total stur. „Die warten nämlich nicht auf dich, mein Junge. Speziell die guten Unis, an denen du Jura oder Medizin studieren kannst."

„Beruhige dich, Franko", redete Samuels Mutter auf seinen Vater ein. „Vielleicht möchte Samuel inzwischen auch etwas ganz anderes studieren." An Samuel gewandt: „Weißt du schon, was du einmal werden möchtest?"

Aufgebracht stieß er seinen Stuhl zurück, der laut krachend umfiel. „Interessiert euch das denn überhaupt? Papa ist doch nur auf diesem Anwalts- oder Ärztetrip."

Samuels Mutter legte behutsam ihre Hand auf seine und versuchte es noch einmal: „Samuel, welchen Beruf willst du erlernen?"

„Ich ... ich will Musik machen."

„Pahh! Musik. So ein Unfug! Eine brotlose Kunst ist das!", schnaubte sein Vater. „Ich fördere und unterstütze dich doch nicht, damit du so einen Beruf ohne Zukunft und Sicherheit ergreifst, ich ..."

„Genug!", schrie Samuel und rannte aus dem Esszimmer. Verärgert stapfte er die Treppe nach oben und hörte gerade noch, wie seine Mutter auf seinen Vater einredete und versuchte, ihn zu beruhigen.

„Franko, wir können unserem Sohn unsere Karrierevorstellungen nicht aufzwingen. Das wird nicht funktionieren. Er ist genauso ein Dickkopf wie du."

„Meine liebe Gertrud. Ich schätze deine Meinung. Ja, das tue ich wirklich. Aber ich werde bestimmt nicht zusehen, wie mein Sohn seine Karrierechancen ruiniert und ... *Musik macht.*"

Samuel hatte genug gehört. Auf halbem Weg in sein Zimmer machte er kehrt, riss die Jacke vom Ständer und verließ das Haus. Er brauchte dringend frische Luft.

Er bestieg sein Mountainbike und überlegte – wo sollte er jetzt hin? Er fuhr einfach drauflos. Nach einer Weile hatte er den Waldrand beim Bergfluss erreicht. Er stieg ab, setzte sich ans Ufer und schaute dem Wasser eine Weile zu, wie es unaufhörlich dahinfloss. Es floss immer weiter. Es hörte nicht auf. Immerzu kam neues Wasser. Genauso kam es ihm mit seinem Vater vor. Er holte immer wieder dieselben Argumente hervor, um seinen Sohn *zu ermuntern, über sich hinauszuwachsen,* wie er es ausdrückte. Das war einfach nur ätzend. Ja, seine Eltern ermöglichten ihm allerhand. Aber warum durfte er nicht selbst entscheiden, welchen Berufsweg er einmal wählte? Außerdem war er gerade einmal 15 Jahre alt. Hatte er da nicht eigentlich noch viel Zeit zum Nachdenken?

Da fiel ihm ein, dass seine Freunde vermutlich gerade dabei waren, die Alte Lady zu verschönern. Kurzentschlossen fuhr Samuel in die Berge, zum alten Bahnhof.

Dort angekommen, hörte er seine Freunde schon von Weitem Spaß machen. Er legte sein Fahrrad vor der Alten Lady, einer gut erhaltenen alten Dampflok, ab und schlich um das Führerhaus herum.

Da entdeckte Paul ihn. „Na, wenn das mal nicht unser Vielbeschäftigter ist."

„Habt ihr noch Platz für einen streunenden Kater?", fragte Samuel beschämt. Ganz verlegen scharrte er mit dem Fuß im Sand herum.

Sarah lachte vom Tender herunter und winkte ihn nach oben. „Wird auch Zeit, dass du endlich kommst." Sarahs Freude schien anzustecken und malte Samuel ein Lächeln ins Gesicht. Für den Moment war seine schlechte Laune vertrieben.

„Guck mal, Sam!" Dominik wies auf einen großen Stapel Holz. „Pauls Papa war so nett, uns diese Ladung Bauholz mit dem Auto herzufahren. Damit können wir den Tender innen auskleiden und endlich ein wenig gemütlicher gestalten."

Etwas wehmütig seufzte Samuel: „Ach Paul, ich wünschte, ich hätte auch so einen coolen Dad wie du."

Gemeinsam begannen sie, den Tender der Dampflokomotive auszubauen. Zum Glück hatten sie sich einige Werkzeuge ausleihen können.

„Habt ihr schon eine Idee für das Dach?", erkundigte sich Sarah.

„Hm, so halb", äußerte Paul.

„Wir könnten ein Holzgerüst bauen. Dann legen wir Querlatten darüber, und oben kommt eine Bitumendecke drauf. Das ist billiger als echte Ziegel", schlug Samuel vor.

Paul nickte. „Klingt gut. Allerdings müssen wir darauf achten, ein Spitzdach zu bauen. Wenn es im Winter schneit, könnte die Schneelast sonst zum Problem werden."

„Guter Gedanke", bestätigte Samuel.

Sarah war beeindruckt. „Ihr beiden seid echt ein super Team, wenn es um Planung und Organisation geht."

Spontan klatschten sich Samuel und Paul ab und grinsten sich zufrieden an.

Auf einmal machte Samuel ein trauriges Gesicht. „Hey Leute, ich muss euch was sagen. Es ... tut mir leid, dass ich die letzten Tage ..."

„... wohl eher Wochen", platzte es aus Paul heraus.

„Ja, Wochen. Jedenfalls tut's mir leid, dass ich so wenig Zeit für euch hatte. Und Paul, die Sache in der Kirche, mit der Technik ... ich kann mir das nicht erklären, war keine Absicht."

Paul lächelte wehmütig. „Ja, ich weiß schon. Entschuldige bitte, dass ich dich so angepflaumt habe. Es war ja nicht deine Schuld. Schließlich hast du dich bereit erklärt zu helfen. Konnte ja keiner ahnen, was da passieren würde."

„Ihr müsst wissen", fuhr Samuel fort, „ich wurde zu einem Dubstep-Festival eingeladen. Das ist echt 'ne große Sache. Ich darf dort einige meiner Kreationen vorstellen."

Sarah hatte eine Idee. „Wow! Du hast doch sicher etwas davon auf deinem Handy, oder? Ich hab meine Mini-BoomBox mit. Während wir hier arbeiten, könnte ein bisschen Musik guttun. Meinst du nicht?"

„Echt? Na, von mir aus gerne." Samuel freute sich, seinen Freunden seine Musik vorspielen zu können, und verband sein Handy via Bluetooth mit Sarahs Musikbox.

Dominik lachte und klopfte die Nägel im Musikrhythmus ins Holz. „So lässt es sich gleich viel besser arbeiten."

Im Handumdrehen hatten sie den Boden komplett mit Holzlatten ausgekleidet und machten sich daran, die erste Seitenwand zu bearbeiten. Der ungewöhnliche Geräuschpegel hatte in der Zwischenzeit den einzigen Bewohner angelockt, der hier oben im alten Bahnhofsgebäude wohnte.

Herr Müller, der Bruder des Bürgermeisters, war neugierig geworden und besuchte die fleißigen Handwerker. „Hallo, ihr vier! Das ist ja schön, dass ihr mal wieder hier oben seid. Außer ein paar Wanderern und dem Lieferdienst kommt selten jemand vorbei."

„Ja, warum besuchen Sie uns nicht einfach mal, Herr Müller? Wir würden uns sehr freuen", schlug Sarah spontan vor.

Herr Müller schien zu zögern. „Hm ... ach, ich weiß nicht. Ich bin nicht mehr so gut zu Fuß, wisst ihr?"

Paul grinste. „Also, dafür gibt's bestimmt 'ne einfache Lösung. Nennt sich Auto. Wir holen Sie gerne ab."

„Oh, ähm, natürlich. Also, wenn ihr meint." Der alte Mann schien noch mit sich zu ringen.

Sarah nickte fröhlich. „Aber klar doch. Ich kläre das erst mit meinen Eltern, und dann rufen wir Sie morgen mal an, um einen Termin auszumachen, ja?"

„In Ordnung. Äh ... vielen Dank."

Etwas verblüfft schlich Herr Müller zurück zum Bahnhofsgebäude, seinem Wohnhaus. Diese Einladung schien ihn zu überraschen.

„Ich find's gut, dass wir ihn überreden konnten", meinte Samuel, während er einen Holzbalken abmaß. „Hier oben vereinsamt der Mann doch."

„Und weiter geht's!" Paul trieb sein Bauteam an. „Wäre nicht verkehrt, wenn wir heute einen großen Teil schaffen könnten. Morgen haben wir noch einmal die Gelegenheit, dann soll das Wetter wieder schlechter werden. Bis dahin sollte das Dach drauf sein."

„Sklaventreiber!", lachte Samuel und bewarf Paul mit einem Haufen Sägespänen.

„Waaas?", rief Paul laut aus und grinste frech. „Das gibt Ärger!" Er füllte seine Hand bis oben hin mit Sägemehl von seinem Arbeitsplatz und ließ es über Samuels Kopf rieseln.

„Schau sie dir an", sagte Sarah amüsiert zu Dominik. „Sind sie nicht süß?"

Dominik nickte fröhlich. „Ja, irgendwie hast du recht."

Paul und Samuel hielten inne, sahen sich kurz an und nickten. Dann schoben sie einen großen Haufen Sägemehl und Sägespäne zusammen und riefen laut lachend: „Ihr habt es so gewollt!" Und schon warfen sie die Munition auf ihre Freunde.

Sofort sprangen Sarah und Dominik auf und riefen: „Attacke!"

Im nächsten Moment waren die vier Freunde in einer riesigen Sägemehlwolke verschwunden und merkten gar nicht, wie Herr Müller dem fröhlichen Treiben lächelnd zuschaute.

Irgendwann ging ihnen die Munition aus, und sie begannen zu husten, da sie offenbar zu viel eingeatmet hatten. Nachdem sich der Staub wieder gelegt hatte, hob Sarah die Hand und sagte leise: „Sam, du solltest dich mit deinen Eltern aussprechen. Ich kann gut verstehen, dass es schwer ist. Aber es sind doch deine Eltern. Sie lieben dich. Auch wenn es im Moment vielleicht nicht so aussieht."

Samuel setzte sich auf die Trittleiter des Führerhauses der Dampflok und ließ die Beine baumeln. „Hm ... wahrscheinlich hast du recht. Ich weiß aber nicht, was ich sagen soll. Hab das Gefühl, dass alles falsch ist, egal, was ich mache."

Dominik legte die Hand auf Samuels Schulter und machte ihm Mut: „Hey, keiner weiß besser als ich, wie doof Väter sein können. Aber ich habe gelernt, dass es wichtig ist, ihnen eine Chance zu geben."

„Hm, ja", antwortete Samuel und sprang auf den Boden. „Ich hab nur ehrlich gesagt etwas Schiss vor dem nächsten Streit."

Sarah kletterte zu ihm nach unten und sagte ruhig: „Dann tun wir jetzt das einzig Richtige und beten für dich."

Gemeinsam baten sie Gott um Weisheit und Geduld für Samuel und für ein gutes Zusammenkommen zwischen ihm und seinen Eltern. Dann fuhr Samuel nach Hause. Unterwegs hatte er die ganze Zeit ein mulmiges Gefühl im Bauch, das jedoch erstaunlicherweise verschwand, als er das Haus betrat. Seine Eltern saßen gerade im Wohnzimmer und tranken einen Tee. Als sein Vater ihn kommen sah, stand er sofort auf und ging auf ihn zu. Direkt vor ihm blieb er stehen. Was würde jetzt wohl geschehen?

Samuel war sich unsicher, was das zu bedeuten hatte.

Doch dann entspannte sich Vaters Gesichtsausdruck merklich. Er holte tief Luft und sagte – ungewöhnlich ruhig: „Es ... tut mir leid, dass ... dass ich dich heute Mittag so unter Druck gesetzt und ... so geschimpft habe." Dann blickte er kurz zu seiner Frau.

„Und?", flüsterte sie auffordernd.

„Und dass ich dich angeschrien habe. Das war ... unangemessen. Ich glaube, ich bin etwas übers Ziel hinausgeschossen."

Samuel war total verwirrt.

„Kannst du mir ... vergeben?“

Unsicher machte Samuel einen halben Schritt zurück. Sollte er das einfach so akzeptieren? Konnte er das überhaupt? Er sah seinen Vater an, dem diese Entschuldigung nicht leichtgefallen sein dürfte. Dann schluckte er einen dicken Kloß herunter und antwortet: „Ja, okay. Entschuldige, dass ich so herumgebrüllt habe. Ich war einfach viel zu impulsiv und hatte außerdem noch den Ärger aus der Kirche im Hinterkopf. Das war einfach zu viel für mich.“

Inzwischen war seine Mutter herangekommen und umarmte sie beide. „Ach, meine beiden Jungs. Manchmal so aufbrausend, aber tief drin herzensgute Kerle.“

An diesem Abend gab es für Familie Goosenbach einmal keine Pflichten, keinen Hof, keine Schule. Nur Zeit füreinander. Sie unterhielten sich bis tief in die Nacht hinein, wie schon lange nicht mehr.

Kaum zu glauben

Kapitel 4

Punkt 9 Uhr holte Paul Samuel zu Hause ab. Es war ein wolkenverhangener Samstagmorgen, an dem Samuel normalerweise lieber im Bett geblieben wäre. Aber nicht heute.

„Ah, guten Morgen, Paul!" Samuels Mutter begrüßte Paul freundlich und fragte: „Und? Fühlst du dich bereit? Samuel spricht schon seit Wochen nur noch von zwei Dingen – seiner Musik und der Tauchschule."

„Ja, ich denke schon. Wir haben viel geübt und schon über dreißig Tauchgänge absolviert. Außerdem haben wir unseren Tauchschein doch schon längst. Heute ist nur die Erweiterung zum fortgeschrittenen Taucher dran. Ich bin guter Dinge."

„Super, dann wünsche ich euch viel Erfolg, Jungs!"

Zusammen radelten Samuel und Paul zur Tauchschule am Villsteiner See. Vor einem Jahr haben sie damit begonnen, Tauchunterricht zu nehmen. Heute war der große Tag.

Bevor sie die Tauchschule betraten, klatschten sich die Jungs ab, und Samuel sagte: „Viel Erfolg! Wir schaffen das!"

„Yeah!"

Zwei Stunden später war es vollbracht. Sarah und Dominik warteten schon gespannt am Rand des Sees auf ihre Freunde. Schließlich öffnete sich die Tür.

„Und? Erzählt schon!" Dominik sprang ungeduldig auf und rannte Paul und Samuel entgegen.

Sie hielten beide ein Papier hoch und riefen glücklich: „Geschafft! Wir haben's geschafft!"

„Juhu!", jubelten sie, umarmten sich und sprangen im Kreis herum.

„Lasst uns erst einmal nach Hause gehen", meinte Samuel. „Ich hab wahnsinnigen Kohldampf."

„Jetzt schon?" lachte Sarah. „Es ist doch noch nicht einmal richtig Mittag."

„Tja, tauchen macht eben hungrig", grinste er.

„Ehe ich es vergesse", sagte Sarah, „für übernächste Woche haben wir Herrn Müller eingeladen."

Mit gemischten Gefühlen betrat Samuel mit seinen Freunden am Nachmittag wieder die Kirche. Noch immer stieg ihnen der Geruch verschmorter Technik in die Nase.

„Uff, was machen wir nun? Wir haben ein echtes Problem an der Backe." Dominik sprach aus, was alle dachten.

Da kam eine Unterbrechung der schwermütigen Gedanken gerade recht. „Na hallöchen, Kinder!" Fröhlich lächelnd kam eine Frau mittleren Alters hereinspaziert, in der Hand Putzzeug und einen Schrubber. „Wollt ihr mir beim Putzen helfen? Ich habe gehört, hier soll es gebrannt haben. Wisst ihr, was da passiert ist?"

Samuel konnte sich ein bitteres Grinsen nicht verkneifen. „Ja, leider. Aber egal. Wir helfen gern."

Mit vereinten Kräften wurde geputzt, geschrubbt und noch mal geputzt. Paul und Samuel nahmen den angebrannten Vorhang ab und begannen, die dahinterliegende geschwärzte Wand abzuschrubben.

„Leute, seht ihr das auch?", fragte Sarah neugierig, als sie bei den Jungs vorbeikam.

„Was denn?", wunderte sich Paul und legte die Bürste weg.

Sarah wies auf die Wand, die die Jungs gerade putzten. „Vielleicht sieht man es nur von weiter weg. Kommt mal zu mir! Das sind zwei ..."

„Tatsächlich", nickte Samuel erstaunt. Er kniff die Augen zusammen und murmelte vor sich hin: „Ich mag mich irren, aber das linke Symbol erinnert doch stark an den ..."

„... Orden der Archivare!“, platzte es aus Dominik heraus.

„Ich wusste gar nicht, dass sie überhaupt so öffentlich aufgetreten sind“, überlegte Samuel. „Laut den Erklärungen deines Vaters haben sie doch eher im Verborgenen gearbeitet, weil sie ständig verfolgt wurden.“

Paul nickte. „Stimmt, das hat mein Vater erzählt.“

„Allerdings“, Sarah hob den Zeigefinger, „haben wir dieses verblasste Bild auch erst jetzt durch eure Putzwut entdeckt.“

„Mein Vater könnte mehr darüber wissen“, überlegte Paul.

„Super Idee!“, bestätigte Dominik und wollte schon losflitzen.

„Aber erst putzen wir fertig!“, stoppte Samuel ihn und hielt ihm den Putzschwamm unter die Nase.

Es wurde schon dunkel, als die vier Freunde bei Paul zu Hause auftauchten und Markus in ihre neueste Entdeckung einweihen wollten. Sie staunten nicht schlecht, dass bereits jemand anderes bei Markus zu Besuch war.

„Na, das ist ja eine Überraschung! Professor Cardiff!“, rief Sarah fröhlich aus und umarmte den alten Mann herzlich.

„Hallo, Kinder! Ich freue mich, euch zu sehen.“ Dann sagte er lachend: „Seit ihr Schottland wieder verlassen habt, scheint es so ruhig geworden zu sein.“

Paul schüttelte lächelnd den Kopf. „Hat es Ihrer Nichte die Sprache verschlagen? Sie hat doch den ganzen Tag gequasselt. Wie geht's ihr denn so?“

„Hailey? Oh, ihr geht's prächtig“, lachte der Professor. „Aber sie vermisst euch und lässt euch ganz lieb grüßen. Sie meinte, der nächste Skye-Anruf wäre mal wieder fällig. Keine Ahnung, was sie damit meinte.“

Paul kratzte sich am Kopf. „Ups, ich glaube, ich war an der Reihe, den nächsten Anruf zu organisieren. Und sie meinte vermutlich *Skype*“, fügte er grinsend hinzu.

Pauls Vater lachte: „Na, so was. Unser Organisationsgenie lässt nach.“

Da mussten die anderen gleich mitlachen.

„Sagen Sie, was treibt Sie nach Villstein, Herr Professor?" Paul versuchte, schnell abzulenken. Mit Erfolg.

„Tja, das, mein lieber Freund, ist so eine Sache." Der Professor räusperte sich. „Wie ihr wisst, erforsche ich die Geschichte des Ordens der Archivare. Dabei bin ich auf die möglicherweise letzte noch lebende Nachkommin gestoßen."

„Wer ist es?", wollte Dominik ganz aufgeregt wissen.

„Nun, ich glaube, ihr kennt eine Frau Goldstein Zyper-Mayer. Sie ..."

„Wie bitte?", fiel Paul ihm ins Wort. „Doch nicht etwa *die* Frau Goldstein Zyper-Mayer?"

Irritiert fragte Sarah nach: „Sprechen Sie von der Archivarin des Villsteiner Rathauses?"

Professor Cardiff sah verunsichert aus. „Wie ich sehe, seid ihr nicht besonders gut auf sie zu sprechen. Na ja, das verstehe ich. Markus hat mir alles erzählt, was sich zugetragen hat. Aber wisst ihr, manchmal sind die Menschen nicht das, was sie zu sein scheinen."

Samuel verschränkte die Arme. „Wem sagen Sie das?"

„Jedenfalls", fuhr der Professor fort, „bin ich bei meinen Nachforschungen auf eine jüdische Familie mit dem Namen Goldstein gestoßen, die möglicherweise einmal Archivare waren, mindestens jedoch Verbindungen zu ihnen hatten. Diese Entdeckung habe ich mit Markus diskutiert."

Pauls Vater führte den Gedanken fort: „Mir fiel natürlich sofort unsere Frau Goldstein Zyper-Mayer ein. Also lud ich den Professor ein, uns einmal zu besuchen. Bei dieser Gelegenheit kann er sich direkt mit der Archivarin unterhalten. Wer weiß, vielleicht kommt ja etwas Interessantes dabei heraus."

Den vier Kindern war anzusehen, dass ihnen diese Idee nicht schmeckte.

Misstrauisch erwiderte Samuel: „Ich bin der Meinung, wir sollten ihr nicht zu viel erzählen. Ehrlich gesagt ... ich traue dieser Frau nicht!"

Markus beruhigte ihn: „Keine Sorge. Professor Cardiff und ich wissen besser als sonst jemand, was auf dem Spiel steht. Andererseits möchte ich dich – euch alle – ermutigen, ihr eine Chance zu geben. Menschen können sich ändern. Auch zum Guten."

„Oh Mann. Schon so spät?", erschrak Sarah beim Blick auf die Uhr. „Ich muss dringend nach Hause. Bis morgen!"

Dominik und Samuel verabschiedeten sich ebenfalls.

Auf dem Heimweg fuhr Samuel nachdenklich durch die Gegend. Ihm gefiel es gar nicht, dass diese zwielichtige Archivarin nun vielleicht sogar in die Legende der sieben Testamente eingeweiht werden sollte. Sie wusste ohnehin schon zu viel. Gedankenverloren schaute er mehr nach unten als nach vorn. Plötzlich stutzte er und hielt an. „Moment mal", murmelte er und rollte ein Stück zurück. „Interessant." Er hatte einen Stein am Wegrand entdeckt. Das Besondere an diesem Stein war ein eingraviertes Symbol. Samuel glaubte, ein Kreuz zu erkennen. Die Form des Kreuzes erinnerte ihn an irgendetwas. Nur woran genau, wusste er nicht mehr. Also fuhr er weiter. Und stoppte sogleich wieder. Noch so ein Stein. Merkwürdig. Samuel guckte hoch und stellte fest, dass die beiden Kreuzsteine genau die beiden vorderen Ecken eines Hauses markierten. Neugierig umrundete er das ganze Grundstück des Hauses, so gut es ging. An jeder der vier Grundstücksecken befand sich ein solcher Stein. „Das könnten Grenzsteine sein", überlegte Samuel. „Aber dieses Symbol ..." Noch konnte er sich keinen Reim darauf machen. Also fuhr er nach Hause.

In dieser Nacht konnte Samuel wieder einmal nicht schlafen. Ihn beschäftigte das Symbol auf den Steinen. Er wollte unbedingt herausfinden, wo er das schon einmal gesehen hatte, und begann, im Internet danach zu suchen. Schließlich entdeckte er ein Kreuz der Tempelritter. „DAS ist es!" Reflexartig hielt er sich die Hand vor den Mund. Hoffentlich war er nicht zu laut gewesen. Er schaute zur Tür. Im Haus blieb es ruhig.

„Dieses Symbol gehört demnach zu den Tempelrittern", flüsterte er bei sich selbst. „Aber was haben die Tempelritter in Villstein gemacht?" Er begann zu recherchieren, erforschte die Geschichte der Templer und schlief bald darauf neben der Tastatur ein.

Plötzlich tippte ihm jemand auf die Schulter.

„Ja? Wie? Jawoll, Sir!" Erschrocken sprang Samuel auf und wankte dabei so stark, dass er sich festhalten musste.

„Guten Morgen, mein Schatz! Es ist Sonntag." Seine Mutter lächelte ihn freundlich an. „Lust auf Frühstück?"

Samuel gähnte herzlich und musste sich erst mal kräftig strecken: „Frühstück? Klingt super."

„Der Gottesdienst fällt heute aus, habe ich erfahren", erzählte Samuels Vater. „Das heißt, wir können in aller Ruhe frühstücken."

Beim Essen war Samuel dann erstaunlich still, obwohl er eigentlich immer etwas zu diskutieren hatte. Seine Mutter bemerkte es und forschte nach: „Na? War wohl eine lange Nacht."

„Hm." Mit vollem Mund murmelte er: „Ich habe etwas über die Tempelritter herausgefunden."

„Tempelritter?", fragte sein Vater verblüfft.

Samuel schluckte alles auf einmal runter und schüttete einen großen Schluck Tee hinterher: „Ja, genau."

„Was interessiert dich daran?"

„Na ja. Gestern – beim Putzen in der Kirche – haben wir ein uraltes Bild an der Wand gefunden. Genauer gesagt, ein Symbol. Wir hatten aber keine Ahnung, was es bedeuten soll. Auf dem Nachhauseweg sind mir dann Steine aufgefallen, die exakt dasselbe Symbol tragen. Ein Kreuz mit geschwungenen Enden. Diese Steine waren jeweils an den Ecken eines Grundstücks platziert. Vielleicht Grenzsteine."

„Ein Kreuz, sagst du?" Seine Mutter runzelte die Stirn.

Samuel nickte: „Genau."

„Interessant. Wusstest du, dass bei unserem Haus auch Grenzsteine mit Kreuzen verlegt wurden?"

„Nein. Wo?"

„Sie sind mir dieser Tage aufgefallen, als ich die Beete neu gestalten wollte. Nach dem Frühstück zeige ich sie dir gern."

Sofort sprang Samuel auf und sagte: „Bin fertig!"

Seine Mutter lachte. „Na gut, ich komme ja schon."

Draußen zeigte sie Samuel einen Stein mit einem Kreuz darauf.

„Krass! Das ist tatsächlich dasselbe Symbol", stellte er fest. Kurzentschlossen begann er, das ganze Grundstück abzusuchen, und fand tatsächlich drei weitere Grenzsteine. „Das ist ja mysteriös. Was das wohl zu bedeuten hat? Ob es noch weitere Häuser gibt, die mit solchen Grenzsteinen eingefasst sind?"

Spontan besuchte er Sarah. Als wandelndes Lexikon für Villstein könnte sie etwas darüber wissen. Samuel klingelte an der Haustür. Eine total verschlafene Sarah öffnete und gähnte ihn an.

„Uuuhhhh, willst du mich auffressen?", lachte Samuel.

„Och Mann. Es ist doch mitten in der Nacht. Was willst du?", brummte Sarah.

Samuel sah auf die Uhr. „Mitten in der Nacht? Na, hör mal: Es ist fast acht Uhr."

„Sag ich ja – mitten in der Nacht. Na, komm schon rein."

Sarahs Mutter lud Samuel zum Frühstück ein, was er sich natürlich nicht zweimal sagen ließ. Währenddessen erzählte er Sarah von seinen Entdeckungen und der Annahme, dass das Symbol in der Kirche von den Templern stammen könnte.

„Also, ich weiß leider nichts über solche Steine. Sorry. Aber wir sollten Markus informieren", schlug Sarah vor. „Soviel ich weiß, hat er schon viel von Villsteins Geschichte erforscht. Er könnte mehr darüber wissen."

Gleich nach dem Frühstück fuhren die beiden zu Paul nach Hause. Auch dort saß man noch beim Frühstück, und so kam es, dass Pauls Mutter gastfreundlich sein wollte und die beiden Besucher zum Frühstück einlud. Natürlich nahmen sie die Einladung gerne an. Als Samuel versuchte, ein Brötchen zu essen, meldete sich sein Bauch mit einigem Grummeln. „Boah, ich weiß nicht, ob ich das schaffe", murmelte er.

Paul war ganz erstaunt. Samuel konnte sonst viel verdrücken. „Machst du Diät?"

„Oh nein!" Samuel lachte. „Die Sache ist nur ... das ist schon mein drittes Frühstück innerhalb einer Stunde."

„Dann ist es ja gut", sagte Paul locker, „dass wir wieder in die Berge fahren, um unser Hauptquartier weiter auszubauen."

„Da müsst ihr mich bestimmt hochrollen", grinste Samuel. Dann fiel ihm der Grund des Besuchs wieder ein: „Allerdings wird das warten müssen. Ich habe nämlich etwas über Villsteins Geschichte herausgefunden."

Jetzt wurde Pauls Vater hellhörig. „Das interessiert mich auch."

„Hast du gewusst, dass die Tempelritter in Villstein waren?"

Markus überlegte. „Hm, nein. Nicht, dass ich wüsste. Es gibt Erwähnungen im Buch der Wahrheit, dass die Templer mit dem Orden der Archivare zusammenarbeiteten. Vor einiger Zeit habe ich einen Abschnitt darüber gelesen, dass die Templer den Archivaren etwas sehr Wichtiges anvertrauten. Aber dass sie jemals in Villstein waren, wüsste ich nicht."

Samuel berichtete von seiner Entdeckung der Grenzsteine an den beiden Häusern und stellte die Vermutung an: „Es wäre zwar ziemlich verrückt, aber ... könnte es nicht sein, dass unser altes Rittergut etwas mit den Tempelrittern zu tun hat?"

Markus lehnte sich zurück, verschränkte die Arme und zwirbelte an seinem Bart. „Nun ja, als Paul mir gestern von dem Bild an der Wand der Kirche erzählte, wurde ich neugierig und habe mein Wissen über die Tempelritter ein wenig aufgefrischt." Dann stand er plötzlich auf. „Wisst ihr was? Ich möchte mir diese Malerei einmal aus der Nähe anschauen."

„Okay, ich rufe Dom schnell an und gebe ihm Bescheid. Wir treffen wir uns dann an der Kirche."

Wenig später entstand ein regelrechter Auflauf vor dem Haupteingang der Villsteiner Kirche. Neben Samuel, Paul, Sarah und Dominik kamen auch Sarahs Eltern, Professor Cardiff mit Frau Goldstein Zyper-Mayer, und sogar Pfarrer Anton und Bürgermeister Müller waren zur Stelle, als Markus gerade um die Ecke gebogen kam.

„Meine Güte!" Markus staunte nicht schlecht. „Guten Morgen, Herr Müller, hallo, Anton. So viel Interesse an Geschichte freut mich natürlich immer. Dann lasst uns mal schauen, was wir da haben."

Bevor der Pfarrer in die Kirche ging, nahm er Samuel noch einmal kurz beiseite und fragte ihn: „Hey, Samuel. Ich find's klasse, dass du so viel Verantwortung auf dich nehmen willst und dich um die Reparatur des Stromanschlusses kümmerst. Aber wenn der neue Elektriker kommt, gib mir bitte Bescheid, dann möchte ich unbedingt dabei sein, um das auch offiziell abklären zu können!"

Betreten nickte Samuel. Er verstand.

Neugierig strömten alle in die Kirche und versammelten sich im Altarraum, wo die Bühne aufgebaut worden war.

Sorgfältig untersuchten Markus und Professor Cardiff das Wandbild.

„Wenn ich raten müsste", murmelte Professor Cardiff, „und das muss ich wohl im Moment, würde ich diese Grafik dem 15. oder 16. Jahrhundert zuordnen. Markus, siehst du die ausgefransten Ränder hier? Sie sind typisch für die Pinsel, die damals genutzt wurden. Es ist jedenfalls kein Fresko, wie es sonst für Kirchen typisch ist."

„Was sehen wir hier eigentlich?", fragte Bürgermeister Müller.

„Nun", begann Frau Goldstein Zyper-Mayer, die sich bisher zurückgehalten hatte, „ich denke, wir haben hier zwei Ordenssymbole vor uns. Auf der linken Seite ist das Symbol des Ordens der ...", sie machte eine Kunstpause und blickte die Kinder eindringlich an, „... der Archivare zu sehen."

Die Kinder rissen die Augen auf. Woher wusste sie davon?

Die Archivarin fuhr fort: „Direkt daneben ist das Symbol des Deutschordens abgebildet. Auch bekannt als der deutsche Orden der Tempelritter."

„Ja, da könnten Sie recht haben." Professor Cardiff ging einen Schritt zurück und wedelte mit seinem Zeigefinger in der Luft herum. „Der deutsche Orden wurde um 1190 herum in Akkon, also in Palästina, gegründet. Soweit ich mich erinnere, wurde diese Bruderschaft damals als Spitalbruderschaft gegründet. Man nannte sich Brüder vom Deutschen Haus Sankt Mariens in Jerusalem."

Samuel lief auf und ab und fing an zu erzählen: „Ich habe letzte Nacht ziemlich viel darüber gelesen. Die Tempelritter, auch Templer genannt, waren Männer, die die Pilger beschützen sollten, die das Heilige Land, vor allem Jerusalem, besuchen wollten. Später versuchten sie, Jerusalem von den Arabern zu befreien. Der anfangs kleine Ritterorden wurde stark ausgebaut. Ihr damaliges Hauptquartier befand sich wohl auf dem Tempelberg, wo früher einmal der salomonische Tempel stand. Deshalb nennt man sie auch Tempelritter. Sie schufen ein modernes Militärwesen und bauten das erste breit angelegte Bankwesen auf. Daneben war auch der Betrieb von Krankenhäusern und Hospizen eine ihrer Aufgaben, und sie entwickelten sich zu Meistern der Seefahrt. Die Templer in Jerusalem verwendeten ein rotes Kreuz als Symbol für das Blut Christi."

„Du hast deine Hausaufgaben gemacht, Samuel", erkannte die Archivarin anerkennend. „Allerdings verwendete der deutsche Orden stets ein schwarzes Kreuz. So, wie es hier zu sehen ist." Damit wies sie auf das große, nur schwach sichtbare Wandgemälde. „Etwa einhundert Jahre nach der Gründung des Deutschen Ordens verloren die Templer Akkon an die

Araber und zogen sich erst nach Venedig und schließlich ins Deutsche Reich zurück. Übrigens, in dieser Zeit entstanden viele Burgen und Verteidigungsanlagen."

Dominik hatte Geschichte schon immer langweilig gefunden und gähnte. „Und was hat das jetzt mit dem Orden der Archivare zu tun? Warum ist ihr Symbol gleich daneben?"

Paul fügte an: „Und überhaupt, woher wissen Sie so viel darüber?"

Frau Goldstein Zyper-Mayer zögerte. Doch dann guckte sie kurz zum Professor, der ihr zunickte, und erzählte weiter: „Ich bin vor vielen Jahren nach Villstein gezogen, weil ich auf der Suche nach meiner Vergangenheit bin. Ihr müsst wissen, dass ich im Grunde keine Familie habe. Zumindest keine, die ich kenne. Natürlich muss ich Eltern haben, das weiß ich. Aber aufgewachsen bin ich in einem Internat. Als ich meine Eltern das letzte Mal sah, war ich noch sehr klein. Ich ... kann mich kaum an sie erinnern."

„Oh, das ist ja traurig." Sarah machte ein mitleidiges Gesicht.

„Schon vor langer Zeit begann ich, nach meiner Familie zu suchen, erforschte alles, was ich finden konnte, und stieß irgendwann auf eine mysteriöse Gruppe von Menschen, die sich als Bewahrer großer Geheimnisse beschrieben."

„Den Orden der Archivare", hielt Paul fest.

„So ist es. Ein Mitglied dieser Archivare trug den Namen Goldstein, heiratete eine deutsche Frau namens Mayer und war anschließend wie vom Erdboden verschluckt. Aber ich fand heraus, dass dieser Herr Goldstein Briefkontakt mit einem Nachfahren eines Grafen Vanbrugg hatte, der hier in Villstein gelebt haben soll. Einer der Stadtgründer. Also begab ich mich hierher, um mehr über meine Familie herauszufinden und vielleicht sogar das Geheimnis der Archivare zu lüften."

Markus fügte noch einen Gedanken an: „Und wenn die Templer mit den Archivaren in Kontakt standen", dabei ließ er seinen Blick über die Symbole an der Wand schweifen, „wäre es möglich, dass sie etwas mit der Legende der sieben Testamente zu tun haben."

Dominiks Gesicht hellte sich auf. „Sprichst du da von einem neuen Abenteuer? Einem vierten Testament?"

Paul stieß Dominik in die Seite und zischte ihm zu: „Hey, sei still!"

„Das klingt alles sehr interessant", sagte der Bürgermeister. „Ich wusste schon immer, dass mein schönes Villstein etwas Besonderes ist. Leider habe ich noch einen Termin."

„Wir werden uns auch mal auf die Socken machen." Sarahs Eltern und die Archivarin verabschiedeten sich. Pfarrer Anton begleitete sie hinaus.

Sarah setzte sich in eine Kirchenbank und stützte den Kopf auf den Händen ab. „Ich weiß nicht ... sind wir nicht etwas streng mit ihr?"

„Hast du schon vergessen, wie sie uns damals an Sektion13 verraten hat? Wegen ihr hätten wir beinahe das Buch der Wahrheit verloren." Paul war noch immer ziemlich sauer deswegen.

Samuel lehnte sich an eine der großen Säulen, die die Empore trugen, und sagte leise: „Vielleicht hat Sarah recht. Jeder hat eine zweite Chance verdient. Auch die Archivarin."

„Und wenn es stimmt, was sie über ihre persönliche Vergangenheit erzählt hat", fügte der Professor an, „kann ich auch verstehen, dass sie hier und da eine falsche Entscheidung getroffen hat. Euch stört bestimmt, dass sie mit dieser ominösen Sektion13 zusammengearbeitet hat. Soweit ich diese Organisation inzwischen kennengelernt habe, sind sie gut darin, dubiose Versprechen zu machen, um die Leute anzulocken und schließlich auszunutzen."

Markus nickte. „Das kann ich leider bestätigen. Ich glaube auch, dass man ihr nicht verdenken kann, dass sie mit allen Mitteln versucht, ihre persönliche Vergangenheit zu erforschen und ein Stück Familie zu finden."

„Wie geht's nun weiter?", wollte Dominik wissen.

„Mein Vorschlag wären die Grenzsteine. Wenn sie möglicherweise von den Tempelrittern stammen, hätten wir einen Anhaltspunkt. Im Rathaus sollten sich Informationen darüber finden lassen", spekulierte Samuel.

„Das scheint mir eine gute Idee zu sein", nickte Markus. „Das wird allerdings bis morgen warten müssen. Heute ist ja Sonntag, da hat das Rathaus geschlossen."

„Gar kein Problem!", meldete sich Dominik zu Wort. „Dann können wir endlich an der Alten Lady weiterbauen. Wir sind ja noch nicht fertig."

Sarah nickte. „Stimmt, morgen soll es regnen. Also los!"

Die vier Freunde entschieden sich, diesen schönen Sonntag gemeinsam in den Bergen zu verbringen, und fuhren zur Alten Lady, um dort ihr neues Hauptquartier weiter auszubauen.

Oben angekommen, legten sie ihre Rucksäcke ab und bestaunten erst einmal die altehrwürdige Dampflokomotive.

„Ich bin immer wieder fasziniert", sagte Dominik in ehrfurchtsvollem Ton, „dass man damals solche Stahlkolosse bauen konnte."

Samuel gesellte sich zu ihm. „Stimmt. Vor allem das Prinzip des Dampfdruckkessels, quasi der Hauptbestandteil der Lok, war eine krasse Erfindung. Damit konnte man endlich effektiv große und schwere Maschinen antreiben."

„Das Zeitalter der Industrialisierung", ergänzte Paul nachdenklich.

Halb verträumt standen die drei Jungs da und bestaunten das majestätische Dampfross.

Da rief Sarah: „Kann mir mal jemand helfen oder muss ich alles allein machen?"

Lachend rannten die Jungs zu Sarah und klettern auf den Schlepptender hoch.

Paul stellte sich stramm hin, legte die Hand zum Militärgruß an den Kopf und sagte: „Melde mich gehorsamst, Ma'am!"

Dominik und Samuel taten es ihm gleich und grinsten.

Sarah schmunzelte. Dann setzte sie eine ernste Miene auf und rief in strengem Befehlston: „An die Arbeit, Jungs! Das Dach baut sich nicht von allein."

„Jawohl, Sir!", riefen alle drei im Chor und mussten lachen.

Während des Baus dachte Samuel über sein Musikprojekt nach. Eigentlich wollte er sich damit beschäftigen. Andererseits machte es ihm auch viel Spaß, mit seinen Freunden hier zu sein. Außerdem kreisten seine Gedanken um diese Grenzsteine. „Ich kann's kaum erwarten, dass es Montag wird", sagte er nach einer Weile. „Ich werde mich im Rathaus informieren, ob es Unterlagen über die Verlegung von Grenzsteinen gibt. Denn es ist doch interessant, dass es sie einmal bei einem Haus im gotischen Viertel gibt und dann bei uns. Vielleicht sind noch andere Häuser so markiert."

„Markiert?" Paul sah auf. „Du glaubst, es handelt sich um besondere Häuser?"

Samuel hob die Schultern. „Weiß nicht."

„Na ja, es sind zumindest besondere Steine", spann Sarah den Gedanken weiter. „Immerhin lebt ihr auf einem alten Rittergut. Wäre schon denkbar, dass dort mal Tempelritter gelebt haben."

„Na klar!" Aufgeregt sprang Samuel auf. „Dass ich darauf noch nicht gekommen bin! Es gibt unter der alten Scheune einen alten Keller. Wir haben den nie genutzt, weil es genügend andere Stellmöglichkeiten auf dem Hof gibt. Das ist jedenfalls der einzige Ort auf dem Hof, den ich noch nicht besucht habe. Das müssen wir uns unbedingt mal anschauen."

„Auf jeden Fall!", pflichtete Dominik ihm lachend bei. „Ich rieche schon den nächsten Geheimgang."

In diesem Augenblick kam ein Auto angefahren. Vier Männer stiegen aus.

„Hallo, Paps! Was machst du denn hier?", fragte Paul und wunderte sich, dass sein Vater mit den Vätern seiner Freunde hier auftauchte.

„Das ist eine Überraschung! Wir dachten uns, dass ihr vielleicht etwas Hilfe brauchen könntet. Und nach dem Desaster in der Kirche wollten wir euch gern unterstützen. Also, wie können wir helfen?“

Die vier Freunde waren sehr erleichtert, tatkräftige Hilfe zu erhalten. Denn die Dachkonstruktion war nicht so einfach zu bauen, wie es sich anfangs angehört hatte. Doch mit vereinten Kräften war das Holzgerüst fürs Dach schon bald fertig aufgebaut.

Samuel und sein Vater stiegen nach oben, um dort die Bitumenschindeln anzubringen. „Hey Dad, ich find's echt toll, dass du hier mitmachst. Hätte ich nicht gedacht, nachdem ...“

„Ja ... vergessen wir das einfach, okay, Sam?“, bat sein Vater. „Ich bin übers Ziel hinausgeschossen, als ich dich so ... na, jedenfalls möchte ich das wiedergutmachen.“

Samuel lehnte sich kurz bei seinem Vater an und flüsterte: „Hey, ist schon gut. Danke.“

Währenddessen begannen die anderen bereits damit, das Holzgerüst zu lackieren. Als schließlich die Sonne unterging, war alles fertig.

„Klasse! Jetzt haben wir ein ganzes Haus in den Tender dieser Lokomotive gebaut“, stellte Dominik fest. „Ich glaube, so etwas habe ich noch nie gesehen.“

Samuel und Paul standen unten und betrachteten ihr Werk. „Sieht super aus. Endlich haben wir ein richtiges Hauptquartier. Vielen Dank, Männer!“

Die vier Väter verabschiedeten sich wieder und fuhren nach Hause.

„Wir sollten uns auch auf den Weg machen“, schlug Samuel vor. „Kann's kaum erwarten, morgen das Rathaus zu stürmen.“

Paul, Sarah und Dominik meldeten sich gleichzeitig: „Wir kommen natürlich mit!“

Ein unerwarteter Fund

Kapitel 5

Es war noch gar nicht richtig hell draußen, als Samuel einen Rundruf startete, seine Freunde aus den Federn holte und kurz seine Mails checkte. Kurze Zeit später trafen sie sich alle bei Samuel zu Hause.

„Okay, Leute. Bis das Rathaus öffnet, haben wir noch Zeit, uns auf dem Hof umzusehen und vor allem den alten Keller zu untersuchen“, erklärte Samuel. „Ach, und nebenbei bemerkt, ich konnte einen neuen Elektriker wegen der Kirche beauftragen. Das Dumme ist nur, dass er erst Ende der Woche kommen kann. Hoffentlich noch rechtzeitig.“

Verwundert beäugte Dominik die großen Werkzeuge, die Samuel mitgebracht hatte. „Was hast du denn vor?“

„Wirst du gleich sehen. Kommt mal mit!“

Neugierig folgten Sarah, Dominik und Paul ihm um das Haus herum, quer über den Hof. Sie betraten die alte Scheune, die wohl schon bessere Tage gesehen hatte, und stiegen einige halb zerbrochene Stufen hinab, die zum Keller führten.

„Ach, jetzt verstehe ich“, sagte Dominik. „Mit dem Bolzenschneider willst du dem alten Vorhängeschloss zu Leibe rücken.“

Samuel nickte. „So ist es.“ Er drückte Paul die Brechstange in die Hand: „Hier, halt mal!“ Dann setzte er den Bolzenschneider an und brach damit das alte, verrostete Vorhängeschloss auf.

Sogleich wollte Paul die Gittertür öffnen, konnte es aber nicht. „Uh ... meine Güte. Die Tür klemmt.“

Samuel grinste. „Was glaubst du, wofür das Brecheisen ist? Geh mal beiseite!“ Vorsichtig setzte er das flache Ende der Brechstange in den schmalen Spalt zwischen Gittertür und

Türrahmen. Dann drückte und zog er abwechselnd mal in die eine, mal in die andere Richtung. Unter großem Widerstand gab die Gittertür schließlich etwas nach. Jetzt packten Paul und Dominik mit an und zogen kräftig mit. Unter lautem Quietschen öffneten sie die alte, rostige Tür.

„Meine Güte!“ Sarah hielt sich die Ohren zu.

„Sorry!“, entschuldigte sich Samuel bei ihr und guckte in einen dunklen Gang. „Ich glaube, wir sind noch nie hier drin gewesen.“ Er zog eine Taschenlampe aus der Hosentasche und ging voran. „Passt auf, wo ihr hintretet.“

Bereits nach wenigen Metern endete der Gang.

„Das war's schon?“ Dominik war enttäuscht. „Kein Geheimgang, kein Rätsel? Nur ein leerer Gang?“

„Hm ...“ Paul überlegte: „Das kann ich mir eigentlich nicht vorstellen. Ergäbe gar keinen Sinn. Wer baut denn einen Gang unter der Erde, ohne dass er einem Zweck dient?“

Sarah lachte. „Es wird wohl so wie immer sein. Das Geheimnis findet man erst auf den zweiten Blick.“

„Sarah hat vermutlich recht“, murmelte Paul und begann, die Wände abzutasten. „Hm ... nichts Ungewöhnliches.“

„Ist euch schon mal aufgefallen, dass dieser Gang eine Gewölbedecke besitzt?“ Sarah glänzte mit ihrem Wissen über Architektur. „Genauer gesagt, ein Kreuzrippengewölbe.“

Dominik und Paul sahen sich verdutzt an. Die Seitenwände hatten sie untersucht, aber natürlich nicht die Decke.

„Was ist daran so besonders?“, fragte Dominik unsicher.

„Wie viele Keller kennst du, die so aussehen?“

„Ähm ... keine?“

Sarah fuhr fort: „Das hier“, dabei machte sie eine umfassende Handbewegung, „erinnert mich eher an eine Kapelle.“

„Eine Kapelle?“ Samuel horchte auf. „Hier unten? Das wäre ja der Hammer!“

Sarah sah sich um und überlegte: „Hm ... ja, schon. Lass mich mal überlegen.“ Sie lief einige Male auf und ab. Auf einmal blieb sie stehen, schloss die Augen und murmelte: „Ich habe mal etwas von verborgenen Orten der Zusammenkunft gelesen. In der Vergangenheit gab es immer wieder Zeiten, in denen Juden und Christen verfolgt wurden. Sie nutzten geheime Räumlichkeiten, um gemeinsam Gottesdienst zu feiern. Das waren manchmal auch Kapellen oder Keller. Gut möglich, dass dies hier eine dieser geheimen Kapellen war."

„Du meinst, dann könnten sich hier unten – vor mehreren hundert Jahren – Menschen zum Gottesdienst getroffen haben?", überlegte Paul.

Sarah nickte. „Ja, vielleicht sogar Ritter. Immerhin war das mal ein Rittergut."

Samuel runzelte die Stirn. „Also, wenn ich so darüber nachdenke ... gegen Ende des 14. Jahrhunderts wurde der Orden der Tempelritter zerschlagen. Viele wurden verhaftet und gejagt. Wenn unser Hof, der ja ein altes Rittergut ist, früher mal einem Tempelritter gehört hat, müsste es doch noch weitere Hinweise geben."

„Nicht unbedingt", wandte Sarah ein. „Wenn sie sich im Verborgenen trafen, um nicht entdeckt zu werden, waren sie bestimmt auch mit sichtbaren Hinweisen sparsam."

„Stimmt auch wieder."

„Allerdings", fuhr Sarah fort, „wenn ich mir dieses Gewölbe näher anschaue, muss ich mich doch wundern. Es ist gar nicht richtig gebaut. Es scheint ungleichmäßig zu sein. Komisch."

Samuel beleuchtete mit der Taschenlampe die Querrippen des Deckengewölbes. „Oder auch nicht." Dann leuchtete er an eine ganz bestimmte Stelle. „Seht ihr das da oben? Sieht für mich wie Kratzspuren aus."

Paul hatte eine Idee. „Dann könnte das schiefe Stück, also diese Rippe, ein Hebel sein." Er griff nach oben, streckte sich und versuchte, sich besonders lang zu machen. Aber ohne Erfolg. „Uff", ächzte er, „ein Erwachsener würde vermutlich drankommen."

„Also die gute alte Räuberleiter?", fragte Dominik lachend, formte seine Hände zu einem Steigbügel und positionierte sich. „Na los, Paul, hoch mit dir."

„Okay! Schön festhalten!" Vorsichtig stieg Paul in Dominiks Hand-Steigbügel und erreichte die Decke. Er griff nach der Rippe und zog kräftig daran. „Aaahhh, geht das schwer."

„Es bewegt sich", erkannte Sarah. „Zieh fester!"

Mit aller Kraft zog Paul an dem Hebel. Plötzlich rumpelte es in der hinteren Ecke des Ganges, und die Mauer schob sich ein kleines Stück heraus.

„Noch weiter!", rief Samuel. „Da hinten öffnet sich die Wand."

Ein kleines Stück konnte Paul den Hebel noch bewegen. Dann nahm er noch einmal alle Kraft zusammen, zog und: „Aaahhh!"

Ziemlich ungeschickt plumpsten Dominik und Paul zu Boden.

„Aua!", jammerte Dominik. „Das war mein Kopf."

„'Tschuldigung, Dom. Bin abgerutscht."

Angestrengt rief Samuel: „Helft mir mal!" Er hatte einen herausragenden Stein ergriffen und zog daran. Die Steinmauer entpuppte sich als getarnte Tür. „Ziehen! Ziehen!", feuerte Samuel seine Freunde an.

„Eine Geheimtür!", jubelte Dominik. „Na, wer sagt's denn?"

„Puuuhhh! Das müffelt ja abartig." Angewidert hielt sich Sarah die Nase zu.

„Kein Wunder", erklärte Samuel, „du riechst Luft, die vermutlich hunderte von Jahren alt ist."

„Ich glaub, ich muss mich übergeben", würgte Sarah.

Paul zog an ihrem Arm. „Los, schnell raus hier! Wir schnappen ein bisschen frische Luft."

Bereitwillig ging sie mit ihm, während Samuel und Dominik das dunkle Loch untersuchten.

„Dieser Raum war ziemlich gut abgedichtet", stellte Samuel fest. „Dom, guck dir mal die Ränder im Türrahmen an!"

„Erinnert ein wenig an eine Versiegelung, oder?“ Dominik fasste die dunkle, zähflüssige Masse an. „Iiieee, das Zeug klebt ja widerlich.“ Er hielt den Finger an die Nase und schnupperte. „Wonach riecht das bloß? Ist das ...?“

„Harz, wenn ich nicht irre“, vollendete Samuel Dominiks Überlegung. „Interessante Konservierungsmethode. Es sieht so aus, als hätte man den Türrahmen ringsum mit Harz bestrichen. Mit der Zeit wurde die Außenschicht fest und der Raum luftdicht verschlossen. Genial.“

Inzwischen kamen Sarah und Paul zurück.

„Na? Geht's wieder, Sarah?“, erkundigte sich Samuel.

Sarah nickte. „Ja, schon okay. Habt ihr schon etwas Interessantes gefunden?“

„Ja und nein“, antwortete Samuel. „Fest steht, dass jemand diesen Raum konservieren wollte, indem der Eingang mit einem Harzgemisch luftdicht versiegelt wurde. Die schlechte Luft beweist, dass es funktioniert hat.“

„Dann lasst uns mal reingehen“, schlug Paul vor. „Ich bin jetzt ziemlich neugierig geworden.“

„Ich auch. Also los!“

Einer nach dem anderen schlüpfte durch den engen Türspalt.

„Wow!“, staunte Dominik. „Ich fühle mich ins Mittelalter zurückversetzt.“

„Puhh.“ Sarah wedelte noch immer vor ihrem Gesicht herum und hielt ihr Taschentuch dann doch wieder vor die Nase. „Das ist eindeutig eine Kapelle. 15. Jahrhundert, würde ich sagen. Die gotischen Einflüsse sind an den spitz zulaufenden Rippen und den angedeuteten Fenstern deutlich sichtbar. Hier gibt es steinerne Sitzbänke, Leuchter ...“

„... und sogar einen Altar.“ Dominik stand vor einem kunstvoll verzierten Steingebilde mit blassen Malereien darauf.

„Unglaublich“, hauchte Samuel. „Ich hatte ja keine Ahnung, dass wir ein Museum auf unserem Anwesen beherbergen. Bin schon gespannt, was meine Eltern dazu sagen werden.“

Dominik stand noch immer ganz bedächtig vor dem Altar. Etwas schien seine ganze Aufmerksamkeit zu beanspruchen. „Hm", murmelte er. „Kommt euch das auch bekannt vor?"

Während sich Paul für die als Mauer getarnte Tür interessierte, gesellten sich Samuel und Sarah zu Dominik und betrachteten das eigenartige Altargemälde.

„Komisch." Samuel hielt den Kopf schief. „Steht das ... auf dem Kopf?"

Dominik klatschte sich an die Stirn. „Ha! Na, kein Wunder, dass mir das so komisch vorkam. Jetzt erkenne ich es. Das ist ein Haus in Villstein."

„Ja, jetzt erkenne ich es auch", nickte Samuel. „Es steht im gotischen Viertel. Es ist das Haus mit den Templergrenzsteinen, von dem ich euch berichtet habe."

„Ist nicht wahr", staunte Dominik.

„Absolut!"

Sarah hielt den Kopf ebenfalls schief. „Faszinierendes Gemälde. Guckt man es normal an, sieht man ein antikes Gebäude, das könnte der Tempel mit der Säulenhalle sein. Dreht man es auf den Kopf, erkennt man ein völlig anderes Haus."

Jetzt kam auch Paul dazu. „Aber ungewöhnlich ist das schon, oder? Ich meine ... ein Tempelmotiv auf einem christlichen Altar aus der Zeit des Katholizismus?"

Samuel runzelte die Stirn. „Bis vor Kurzem hätte ich dir zugestimmt. Aber inzwischen entwickelt sich Villstein ja zur Legende. Erinnerst du dich? Wir haben herausgefunden, dass der Stadtkern Villsteins dem Grundriss des salomonischen Tempels nachempfunden wurde. Dieses Tempelbild würde gut dazu passen."

„Dann dürfte jetzt interessant sein, was das für ein Haus ist, das wir da – gewissermaßen – entdeckt haben. Fahren wir mal hin!", schlug Dominik vor.

Alle waren einverstanden. Doch vorher informierte Samuel seine Eltern über den Fund im Scheunenkeller. Sie waren total aus dem Häuschen. Samuel musste ihnen die Kapelle gleich zeigen. Anschließend fuhren sie zum gotischen Viertel.

„Das ist es!", rief Samuel und zeigte auf ein herrschaftliches Anwesen.

Langsam umfuhren die vier Freunde das große Haus mit seinen spitz zulaufenden Fensterbögen.

„Ein schöner Gartenpark", stellte Sarah fest.

Dominik hielt an und überlegte laut: „Ob wir mal Hallo sagen?"

„Einfach so?", erwiderte Samuel fragend. „Wir können doch nicht einfach bei wildfremden Leuten klingeln."

Sarah strich sich über die Stirn. „Das Haus hat einen interessanten Grundriss – ein Kreuz. Vielleicht ... bedeutet das ja etwas. Ich versuch's mal." Noch ehe jemand reagieren konnte, hatte sie ihr Fahrrad abgestellt und war die Treppen zum Hauseingang hinaufgestiegen. Sie zögerte kurz, doch dann klingelte sie. „Dinnnggg Donnnggg", ertönte eine tiefe, gedämpfte Glocke.

„Wer da?", rief eine unfreundliche Männerstimme von innen durch die geschlossene Tür

Zaghaft antwortete Sarah: „Äh ... guten Tag. Mein Name ist Sarah ..."

„Verschwindet!" Ohne die Tür zu öffnen, schrie ein alter Mann mit kratziger Stimme: „Macht, dass ihr fortkommt! Bei mir gibt es nichts zu holen!"

Erschrocken und irritiert trat Sarah einige Schritte zurück und wäre beinahe die Treppe hinuntergestürzt. Doch glücklicherweise hielt Paul sie rechtzeitig fest.

„Komm schon", sagte er sanft, „das hat keinen Sinn."

Dominik schien verärgert zu sein. „Was hat der Typ für ein Problem? Er hat Sarah nicht einmal ausreden lassen. Wir haben ihm doch nichts getan."

Wortlos schüttelte Samuel den Kopf. Als er wieder auf sein Fahrrad stieg, nahm er aus den Augenwinkeln gerade noch wahr, wie jemand durch das Fenster schaute und dann schnell hinter einem Vorhang verschwand. „Komischer Kauz."

Dann fuhren sie wieder los, und Samuel fragte: „Rein aus Neugier – welcher Name steht auf dem Klingelschild?"

Noch ganz benommen sagte Sarah: „Müller".

Dominik bremste scharf: „Was denn, noch ein Müller?" Dominik machte große Augen und witzelte: „Also, entweder liegt das daran, dass es so ein Allerweltsname ist, oder wir haben den nächsten Bruder des Bürgermeisters entdeckt."

Paul schmunzelte: „Das wären dann schon drei – ein freundlicher, ein trauriger und ein griesgrämiger."

„Ah ja. Dann ist der Herr Müller oben im alten Bahnhof der traurige und der alte Bürgermeister der freundliche?", fasste Dominik zusammen. „Dann schlage ich vor, dass wir meinen Nachbarn fragen. Dieser Herr Müller, also der alte Bürgermeister, könnte uns vielleicht weiterhelfen."

Samuel nickte. „Keine schlechte Idee. Immerhin scheint er hier jeden zu kennen. Selbst wenn der griesgrämige Herr Müller nicht sein Bruder ist."

Ein paar Minuten später rollten vier Mountainbikes in die Einfahrt von Dominiks Zuhause. Hinten im Garten stellten sie die Räder ab und trafen dort auf Dominiks Mutter. Sie summte ein fröhliches Lied und befreite ein paar Blumen von Unkraut.

„Hey Mom!", rief Dominik und winkte ihr zu.

„Ach, hallo, Kinder. Wollt ihr einen Moment reinkommen und euch etwas erfrischen? Vielleicht eine Limonade?"

„Das ist lieb von Ihnen!", bedankte sich Sarah und ging mit ihr hinein.

In diesem Moment trat der Nachbar aus dem Haus. Als er die Jungs am Zaun sah, humpelte er zu ihnen.

„Guten Tag, Herr Müller! Wie geht es Ihnen?", fragte Samuel höflich.

„Na ja, wie es alten Leuten so geht, nicht wahr?", lachte er. „Das Bein schmerzt. Ist aber halb so wild."

Ohne viele Worte kam Paul gleich zum Punkt: „Dürfen wir Sie mal etwas Persönliches fragen?“

„Aber natürlich, junger Mann.“

„Sie haben nicht zufällig noch einen Bruder?“

Herr Müller räusperte sich. „Nun, ich dachte, Ernst habt ihr bereits kennengelernt. Er wohnt oben im alten Bergbahnhof.“

„Ja, ich meine, nein, also, den meinte ich nicht. Haben Sie noch einen anderen, einen zweiten Bruder?“

„Hm“. Auf einmal verfinsterte sich das bisher so freundliche Gesicht. „Wie ... ähm ... kommt ihr darauf?“

„Also ...“ Paul stotterte auf einmal. Hatte er einen wunden Punkt getroffen?

„... es ist nur eine Vermutung“, kam Samuel ihm zu Hilfe. „Wir wollten Sie damit nicht verunsichern. Entschuldigen Sie bitte!“

„Hm ...“ Der alte Mann wedelte sich vor dem Gesicht herum, als wollte er eine Fliege vertreiben. „Nein, nein, nein. Das ähm ... also ... wisst ihr ... ich habe tatsächlich einen zweiten Bruder. Er heißt Bernhard, wurde aber immer Hardy genannt, weil er tatsächlich ein harter Kerl war. Ich spreche nicht gern über ihn und schon gar nicht mit ihm. Er ist ein griesgrämiger alter Kerl.“

„Das haben wir gemerkt“, platzte es aus Dominik heraus.

Herr Müller zog die Augenbrauen hoch: „Was meinst du?“

„Wir sind gerade einem neuen Abenteuer auf der Spur. Dabei haben wir uns eine große, herrschaftliche Villa im gotischen Viertel angeguckt. Ich glaube, es ist das Haus Ihres Bruders. Da stand jedenfalls Müller am Klingelschild. Sarah wollte mal Hallo sagen und hat geklingelt. Daraufhin hat ein alter Mann sie von innen angeschrien – ohne die Tür zu öffnen – und uns gleich wieder fortgescheucht.“

„Oh ja. Das klingt genau nach ihm.“ Herr Müller rang sich ein bitteres Lächeln ab. „Ich habe schon seit Jahren nichts mehr mit ihm zu tun.“

„Hm", murmelte Paul. „Dann haben Sie aber eine traurige Familiengeschichte. Beide Brüder leben noch – und das sogar in Ihrer Stadt –, doch mit beiden sind Sie zerstritten."

Herr Müller seufzte. „Tja ... die Geschichte mit Ernst kennt ihr schon. Mit Bernhard ist das etwas komplizierter."

Noch ehe er weiterreden konnte, riefen Sarah und Dominiks Mutter nach den Jungs.

„Entschuldigen Sie bitte, können wir vielleicht später weiter darüber sprechen? Also, wenn es Ihnen nichts ausmacht", schlug Samuel vor.

„Ja, in Ordnung. Ich wünsche euch noch einen schönen Tag."

„Ihnen auch. Bis später!"

Kaum waren die Jungs im Haus angekommen, bestürmte Sarah sie: „Und? Was hat er gesagt?"

Paul bestätigte ihre Vermutung, dass es sich um einen weiteren Bruder handelte. Doch leider lagen alle drei Brüder im Streit miteinander.

Dominiks Mutter verteilte Limonade und Wasser, als Dominiks Freunde sich niederließen. Alle waren traurig über Herrn Müllers Familiensituation.

Sarah legte den Kopf in den Nacken, blickte nach oben und murmelte dann: „Es wäre doch eine schöne Lebensaufgabe, die drei wieder zusammenzubringen. Meint ihr nicht?"

Paul stand auf, kratzte sich am Kinn und sagte nachdenklich: „Wie willst du das denn anstellen? Wir kennen sie doch kaum. Während wir mit Ernst und Fritz vermutlich noch vernünftig reden könnten, stelle ich mir das bei Bernhard – Hardy – ziemlich kompliziert vor."

Sarah winkte ab. „Wo ein Wille ist, ist auch ein Weg."

„Wie auch immer. Wir sind jedenfalls noch keinen Schritt weiter. Und ich fürchte auch, dass wir hier in einer Sackgasse stecken." Samuel sah auf seine Armbanduhr. „Hey, wir wollten doch ins Rathaus. Also los, hoch mit euch!"

Mit ihren Rädern hatten sie das alte Rathaus schnell erreicht.

„Puhh“, murmelte Dominik, während sie das Atrium durchquerten. „Ich erinnere mich gerade an unseren damaligen Besuch hier, als uns die Archivarin, diese komische Frau Goldstein-Dingsbums, abgeholt hat.“

„Zyper-Mayer“, vervollständigte jemand hinter ihnen.

Erschrocken wirbelte Dominik herum. Er fühlte sich voll erwischt. Da stand sie, aufrecht und groß – wie immer. Frau Goldstein Zyper-Mayer, die Archivarin. Obwohl ... bei näherer Betrachtung wirkte sie diesmal kleiner. Irgendetwas an ihr war anders.

„Hallo, Kinder!“ Sie wirkte fast freundlich. „Kann ich euch vielleicht helfen?“

Samuel kam gleich zum Punkt: „Gibt es ein Verzeichnis über die Verlegung von Grenzsteinen?“

„Du meinst solche Grenzsteine, die für Grundstücksgrenzen benutzt werden?“

Samuel nickte.

„Ja, das gibt es in der Tat, und zwar im Dokumentationsverzeichnis der Flurkarten.“

„Flur? Was hat denn der Flur damit zu tun?“, fragte Dominik.

Samuel griff sich an den Kopf. „Oh Mann! Grundstücke werden als Flurstücke bezeichnet und in einer Flurkarte eingezeichnet.“

„Oh. Ach so.“ Dominik war es ein bisschen peinlich, dass Samuel so viel mehr zu wissen schien als er.

Frau Goldstein Zyper-Mayer bemerkte Dominiks Unbehagen. „Ach, mach dir nichts draus. Wer nicht fragt, bleibt dumm. Kommt bitte mit zum Empfang. Für welchen Zeitraum interessiert ihr euch denn?“

Alle schauten auf Sarah.

„Hey, was guckt ihr mich so an?“, lachte sie.

„Na, du bist doch unser wandelndes Villstein-Lexikon“, gab Samuel grinsend zurück.

„Also gut, ich würde 15. bis 17. Jahrhundert schätzen.“

Die Archivarin runzelte die Stirn. „Uh, das ist aber lange her. So alte Daten sind bei uns noch nicht digitalisiert. Nehmt bitte im Wartebereich Platz. Ich suche euch die entsprechenden Dokumente heraus." Frau Goldstein Zyper-Mayer arbeitete bereits lange Zeit als Archivarin in diesem Rathaus. Dennoch brauchte sie eine ganze Weile, um die Akten zu finden. Schließlich kam sie mit einem dicken Ordner zur Sitzecke und legte ihn behutsam ab. „Hier habe ich es. Allerdings kann ich euch das nicht allein machen lassen. Viele der Dokumente in diesem Ordner sind Originale. Dafür trage ich die Verantwortung."

Samuel nickte verständnisvoll. „Das ist schon in Ordnung."

„Wonach suchen wir?", fragte sie und klappte den Deckel auf. „Habt ihr einen Straßennamen, eine Hausnummer?"

„Platanenallee", sagte Sarah. „Die Nummer weiß ich nicht."

Paul kratzte sich am Kopf. „Das Haus befand sich ziemlich am Anfang der Straße."

„Beschreibt es mir bitte", bat die Archivarin.

„Es liegt im gotischen Viertel. Es ist eine herrschaftliche Villa im gotischen Baustil. Sein Grundriss ist kreuzförmig", erklärte Sarah.

„Gute Beschreibung. Das sollte helfen." Sorgsam blätterte die Archivarin Seite für Seite um, als Samuel rief: „Stopp! Das könnte es sein."

Dominik versuchte, die Schrift zu entziffern. „Plafa ... oh Mann. Wieder dieses Altdeutsch und dann auch noch mit kaum leserlichen Buchstaben."

„Platanenallee – richtig gefunden", nickte die Archivarin.

„Da sind tatsächlich die ..."

„Autsch!", schrie Dominik auf. Samuel hatte ihm gerade auf den Fuß getreten.

„Frau Goldstein Zyper-Mayer! Kommen Sie bitte kurz?" Gerade rief eine Kollegin nach der Archivarin.

„Entschuldigt bitte. Ich bin gleich wieder da." Schnell lief sie zum Büro. Den Ordner hatte sie wohl dabei vergessen.

Jetzt beschwerte sich Dominik bei Samuel: „Hey, sag mal, spinnst du? Wieso hast du mich getreten?"

„Na, Mensch, denk doch mal nach. Du hättest der Archivarin um ein Haar verraten, wonach wir suchen. Wann haben wir sie denn eingeweiht? Kann man ihr trauen? Ich bin mir da noch nicht so sicher."

„Hm", grummelte Dominik.

Inzwischen blätterte Paul vorsichtig weiter. „Alter Falter! Seht euch das mal an, ist das nicht das alte Hafenviertel mit der Floßanlegestelle?"

Sarah malte die Markierungen auf der Karte mit dem Finger nach. „Warum sollten die gleichen Grenzsteine mitten im Hafen liegen?"

Samuels Gesicht hellte sich auf: „Wisst ihr, was dort ist? Der unterirdische Hafen des Ordens der Archivare."

„Moment mal", stoppte Paul seinen Freund. „Das würde ja bedeuten, dass der Orden der Archivare tatsächlich Verbindungen zu den Tempelrittern hatte. Überall dort, wo in Villstein also die Templer waren, könnte es auch Hinweise auf die Archivare geben."

„Oder umgekehrt", fügte Dominik an.

„Genau. Achtung! Sie kommt wieder."

Schnell klappte Samuel den Ordner wieder zu und stand auf.

Paul verstand. „Vielen Dank für Ihre Hilfe. Wir ... müssen jetzt wieder los."

„Oh, na gut. Alles klar. Euch noch einen schönen Tag." Etwas verwundert nahm Frau Goldstein Zyper-Mayer die alte Mappe und trug sie wieder ins Büro zurück.

„Los, kommt!", trieb Samuel seine Freunde an. „Paul, wir müssen zu dir nach Hause. Du hattest doch die ganzen digitalen Landkarten auf deinem Computer, richtig? Ich hab da nämlich eine Idee."

Kapitel 6

Kurzerhand fuhren sie quer durch Villstein zu Paul nach Hause und verschwanden in seinem Zimmer.

Paul holte seinen Laptop. „So ... hier sind die Luftbilder, die du wolltest. Was jetzt?"

Samuel durchsuchte die Bilder nacheinander: „Hm ... nehmen wir das hier." Er zoomte ein wenig hinein und markierte die Fundorte der Templergrenzsteine. „Wir haben bislang drei Stellen gefunden, an denen die Tempelritter ihren Abdruck, also die Grenzsteine, hinterlassen haben." Dabei zeigte er auf den Bildschirm des Computers. „Hier, hier und dort."

„Okay!?" Sarah und Dominik hatten keine Ahnung, worauf Samuel hinauswollte.

Paul konnte sich ein Grinsen nicht verkneifen. „Ich nehme an, jetzt sollen wir kreativ werden und nachdenken."

„So ist es!", bestätigte Samuel erwartungsvoll. „Und?"

Paul fuhr sich durch die Haare. „Sorry. Keinen Schimmer."

„Na, ist doch ganz einfach: In der Kirche haben wir doch das Symbol der Tempelritter gefunden – ein Kreuz. Hier auf der Karte haben wir drei Fundstellen, die etwas mit Tempelrittern zu tun haben – unser Rittergut, die Villa im gotischen Viertel und der unterirdische Hafen. Für ein Kreuz fehlt noch eine vierte Position."

„Aha!", raunten sich Paul und seine Freunde zu.

Sarah begann zu grübeln: „Und wo finden wir jetzt die vierte Stelle? Wir ... könnten ein Kreuz über die Landkarte malen."

„Gute Idee, diesen Gedanken hatte ich auch." Samuel zeichnete eine Linie vom Hafen im Westen zum Rittergut im Osten. „Okay." Danach begann er, eine Linie vom nördlich gelegenen gotischen Viertel aus nach Süden zu zeichnen. „So ... und hier ist jetzt der Haken."

„Wie weit nach Süden?" überlegte Paul.

„Ich habe keine Ahnung!" Samuel lehnte sich zurück und verschränkte die Arme hinter dem Kopf. Auf einmal blubberte es in seinem Bauch. „Oh weh. Ist schon Mittag? Mein Bauch meldet sich."

Just in diesem Augenblick klopfte Pauls Mutter an der Tür und lud sie alle zum Mittagessen ein. Professor Cardiff war ebenfalls eingeladen. So ergab es sich, dass Paul und seine Freunde von ihren Entdeckungen berichten konnten.

Schließlich ließ Pauls Vater eine Bombe platzen: „Was ich euch noch sagen wollte: Gleich kommt jemand zu Besuch, den wir – der Professor und ich – eingeladen haben."

„Wir würden uns freuen, wenn ihr dabei seid", ergänzte der Professor.

„Ja klar, kein Problem", verkündete Paul vorschnell. „Wer kommt denn?"

„Frau Goldstein Zyper-Mayer."

„Die Archivarin?", platzte es aus Paul und Dominik zugleich heraus.

Samuel hob die Hand und fragte leise: „Warum?"

„Weil wir glauben, dass sie es verdient hat, angehört zu werden", erklärte der Professor. „Sie hat uns versichert, dass sie uns helfen möchte, die übrigen Testamente zu finden. Sie weiß ja ohnehin schon Bescheid. Außerdem ... die arme Frau hat ihr ganzes Leben lang erfolglos versucht, ihre Familie zu finden. Kannst du dir vorstellen, was das mit jemandem macht? Du spürst jahrelang dieses Loch in dir und weißt nicht, wie du die Leere füllen sollst. Sie braucht jemanden."

Dominik sagte leise: „Ich kann sie verstehen. Leider."

Dann sprach der Professor weiter: „Sie ist ihr Leben lang auf der Suche. Vielleicht können wir ihr helfen, endlich zum Ziel zu gelangen."

„Wäre ...“, überlegte Sarah zaghaft, „das wichtigste Ziel nicht Jesus Christus?“

Pauls Vater lächelte. „Du hast es verstanden, Sarah. Wir sollten ihr nicht im Wege stehen, sondern sie auf Jesus hinweisen. Das geht aber nicht, wenn wir ihr nur Misstrauen und Ablehnung entgegenbringen.“

Professor Cardiff fügte noch an: „Sie hat eine Chance verdient! Wie jeder von uns.“

Schon klingelte es. Alle standen wie erstarrt da, keiner rührte sich. Bis Pauls Vater schließlich zur Tür ging und die Besucherin hereinbat. Die nächsten Minuten gestalteten sich schwierig. Doch irgendwann schaffte es der Professor mit seinem schottischen Charme, das Eis zu brechen und eine Diskussion in Gang zu bringen. Frau Goldstein Zyper-Mayer erzählte und erzählte. Es hatte den Anschein, dass endlich einmal alles herausmusste, was ihr auf der Seele brannte. Sie sprach über ihre verkorkste Kindheit in einem katholischen Internat, ihr Studium und den Kontakt zu Sektion13. Sie breitete buchstäblich ihr ganzes Leben aus.

„Dort hörte ich auch zum ersten Mal etwas von der Legende der sieben Testamente“, erzählte sie. „Ich muss gestehen, dass ich nicht wirklich viel mit Gott am Hut hatte. Zwar hatte ich ein katholisches Internat besucht, aber dort war alles formell und streng. Es gab Regeln über Regeln und wenig Freiraum für eigenes Denken. Stattdessen lernten wir, dass die Kirche der Weg zu Gott sei. Ich habe das alles nie so richtig verstanden. Auch als Sir Crowley mich für Sektion13 anwarb, interessierte mich eigentlich nur, dass er mir versprach, mir bei der Erforschung meiner Vergangenheit zu helfen. Er deutete an, dass er etwas über meine Familie wüsste. Ich warte noch immer auf Erklärungen. Als ich ihn damals darüber informierte, dass ihr der Legende der sieben Testamente auf der Spur seid, hatte ich die Hoffnung, dass er sein Versprechen einlösen würde.“

„Das heißt, Sie wollten uns gar nicht wegen Ruhm und Reichtum verraten?“, vermutete Dominik.

„Was? Verraten? Ähm ... nein. Überhaupt nicht.“ Die Archivarin schnappte nach Luft und war sichtlich verlegen, dann seufzte sie: „Hm ja, aus eurer Sicht muss es sich wohl so angefühlt haben. Ich ... es tut mir aufrichtig leid! Wirklich! Ich möchte es gern wiedergutmachen, wenn das irgendwie möglich ist.“

Paul grunzte nur etwas Unverständliches.

Doch Sarah war als Erste bereit, der Archivarin zu vergeben und meinte: „Aber natürlich! Entschuldigung angenommen!“ Und zu den Jungs gewandt fragte sie in scharfem Ton: „Nicht wahr?“ Dabei guckte sie sehr ernst.

Es war eigentlich keine Frage. Das verstanden die Jungs auch und nickten – wenngleich etwas widerwillig.

Die Archivarin begann zu schluchzen. „'Tschuldigung, Moment ...“ Sie wischte sich schnell die Tränen weg und wollte unbedingt noch etwas erklären: „Damals, als dieser Mr. Black von Sektion13 nach Villstein kam, um das Buch der Wahrheit an sich zu nehmen, machte er mir gegenüber deutlich, dass er keine Rücksicht auf euch nehmen würde. Von diesem Tag an war für mich klar, dass ich nichts mehr mit dieser Organisation zu tun haben wollte.“

„Dann haben wir Ihnen Unrecht getan“, erkannte Samuel. „Ich muss gestehen, dass ich ein gewisses Misstrauen gegen Sie hege ... ähm ... hegte“, verbesserte er sich schnell und guckte verlegen zur Seite.

„Vielleicht kann ich euch sogar helfen“, bot die Archivarin auf einmal an. „Heute Vormittag habt ihr Recherchen über Grenzsteine durchgeführt. Als ihr das Haus in der Platanenallee beschrieben habt, wusste ich sofort, welches gemeint war.“

„Ach ja?“ Dominik staunte nicht schlecht. „Und ... was wissen Sie sonst noch so alles?“

„Wie gesagt, ich beschäftige mich selbst seit langer Zeit mit dem Orden der Archivare und der Legende der sieben Testamente. Es ist ja auch faszinierend. Man stelle sich nur einmal vor, dass es noch viele weitere handfeste Beweise für die historische Echtheit der Bibel gäbe. Das wäre geradezu grandios. Schon die Schriftrollen von Qumran gaben vielen Kritikern zu denken."

„Ich versteh's nicht." Paul schüttelte den Kopf. „Sagten Sie nicht gerade erst, dass Sie nichts mit Gott am Hut haben? Jetzt klingen Sie regelrecht begeistert."

Die Archivarin lächelte. „Ja, das ist einfach zu erklären. Im Laufe der Zeit habe ich mich recht viel mit den Schriften der Bibel beschäftigt. So habe ich erkannt, dass Jesus ein großes Ziel im Leben hatte – er wollte den Menschen Gott als liebenden und gleichzeitig gerechten, aber auch rettenden Vater vorstellen. Ich hatte nie einen solchen Vater. Professor Cardiff hilft mir sehr und erklärt mir eine Menge Dinge."

Professor Cardiff nickte leicht. „Natürlich darf man dabei eins nicht vergessen: Historische oder archäologische – also wissenschaftliche – Beweise sind gut und nützlich. Jedoch sind sie nicht der Grund unseres Glaubens, sondern eine Bestätigung. In erster Linie ist es die Bibel selbst, die uns näher zu Gott bringt."

Paul war immer noch neugierig und ein wenig misstrauisch. „Und wie genau wollen Sie uns jetzt helfen?"

„Ach ja. Also, das Haus Nr. 3 in der Platanenallee, das mit dem kreuzförmigen Grundriss, gehört einem gewissen Herrn Müller."

„Bernhard Müller, um genau zu sein", ergänzte Dominik altklug.

„Oh, ihr wisst schon Bescheid?"

Sarah schüttelte den Kopf. „Eigentlich nicht."

„Nun, Herr Bernhard Müller – ich konnte ihn vor Jahren einmal besuchen – ist ein Nachfahre eines deutschen Tempelritters.

Eure Suche nach Grenzsteinen ließ mich aufhorchen. Ich wusste bis dahin gar nicht, dass es mehrere Grenzsteine in Villstein gibt, die sogar dokumentiert sind. Also habe ich weitergesucht und insgesamt vier Grundstücke gefunden mit solchen Gemarkungen, also Grenzsteinen, die ein Kreuz tragen."

„Halt, warten Sie bitte! Sagten Sie ‚vier'?" Samuel erhob sich langsam vom Sofa und schien nachzudenken.

„Ja, richtig. Ein Grundstück kennt ihr sicher bereits – euer ehemaliges Rittergut, dann noch das Haus in der Platanenallee, und es gibt diese Grenzsteine auch im alten Hafengebiet. Und Nummer vier ist wahrscheinlich ... im *Venedig der Alpen*."

„Ähm, wo?" Paul runzelte die Stirn. „Liegt Venedig nicht in Italien?"

Dominik lachte. „Wir sollten endlich mal 'ne Stadtbesichtigung mit dir machen. Im Süden Villsteins befindet sich der Zufluss des Sees. Dort, wo die Bogenbrücke den Fluss überspannt, beginnt der Ortsteil, der *Venedig der Alpen* heißt. Diesen Teil Villsteins nennt man so, weil es dort viele kleine Brücken und Halbinseln gibt, die an Venedig erinnern."

„Ach, du meinst dort, wo der Turm stand?", erinnerte sich Paul.

Dominik nickte.

Die Archivarin fuhr fort: „Es ist nur eine Vermutung, denn die Dokumentation dieses Grundstücks ist lückenhaft. Grenzsteine werden erwähnt, aber in der Flurkarte sind sie nicht verzeichnet."

„Von welchem Grundstück sprechen wir überhaupt?", fragte Pauls Vater interessiert.

„Das alte Kontor. Falls ihr die Grenzsteine dort findet, solltet ihr euch Notizen zum Standort machen."

„Geht eine solche Standortbestimmung nicht am besten mit dem Handy?", wollte Sarah wissen.

Samuel lachte. „Kluges Mädchen. Das wäre auch mein Vorschlag gewesen."

„Ach, das geht auch?" Die Archivarin warf einen verblüfften Blick auf die Kinder.

„Wo finden wir das Kontor?", erkundigte sich Paul.

„Gar nicht weit vom ehemaligen Seeturm", meldete sich Sarah. „Das weiß ich zufällig, weil es zum Museum ausgebaut werden soll und ich an der historischen Recherche mitarbeite. Dort gibt es vielleicht einen weiteren Hinweis." Sarah sprang auf und ging zur Tür. Die anderen sahen sie irritiert an. Schließlich setzte sie ein strenges Gesicht auf und wiederholte ihren Aufruf: „Braucht ihr 'ne extra Einladung, Jungs?"

Paul, Samuel und Dominik nahmen ihre Jacken und gingen, fast wie Roboter, zur Tür und folgten Sarah nach draußen.

Kaum hatte Paul die Haustür geschlossen, platzte es aus ihm heraus: „Seit wann vertrauen wir ihr denn auf einmal so vorbehaltlos? Nur weil sie ein paar schöne Worte macht?"

Samuel legte Paul die Hand auf die Schultern und meinte in ruhigem Ton: „Immer die Ruhe, was haben wir zu verlieren, wenn wir dort nachschauen? Außerdem ... wie der Professor schon sagte – jeder verdient eine Chance. Also los jetzt!"

Gemeinsam fuhren sie durch Villstein, überquerten den Marktplatz und passierten die Kirche.

„Oh Mann", raunte Paul Samuel zu. „Wenn ich daran denke, dass in einer Woche ein Konzert stattfinden soll und die Anlage im Eimer ist, wird mir gleich wieder schlecht."

Samuel verstand ihn nur allzu gut. „Wie gesagt, einen neuen Elektriker habe ich engagiert."

„Aber was machen wir mit dem verschmorten Mischpult?", fragte Paul besorgt und biss sich auf die Lippe.

„Dafür gibt es auch noch eine Lösung", versicherte ihm Samuel.

Inzwischen hatten sie den südlichen Teil der Stadt erreicht, bogen in eine Kopfsteinpflasterstraße ein und überquerten die alte Bogenbrücke. Dann ging es vorbei am ehemaligen Leuchtturm, und direkt dahinter tat sich das alte Kontor auf.

Dominik kam als Erster an, stellte sein Rad ab und stützte die Hände in die Hüfte: „Ha! Allem Anschein nach hat uns diese Frau doch wieder verkohlt. Das Kontor ist nur noch eine Ruine. Wie sollen wir denn hier etwas finden?"

„Immer die Ruhe!", mäßigte Samuel ihn. „Auch eine Ruine kann ein Ort sein, an dem man wichtige Hinweise findet."

Sarah pflichtete ihm bei: „Denk doch nur mal an die Klosterruine!"

Dominik ging voraus, kletterte auf einen hohen Absatz und hielt Ausschau nach irgendetwas Interessantem.

„Und? Was entdeckt?", erkundigte sich Paul.

„Nee."

Samuel schlug vor, sich aufzuteilen.

„Okay, ich geh mit Paul", sagte Sarah spontan und grinste ihn an. Der schien das zu genießen und hielt ihr seinen Arm hin, damit sie sich einhaken konnte. Dann schlenderten sie zur Kaimauer des Kontors, wo früher einmal die Flöße angelegt hatten, um ihre Waren zu laden oder zu löschen.

Dominik und Samuel untersuchten in der Zwischenzeit die Überbleibsel der Räumlichkeiten.

„Ich stelle mir gerade vor, wie damals viele Händler und Flößer durch diese Räume eilten und ihre Waren einlagerten." Samuel strich mit der Hand über die rissigen Wände und versuchte, die Vergangenheit zu fühlen. „Im Grunde war ein Kontor eine Art Logistikzentrum."

„Ist nur die Frage, was die Templer hiermit zu tun haben sollten."

„Na ja, zunächst einmal – hier wurden Waren gelagert. Insofern vielleicht auch welche, die die Templer oder die Archivare betrafen. Außerdem darfst du nicht vergessen, dass die Templer damals regen Handel trieben."

„Ja, sicher. Aber die sind doch längst weg."

Über ihnen knarrte gerade ein alter Holzbalken, der vom Wind bewegt wurde. Reflexartig sahen sie nach oben.

„Hm ... dieses Dach hat auch schon bessere Tage gesehen“, stellte Dominik besorgt fest. „Hoffentlich kracht es nicht gleich ein.“

Samuel winkte ab: „Ach was. Das hat bis jetzt gehalten, wieso sollte es ausgerechnet heute einstürzen?“

„Was war das hier eigentlich für ein Raum?“, fragte Dominik halblaut und blickte sich um. „Hier gibt es ein Fenster zum Nachbarraum. Merkwürdig.“

„Oder auch nicht“, erkannte Samuel. „Das könnte eine Art Durchreiche gewesen sein oder besser gesagt ein Pförtnerfenster. Vielleicht ...“ Samuel ging in den Nachbarraum. „Das hier war bestimmt der Haupteingangsbereich.“

„Dann bin ich also der Pförtner, der alles checkt?“, fragte Dominik und sah durchs Fenster.

„Vermutlich. Ich stelle mir das so ähnlich wie im Bahnhof vor, wo man kommt, an den Schalter geht und eine Fahrkarte kauft. In diesem Fall vielleicht einen Warenlagerplatz. Vielleicht wurde hier auch direkt gehandelt.“ Samuel kam wieder zu Dominik zurück. Gerade als er den Raum erneut betrat und in Richtung des Fensters blickte, entdeckte er eine Inschrift. „Nanu? Was ist denn das?“

Erstaunt blickte Dominik auf. „Was meinst du?“

„Da – über dem Fenster steht etwas. War mir vorhin gar nicht aufgefallen. Kann es kaum entziffern ... 3. Mose 25,17.“

„Eine Bibelstelle? Warte mal ...“ Dominik nahm sein Handy und tippte die Bibelstelle ein. Dann las er vor: „Niemand soll seinen Nächsten ausnutzen. Fürchte dich vor deinem Gott, denn ich bin Jahwe, euer Gott!“

„Aber klar, das ergibt Sinn!“ Samuel klatschte in die Hände und erklärte: „Hier wurde Handel getrieben. Der Aufseher, der hier arbeitete, sollte mit diesem Bibelvers daran erinnert werden, stets ehrlich zu sein und niemanden auszunutzen.“

Dominik rieb sich Nase. „Das lässt vermuten, dass die Betreiber dieses Kontors Christen waren, oder nicht?“

Samuel nickte, als Paul von draußen rief: „Leute, kommt mal raus! Wir haben etwas gefunden."

Dominik und Samuel eilten nach draußen und trafen Paul und Sarah am hinteren Ende der alten hölzernen Kaimauer.

Paul hatte sich gerade vor einer dicken Metallsäule hingekniet, kniff ein Auge zu und schien darüber hinwegzusehen. Dann murmelte er irgendetwas.

„Was habt ihr da gefunden?", erkundigte sich Samuel.

Sarah wies auf ein längliches Objekt, das aus dem Boden ragte. „Eine Metallsäule. Sie sieht stabil und ziemlich verwittert aus. Steht wohl schon lange hier."

Paul stand wieder auf und zeigte auf den Kopf der Säule. „Ich glaube, das hier ist interessant. Da ist irgendwas eingraviert. Leider erkennen wir es nicht."

„Na, ihr ..." Dominik warf einen kurzen Blick darauf und sagte locker: „Das ist natürlich ein Templerkreuz."

„Hm." Paul umrundete die Metallsäule und guckte sie sich von allen Seiten an. „Also, wenn du das so sagst ... könnte tatsächlich hinkommen. Es ist vielleicht weit hergeholt, aber könnte das ein besonderer Grenzstein sein?"

Sarah schaute sich die Umgebung an. „Theoretisch denkbar wäre es. Glaube ich. Die Kaimauer scheint jedenfalls das Grundstück des Kontors zu begrenzen. Die Metallsäule steht ganz am Rand. Falls du recht hast, müssten wir exakt drei weitere Grenzsteine finden."

Dominik, Sarah und Paul zogen los und konnten tatsächlich die drei fehlenden Grenzsteine ausmachen. Mit ihren Handys ermittelten sie die Positionsdaten.

Samuel hatte die Arme verschränkt und lief noch immer völlig in Gedanken versunken auf und ab. Dann stoppte er. Plötzlich warf er die Hände in die Höhe und rief: „Heureka! Glaub ich jedenfalls."

„Hattest du eine Erkenntnis?", erkundigte sich Paul mit ironischem Unterton.

„Passt auf! Ich glaube, ich weiß jetzt, warum es so wichtig ist, von allen vier Punkten die genaue Position der vier Grenzsteine zu kennen."

Dominik verbeugte sich vor Samuel und sprach: „Bitte, oh großer Samuel, erleuchte uns mit deiner Weisheit!"

„Warum gibt es bei jedem Haus, das diese Grenzsteine besitzt, immer exakt vier Stück? Wenn es nun um Geometrie geht? Wenn man – pro Haus – die vier Grenzsteine der Reihe nach miteinander verbindet, erhält man ein Rechteck. Jetzt verbindet man die jeweils gegenüberliegenden zwei Punkte diagonal und erhält damit in der Mitte einen Schnittpunkt. Wenn wir das viermal machen, können wir das große Kreuz – also das zwischen Rittergut, Hafen, gotischem Viertel und Kontor – viel genauer zeichnen. Nämlich immer von den Schnittpunkten aus."

Dominik holte tief Luft. „Und warum ist das so wichtig?"

„Ganz einfach: Dadurch können wir die Kreuzlinien ganz exakt zeichnen und. Ich wette, dass an der Stelle, an der sich die Linien des Kreuzes treffen, etwas Wichtiges zu finden ist."

Paul grübelte: „Soweit ich mich erinnere, konnten wir in diesem dicken Rathaus-Ordner die Grenzsteine auf den Flurkarten sehen. Moment ... ach, jetzt verstehe ich, warum es so wichtig war, dass wir die Grenzsteine hier am Kontor finden. Damit wir hierfür ebenso ein Rechteck einzeichnen können, indem wir die Punkte verbinden und so einen weiteren Schnittpunkt erhalten."

Samuel nickte. „Genau."

„Super!", jubelten Sarah und Paul gleichzeitig.

„Wir sollten schnell wieder nach Hause fahren und das Kreuz anpassen. Das sieht mir ganz nach Schottland aus."

„Schottland?", fragte Sarah erstaunt.

Dominik hob die Hand. „Ich glaube, Samuel meint diese Tringula... irgendwas, richtig?"

„Triangulation. Ja, so ähnlich. Auf geht's!"

Schnell waren sie wieder bei Paul zu Hause angekommen. Sie stürmten herein und berichteten von ihren Entdeckungen.

„Jetzt brauchen wir Ihre Hilfe, Frau Goldstein Zyper-Mayer." Samuel gab sich Mühe, freundlich zu klingen. „Wir haben die Grenzsteine des Kontos gefunden und die Positionen bestimmt. Ich habe eine Theorie zur korrekten Zeichnung des großen Kreuzes. Dafür benötigen wir aber die exakten Positionen der anderen Grenzsteine."

Die Archivarin kramte in ihrer Tasche. Sie zog einen Hefter mit vielen Blättern heraus und überreichte ihn Samuel. „Ja ... so etwas in der Art hatte ich bereits angenommen. Ich war mal so frei euch einige Kopien der Flurkarten zu machen. Die Grenzsteine sind dort verzeichnet. Ich hoffe, das hilft euch."

„Super! Vielen Dank!"

Gemeinsam machten sich Paul und Samuel ans Werk, scannten die Flurkarten ein und erstellten eine zusammengesetzte Landkarte, mit Teilen der Flurkarten und ihren eigenen Positionsangaben. Gemäß Samuels Theorie zeichneten sie die Schnittpunkte der Grenzsteine ein und verbanden am Schluss die vier Schnittpunkte zu einem großen Kreuz.

„Et voilà!", rief Samuel stolz aus.

Sarah sah sich das Bild an. „Die Villsteiner Kirche!"

„Wartet kurz", sagte Paul, „ich drucke das Bild mal aus, damit ihr euch nicht alle die Nase an meinem Monitor plattdrücken müsst."

Pauls Vater war neugierig geworden und betrachtete das Bild der montierten Landkarte mit dem eingezeichneten Kreuz. „Faszinierend."

Dominik grinste. „Lasst mich raten – dort ist der nächste Hinweis?"

„Hat jemand Lust, die Kirche zu untersuchen?", fragte Samuel lachend in die Runde.

Das ließen sich die Anwesenden natürlich nicht zweimal fragen.

Kurz darauf begannen sie das ganze Kirchengebäude in Augenschein zu nehmen. Obwohl jeder die Kirche bereits kannte, schien es nun, als würden sie ein völlig unbekanntes Gebäude untersuchen. Doch ziemlich schnell merkten sie, dass sie eigentlich ins Blaue hinein suchten.

Da kam Samuel ein Gedanke: „Paul, hast du den Ausdruck mit?"

„Ja, hier. Wonach suchst du?"

„Ah ja, dachte ich's mir doch. Der Schnittpunkt liegt an einem bestimmten Bereich der Kirche. Hier."

„Ist das nicht der Altarraum?", überlegte Sarah und begab sich dorthin, die anderen folgten ihr.

„Aber hier waren wir doch bereits", stellte die Archivarin ernüchtert fest. „Genau genommen, schon viele Male. Andererseits ... das Wandbild hatte ich bis vor wenigen Tagen auch noch nie zu Gesicht bekommen."

„Sarah? Wo bist du?", rief Samuel.

„Hier, hinter dem Altar. Kommt schnell, ich glaube, hier ist etwas."

Samuel kam als Erster angerannt, blieb mit dem Fuß in einem kleinen runden Loch im Boden hängen und stolperte. „Autsch. Blödes Loch!" Dominik und Paul kamen auch gerade herbeigeeilt. „Habt ihr etwas Interessantes gefunden?"

„Ich weiß nicht genau", murmelte Sarah nachdenklich. „Guckt euch mal diese Bordüre an der Außenwand an. Seltsames Muster, nicht wahr?"

Inzwischen waren die Erwachsenen dazugestoßen.

„Hm ... ich bin mir nicht sicher, aber diese klecksartigen Gebilde sehen aus wie ... Inseln." Professor Cardiff rückte seine Brille zurecht. „Das hier dürfte Malta sein, daneben die Insel Kos, dort Rhodos und noch weitere. Das sind alles Mittelmeerinseln. Was mag das bedeuten?"

Inzwischen hatte sich Pauls Vater die Rückseite des Altars genauer angeschaut. „Interessant", murmelte er. „Hier steht eine Bibelversangabe. Weiß einer von euch, was bei 1. Samuel 16, Vers 7 steht?"

Samuel kratzte sich am Kopf. „Kommt mir irgendwie bekannt vor."

„Ein Mensch sieht, was vor Augen ist ..."

„... der Herr aber sieht das Herz an", vollendete Paul den Satz seines Vaters.

„Genau. Was machen wir jetzt damit? Wenn wir das wörtlich nehmen, gucken wir auf die steinerne Rückwand des Altars."

„Und auf eine Öffnung in der Altarwand", ergänzte Dominik.

Sarah ging einen Schritt zurück und betrachtete die Öffnung genauer: „Ist das nicht ein Herz?"

„Sarah hat recht", nickte Professor Cardiff. „Der Herr aber sieht das Herz an. Das kann auch bedeuten: Er sieht in das Herz. Markus, guck einmal durch das Herz hindurch. Was siehst du?"

„Ich sehe direkt eine Kerze vor mir stehen. Genau genommen, nur den Docht."

„Ha!" Samuel hatte offenbar einen Geistesblitz. Er eilte nach vorn, suchte eine Streichholzschachtel und zündete die Kerze an. Die Kerze leuchtete auf, und sofort flackerte ein schwacher Lichtfleck auf der Wand hinter dem Altar.

„Du bist ein Genie!", rief Paul. „Das Licht leuchtet auf diese Insel. Wie heißt sie?"

Die Archivarin riss erstaunt die Augen auf. „Zypern!"

„Überrascht Sie das?", fragte Sarah irritiert nach.

„Ja, nun ... das *Zyper* in meinem Familiennamen hat mich natürlich schon vor langer Zeit dazu veranlasst, auch die naheliegenden Theorien zu prüfen. Ich suchte nach einer möglichen Verbindung nach Zypern. Leider kam ich da nicht weiter. Das hier ... erinnert mich nun wieder daran."

„Hm ... auf Zypern also", murmelte der Professor und lief einige Schritte hin und her. „Wir müssen dorthin, und zwar schnell."

„Waaas? Machen Sie Witze?“ Dominik schüttelte vehement den Kopf. „Das kann sich meine Familie niemals leisten.“

Pauls Vater versuchte, ihn zu beruhigen: „Hey, es gibt für alles eine Lösung. Mach dir keine Sorgen!“

Mal eben nach Zypern zu fliegen schien wirklich keine einfach umzusetzende Idee zu sein. Samuel dachte darüber nach und ließ sich in eine der Kirchenbänke sinken. „Das war's dann also. Hier endet die Suche.“ Dann sah er auf seine Uhr und sagte traurig: „Es ist schon spät. Ich mach mich mal vom Acker. Zu Hause warten vermutlich schon tausend Aufgaben auf mich. Ciao!“

„Mach's gut!“

„Bis morgen!“, rief Pauls Vater ihm nach.

Jetzt hatten sie einen handfesten Hinweis, und doch schien er unerreichbar zu sein. Mit einem Mal war die ganze Luft raus. Jeder ging bedrückt nach Hause.

Willkommen auf Zypern

Kapitel 7

Am nächsten Morgen hatte Samuel überhaupt keine Lust aufzustehen. Doch ein Piepsen machte ihn neugierig. Es kam von seinem Computer: eine Erinnerung an das Musik-Festival.

„Hm, warum nicht?", dachte er. „Jetzt werde ich wieder Zeit dafür haben." Er suchte sich etwas Essbares in der Küche und setzte sich gelangweilt vor den PC. Lustlos kaute er auf einem Brötchen herum und starrte auf den Bildschirm. Im Grunde war ihm überhaupt nicht nach Musik zumute. Er schob den Kopfhörer beiseite und schaute aus dem Fenster in einen grauen Tag.

Da hörte er seinen Vater die Treppe heraufkommen. Als er Samuels Zimmertür öffnete, telefonierte er noch und sagte gerade: „Alles klar, Markus. Ich wünsche euch eine gute Reise!" Dann legte er auf und grinste Samuel breit an: „Na, du? Guten Morgen!" Er blickte sich auffällig um und sagte dann herausfordernd: „Noch gar nicht gepackt?"

Samuel zog eine Augenbraue nach oben.

„Also, wenn du nicht zu spät kommen willst, solltest du jetzt wirklich loslegen." Sein Vater schien Spaß daran zu haben, seinen Sohn zu necken.

„Sehr witzig!", blaffte Samuel genervt und guckte wieder aus dem Fenster.

Sein Vater blieb einfach in der Tür stehen und schwieg einen Moment. So, als würde er Samuels Reaktion abwarten.

Und Samuel reagierte. Er versuchte, besonders gelangweilt zu klingen, obwohl ihn die Neugier gepackt hatte. „Wieso packen?"

„Ach, na ja", sein Vater genoss es, „ich könnte mir vorstellen, dass du nicht nur im Schlafanzug unterwegs sein möchtest."

„Ich hab nix vor", erwiderte Samuel.

„Oh, ja, wenn das so ist. Dann informiere ich deine Freunde eben, dass sie ohne dich nach Zypern fliegen."

„WAAAS?" Samuel wirbelte herum und sprang auf. „Hast du Zypern gesagt?"

Sein Vater lachte. „Ich glaube, schon. Professor Cardiff und Markus haben euch zu einer Forschungsreise nach Zypern eingeladen." Dann sah er auf seine Uhr und grinste schon wieder. „Ich glaube, in zehn Minuten fahren sie vor, um dich abzuholen. Hast du keine Info auf dem Handy bekommen?"

„Info?" Samuel nahm sein Handy und versuchte es einzuschalten. „Oh, ich fürchte, ich hab gestern vergessen, das Ladekabel anzuschließen." Dann hielt er kurz inne. „Moment mal, sagtest du: ‚in zehn Minuten'?" Samuel rannte wie ein wildes Huhn durchs Zimmer. „Aaahhh ... ein Koffer, ein Koffer." Er griff wahllos in den Schrank und knallte alle möglichen Klamotten hinein. Doch plötzlich stoppte er und sah seinen Vater an. „Ähm ... und meine Praktikums-Bewerbungen und meine Pflichten auf dem Hof?"

Freundschaftlich nahm sein Vater ihn in den Arm und sagte: „Mein lieber Samuel, als ich dir kürzlich erklärt habe, dass mir klar geworden ist, dass ich dich viel zu sehr unter Druck setze, meinte ich das auch so. Ich versuche, dir mehr Freiraum zu geben." Dann sah er Samuel in die Augen, und ein Lächeln umspielte seine Lippen. „Außerdem erscheint mir eine Forschungsreise recht sinnvoll zu sein, um den beruflichen Werdegang zu überprüfen."

Samuel drückte seinen Vater ganz fest. „Oh danke, Pa!"

„Und den Hof werden wir auch eine Weile allein managen können." Mit einem Zwinkern fügte er an: „Ging ja in den letzten Tagen auch, nicht wahr?"

„Äh ja."

„Jetzt aber schnell. Sie werden bestimmt bald eintreffen. Hier ist dein Pass. Den wirst du brauchen."

Schnell schnappte sich Samuel den Pass, huschte durchs Bad und zog sich um. Schon klingelte es, und Sarah stand vor der Tür und lachte ihn an: „Moin, kann's losgehen?"

„Aber klaro!", nickte Samuel ganz aufgeregt, verabschiedete sich von seinen Eltern und sprang zu den anderen ins Auto.

Als das Flugzeug schließlich vom Münchner Flughafen abhob, hielt es Samuel nicht länger aus: „Jetzt erzählt mir doch endlich mal, wieso wir auf einmal unterwegs sind. Die ganze Autofahrt über hab ich mir den Kopf zerbrochen, komme aber auf keine logische Erklärung."

„Das kann dir der Professor wohl am besten erzählen", sagte Paul und stupste ihn an. „Er sitzt doch gleich hinter uns."

Samuel wartete den Hinweis ab, dass man sich abschnallen konnte, kniete sich dann auf seinen Sitz und blickte nach hinten, wo der Professor neben der Archivarin und Markus saß. „Herr Professor, Paul meinte, Sie haben etwas mit dieser plötzlichen Forschungsreise zu tun. Wie haben Sie ...?"

Der alte Mann lachte. „Oh ja, so kann man das wohl ausdrücken. Nun, junger Mann, mir war sofort bewusst, dass ihr nicht ständig einfach so in der Welt herumreisen könnt. Also habe ich gemeinsam mit Markus und Clara überlegt ..."

„Clara?"

„Das bin ich", meldete sich Frau Goldstein Zyper-Mayer zu Wort. Sie lächelte sogar, als sie es sagte. Samuel hatte Mühe, ihr neuartiges Verhalten einzuordnen. In letzter Zeit war sie auffallend freundlich.

„Jedenfalls haben wir die Idee einer Forschungsreise nach Zypern entwickelt, die sich recht einfach begründen lässt. Auf den Spuren der Tempelritter sind wir gleichzeitig auf der Suche nach dem Vermächtnis des Ordens der Archivare."

„Den sieben Testamenten", fügte Dominik an.

„Ja, genau. Das wiederum bringt uns zu der Frage: Wer waren sie und wo kamen sie ursprünglich her? In den letzten Jahren konnte ich nur Puzzleteile finden. Markus hat weitere gefunden, und sogar Clara konnte wichtige Informationen beisteuern. Nun haben wir unser Puzzle fast komplett."

Pauls Vater übernahm: „Der Hinweis aus der Villsteiner Kirche auf Zypern untermauert unsere Theorie. Wir vermuten nämlich, dass der Orden auf Zypern gegründet wurde. Wenn wir über die Ursprünge des Ordens nachdenken, die wahrscheinlich im 1. Jahrhundert nach Christus liegen, begeben wir uns in die Zeit der ersten Christen und der Apostel."

Gerade hatte sich Sarah auch umgedreht und ihren Kopf auf die Lehne gelegt. „War der Apostel Paulus nicht auch mal auf Zypern?"

„Das stimmt", bejahte Markus. „Gleich auf seiner ersten Missionsreise. Dort traf er auf den Prokonsul Sergius Paulus, der auch zum Glauben kam. Meines Wissens war er der erste hochrangige Beamte des Römischen Reiches, der zum Glauben an Jesus fand."

Der Professor führte den Gedanken weiter: „In der Bibel, in Apostelgeschichte 13, wird von einem Zauberer namens Elymas berichtet, der sich dem Apostel Paulus in den Weg stellte. Er wurde mit Blindheit gestraft. Das beeindruckte den Prokonsul so stark, dass er zum Glauben an Jesus kam und ihn als den von Gott gesandten Retter erkannte. Lukas, der Schreiber der Apostelgeschichte, erwähnt auch, dass dieser Prokonsul Sergius Paulus ein kluger Mann gewesen sei. Ich fand bei meinen Nachforschungen Hinweise, die darauf schließen lassen, dass er der Sache auf den Grund gehen wollte. Zunächst konnte er sich mit dem Apostel Paulus und Barnabas unterhalten. Aber als sie weiterreisten, begab er sich selbst auf die Suche nach Informationen und Zeugen."

„Wir nehmen an", ergänzte Markus, „dass er damals alle Schriftstücke sammelte, die er finden konnte. Immerhin befand er sich in einer Position, die ihm das erlaubte. Von Zypern aus beobachtete er – zweifellos mit einiger Sorge –, wie sich die Dinge im Römischen Reich entwickelten. Hier setzt nun unsere Theorie an: Wir glauben, dass Sergius Paulus zu den Gründern des Ordens der Archivare gehörte. Vielleicht sah er die kommende Christenverfolgung voraus. Vielleicht wollte er auch einfach nur möglichst viele wichtige Dokumente sammeln und bewahren. Auf seiner Insel konnte er das – zumindest eine Zeit lang – ziemlich unbehelligt tun."

Samuel überlegte: „Wie passen die Tempelritter da ins Bild?"

Markus erklärte: „Sergius Paulus, so glauben wir, wollte der Nachwelt schriftliche Beweise erhalten, dass die Sache der Christen rund um Jesus Christus und den Gott der Juden richtig ist. Die Tempelritter traten unter anderem ebenfalls als Bewahrer auf. Einerseits wollten sie Pilger beschützen, die das Heilige Land besuchten. Aber daneben führten sie auch Ausgrabungen durch und versuchten, so viele antike Reliquien zu finden und zu bewahren, wie sie konnten. Wir glauben, dass sie auch im Besitz eines Objektes waren, welches das Buch der Wahrheit als eines der sieben Testamente bezeichnet. Hier sehen wir also die Verbindung zur Legende der sieben Testamente und dem Orden der Archivare."

Der Professor räusperte sich einmal und schloss: „Als Anfang des 14. Jahrhunderts der französische König Philipp IV. die Tempelritter verhaften ließ, flüchteten einige von ihnen. Einer der letzten Rückzugsorte war die Burg Kolossi ... auf der Insel Zypern."

„Ist ja spannend", meinte Dominik. „Ihr solltet Geschichtslehrer werden."

„Lasst mich das mal zusammenfassen." Samuel holte tief Luft und legte los: „Ihr nehmt also an, dass der Orden der Archivare auf Zypern gegründet wurde, vermutlich kurz nachdem der Apostel Paulus dort gewesen war. Schließlich zieht ihr eine Verbindung zu den sieben Testamenten und vermutet, dass die Templer eines davon auf Zypern versteckt haben, als sie nach Zypern flohen. So weit richtig?"

Professor Cardiff nickte und sagte ziemlich laut: „Und wir sind jetzt unterwegs, um den Schatz der Tempelritter zu heben."

„Hahaha. Der war gut, Opa!" Einer der Fluggäste, ein junger Mann aus der Nachbarsitzreihe, der zugehört hatte, machte sich lustig über die ganze Geschichte.

Beschämt zog der Professor den Kopf ein. Doch dann stand er auf einmal auf und wedelte mit der Hand in der Luft herum. „Ach Sie! Sie ... haben ja keine Ahnung!"

Der junge Mann steckte seinen Kopfhörer wieder ins Ohr und schüttelte den Kopf.

„Jeremiah, bitte beruhige dich wieder", versuchte Markus, auf ihn einzureden. „Ich möchte daran erinnern, dass wir nicht wissen, wem wir trauen können."

„Ja, ja ... du hast natürlich recht, Markus. Es tut mir leid." Es dauerte noch eine Weile, doch schließlich hatte er sich wieder entspannt und war sogar eingeschlafen.

Etwas später wandte sich Samuel noch einmal an Pauls Vater: „Markus, wir sind vorhin etwas abgewichen von meiner Frage. Diese Forschungsreise ist doch bestimmt ziemlich teuer. Wie habt ihr das geregelt?"

„Professor Cardiff pflegt gute Kontakte zur *University of Glasgow*. Da wir historische Nachforschungen über die Tempelritter durchführen, die ja auch in Schottland existierten, erhalten wir einen Teil der Kosten von der Universität erstattet, das hat der Professor eingefädelt. Den Rest zahlen der Professor, Frau Goldstein Zyper-Mayer und ich aus eigener Tasche."

„Aha, ich verstehe." Samuel setzte sich wieder hin und dachte nach. Alle um ihn herum schienen immer so genau zu wissen, was sie wollten, schienen stets einen Plan zu haben. Der Professor war ein angesehener Archäologe geworden. Sein Wort hatte in der Welt der Wissenschaft Gewicht. Das Lebenswerk von Pauls Vaters sollte die Entdeckung und Veröffentlichung der sieben Testamente werden. Gemeinsam mit seinem Mentor, dem Professor, verfolgte er das Ziel, der Welt die Wahrheit der Bibel zu beweisen. Und selbst die Archivarin hatte das feste Ziel vor Augen, ihre familiäre Vergangenheit zu erforschen, um noch irgendeinen Angehörigen – also ihre Familie – zu finden. Aber was wollte er selbst eigentlich erreichen? Die Idee mit dem Mixen von Musiktracks reizte ihn, aber im Grunde war das mehr Spaß, nichts Ernstes. Allerdings konnte er auch keiner der Berufsideen seiner Eltern etwas abgewinnen. Etwas mit Musik sollte es auf jeden Fall sein ... Es war ein langer Flug. Irgendwann schlief er über seinen Gedanken ein.

Auf einmal rüttelte ihn jemand wach. Er sah auf. „Paul? Was ist?", murmelte er ganz verschlafen.

„Wir sind gleich da. Wach auf! Guck mal aus dem Fenster, da ist Zypern!"

Samuel rieb sich die Augen und blickte hinaus: „Hm, ich hätte mir die Insel größer vorgestellt."

„Nun ja", meinte der Professor, „wie bei so vielem anderen kommt es nicht immer auf die Größe an. Die Insel ist übrigens nur etwa 220 km lang und 90 km breit. Dafür besitzt sie einen ziemlich großen Berg, fast ein Zweitausender, den Olympos."

Kurze Zeit später setzten sie zur Landung in Larnaka an. Anschließend ging es noch eine Dreiviertelstunde in einem Mietwagen nach Limassol, ihren Zielort. Die Aussicht unterwegs war großartig. Die Sonne schien, und zwischendurch konnten sie immer mal aufs Meer schauen. Die Häuser entsprachen dem typisch mediterranen Stil – entweder weiß mit roten Dächern oder ganz ohne Putz, mit offenem Mauerwerk. Von halb verfallenen Hütten bis hin zu herrschaftlichen Villen am Meer oder oben auf den Hügeln war alles dabei. Markus steuerte den gemieteten Kleinbus in Richtung des alten Bootshafens und hielt auf einem Parkplatz direkt am Meer an.

„Aaahhh!" und „Uh!" und „Endlich da!" war zu hören, als alle ausstiegen und sich erst einmal kräftig streckten.

Sarah tat einen besonders intensiven Atemzug. „Ahhh, ich liebe die salzige Meeresluft."

„Ganz in der Nähe ist das mittelalterliche Museum von Limassol. Dort treffen wir einen Freund von mir, Alexis. Er hat übrigens auch einen Anteil an der preiswerten Reise, denn er hat uns eine gute Unterkunft besorgt. Er will sich mit uns hier in Limassol treffen. Alexis ist Elektrotechniker und arbeitet auf dem ganzen Globus an Stromanlagen. Wenn es irgendwo Strom gibt, ist Alexis nicht weit."

Während Markus davon erzählte, bekam Samuel große Augen. „Meinst du, er könnte uns bei dem Desaster in der Villsteiner Kirche helfen?"

„Klar, warum nicht?", meinte Markus. „Er ist seit zwei Monaten wegen eines Bauprojekts hier und sollte bald fertig sein. Soviel ich weiß, kehrt er dann wieder nach Hause, also nach Deutschland, zurück."

„Also, ich find's klasse, dass du so viele Freunde hast", sagte Dominik bewundernd.

Markus lächelte. „Ja, ich auch. Weißt du was? Viele Freunde findet man, wenn man ihnen freiwillig hilft oder sie irgendwie unterstützt, wenn man kann. Später wäscht dann eine Hand die andere."

„Gehen wir", schlug Professor Cardiff vor. „Sonst verpassen wir unseren Kontaktmann am Ende noch."

Das Museum war schnell erreicht.

„Da wären wir", sagte Markus und zeigte auf ein großes, eckiges Gebäude. „Dieser massive Bau ist Lemesos – die Burg von Limassol. Diese Burg wurde in den vergangenen Jahrhunderten mehrmals zerstört und wiederaufgebaut. Vielleicht habt ihr schon mal von Richard Löwenherz gehört, er soll hier gegen Ende des 12. Jahrhunderts seine Verlobte Berengaria von Navarra geheiratet haben. Heute befindet sich hier das Mittelaltermuseum von Limassol. Durch den mehrmaligen Wiederaufbau erfuhr die Burg viele verschiedene ..."

„Das ist ja alles ganz interessant", unterbrach ihn Dominik genervt. „Aber wo ist dein Freund Alexis?"

„Oh, Geduld, junger Mann", mahnte Professor Cardiff und lachte dabei. „Du musst dich unbedingt in Geduld üben, wenn du im Leben zurechtkommen willst."

Nach etwa einer halben Stunde wurde auch Markus unruhig, nahm sein Handy und rief Alexis an. Der ging aber nicht ans Telefon. Markus machte einen besorgten Eindruck. „Irgendwas stimmt hier nicht. Alexis kommt sonst nie zu spät. Dass er nicht ans Telefon geht, ist auch ungewöhnlich."

„Ihm wird doch nichts zugestoßen sein!?", fragte Sarah halblaut.

„Wie dem auch sei", hakte die Archivarin ein. „Es wird bald Abend, und wir sollten uns um eine Unterkunft bemühen. Mit Alexis können wir im Moment wohl nicht rechnen."

„Sie hat recht", pflichtete Samuel ihr bei. „Irgendein billiges Hotel werden wir schon finden."

„Das wird auch nötig sein", mahnte Sarah. „Schließlich sind wir sieben Leute."

Samuel tippte einige Male auf seinem Handy herum und stöhnte dann: „Uff ... das hier könnte was sein – ein Hostel."

„Meinst du ein Hotel oder was?", fragte Sarah irritiert nach.

Samuel schaute noch einmal genau hin. „Nein, Hostel. So etwas Ähnliches wie eine Jugendherberge – also billig."

„Du willst mit dem Professor in eine Jugendherberge?"

„Ach, lass mal, Sarah", winkte der Professor lachend ab. „Wer weiß? Da fühle ich mich vielleicht gleich viel jünger."

„Oh Mann, diese Straßennamen – Eleftherias Nummer 80. Ist nur ein paar Querstraßen von hier entfernt."

Während sie losmarschierten, sah sich Markus noch einige Male um, konnte seinen Freund aber nirgends entdecken.

„Das ist die Straße", sagte Samuel und zeigte aufs Straßenschild. „An einem der Häuser müsste was dranstehen. Dort drüben."

„Uh ... sieht aber nicht sehr verheißungsvoll aus", merkte Frau Goldstein Zyper-Mayer an und verzog das Gesicht.

„Wir haben gerade keine großen Möglichkeiten. Es ist ja hoffentlich auch nur für ein, zwei Tage." Sarah wollte mal wieder die Stimmung retten. „Innen ist es vielleicht sogar ganz gemütlich. Lassen wir uns überraschen!"

Dominik setzte noch einen drauf. „Außerdem ist das doch perfekt. Auf der Suche nach dem Schatz der Tempelritter sind wir hier richtig gut versteckt."

Wenn er sich da mal nicht verrechnet hatte.

Nachdem sie im Hostel eingecheckt und ihre zwei Mehrbettzimmer bezogen hatten, fanden sie sich alle im Erwachsenenzimmer zusammen.

„Okay ... also, wir wissen nicht, was mit Alexis passiert ist", erklärte Markus nachdenklich. „Wir werden telefonieren und im Internet recherchieren müssen, um herauszufinden, wer sein Auftraggeber sein könnte. Von ihm kann ich hoffentlich etwas erfahren. Aber ehe wir loslegen, wollen wir unserem Herrn Jesus die Sache in die Hände legen."

„Gute Idee", freute sich Sarah. „Ich würde gern mit uns beten. Lieber Herr Jesus, wir danken dir, dass du uns als Team zusammengestellt hast und wir auf den Spuren der Tempelritter nach dem vierten Testament suchen können. Du hast uns hierhergeführt. Und jetzt braucht Alexis vielleicht unsere Hilfe. Bitte beschütze ihn und uns, wenn wir uns auf die Suche nach ihm begeben. Bitte segne uns in unserem neuen Abenteuer. Wir geben dir die Ehre darüber! Amen!"

„Amen!"

„Okay, dann los!", sagte Samuel voller Tatendrang.

Zum Glück dauerte es gar nicht lange herauszufinden, wer Alexis beauftragt hatte – es war die Stadtverwaltung. Alexis hatte sich um eine Reihe neuer Verteilerkästen zu kümmern.

„Ich habe gerade mit dem zuständigen Mitarbeiter der Stadtverwaltung gesprochen. Leider hat er auch keine Ahnung, wo Alexis geblieben ist. Normalerweise hätte er sich längst melden müssen. Zumindest konnte er mir die Standorte der neuen Verteilerkästen mitteilen. Dann müssen wir jetzt eben wandern gehen."

„Heute Abend noch?" Sarah machte große Augen. Ihr schien gar nicht wohl dabei zu sein, nachts durch eine fremde Stadt zu stolpern.

„Okay, verschieben wir das auf morgen", sagte Markus.

„Ich hätte da auch noch jemanden, der ein Wörtchen mitreden möchte", meldete sich Dominik.

„Wer denn?"

Stumm grinsend zeigte er auf seinen Bauch.

„Oh Mann! Du denkst immer nur ans Essen", lachte Samuel. „Mich wundert, dass ausgerechnet du unsere Sportskanone bist. Aber ich muss dir zustimmen. Die letzte Mahlzeit ist schon eine Weile her."

„Ich glaube, wir sind vorhin an einem Bistro vorbeigelaufen, dort könnten wir es versuchen", schlug Frau Goldstein Zyper-Mayer vor.

Schnell hatten sie das Bistro erreicht.

„Ah, super. Hier gibt es eine *Street Edition* – quasi Essen zum Mitnehmen. Das mag ich gerne." Sarah schien bereits entschieden zu haben.

Auf dem Rückweg zur Unterkunft unterhielten sie sich angeregt über ihre Entdeckungen in Villstein, während der Professor und die Archivarin noch weitere Hintergrundinfos zur Geschichte der Tempelritter beitrugen. Dabei erregten sie ungewollt Aufmerksamkeit. Zurück im Hostel wollten sie die Abendstimmung noch ein wenig genießen und machten es sich auf der Dachterrasse bequem.

„Habt ihr den Typen mit dem Bart und dem blau-weiß gestreiften Hemd bemerkt?", raunte Paul den anderen zu.

Samuel nickte: „Der ist uns schon seit dem Bistro-Besuch auf den Fersen."

„Allem Anschein nach sind wir berühmt", lachte Markus.

„Oder jemand lässt uns beschatten", zischte Paul.

„Also, in dem Fall ist der Mann da drüben aber recht ungeschickt und auffällig", stellte die Archivarin fest.

Markus schaute sich kurz um. „Dann fragen wir mal höflich nach. Los, den schnappen wir uns! Samuel und Paul, eine Minute, nachdem ich aufgestanden bin, geht ihr langsam linksherum und schneidet ihm den Weg ab. Ich nehme die rechte Seite." Markus stand auf und schlenderte unauffällig in die Richtung des heimlichen Beobachters. Paul und Samuel taten es ihm wie besprochen gleich. Nun inszenierten die Jungs absichtlich einen kleinen Streit, der die Aufmerksamkeit des Fremden auf sie zog. Pauls Vater nutzte die Gelegenheit, ging schnell auf ihn zu und rief nach ihm. Ganz erschrocken wollte er davonlaufen, doch da waren die Jungs im Weg, sodass Pauls Vater ihn packen konnte. „Wer sind Sie?", fragte er streng.

Der Mann schaute ziemlich verwirrt drein und schüttelte den Kopf.

Da versuchte Markus es auf Englisch: „Who are you? Why are you following us?" Das schien anzukommen.

„What? Me? Ehm ... no no ... ehm ... excuse me. I ... I have to go." Der Mann stotterte abgehacktes Englisch und wand sich unter Markus' festem Griff.

Schließlich ließ er ihn wieder los. Daraufhin rannte und stolperte er die Treppe hinab und flüchtete aus dem Haus.

„Ihr wartet hier, ich folge ihm", rief Markus und eilte ihm nach.

Von der Dachterrasse aus konnte die anderen sehen, wie der Mann die Straße zum Hafen hinab rannte und dann in eine Seitengasse abbog. Markus war ihm dicht auf den Fersen. Nach einer Weile kam er zurück und machte ein nachdenkliches Gesicht.

„Konntest du etwas herausfinden?", erkundigte sich Professor Cardiff.

„Ja, und es wird euch nicht gefallen." Pauls Vater hatte schon wieder diesen besorgten Ausdruck in den Augen. „Wir werden gezielt überwacht."

„Gibt's doch nicht!"

„Mich hatte irritiert, dass der Mann offenbar kein Wort Deutsch verstand und uns dennoch verfolgte. Allerdings war das offenbar auch unnötig. Ich konnte beobachten, wie er unten am Hafen einem anderen Mann ein Aufnahmegerät übergeben und dafür Geld bekommen hat. Er verfolgt uns wohl schon eine ganze Weile. Ich konnte hören, wie sich der andere Kerl darüber freute, dass es bei uns um die Tempelritter ging. Mein Griechisch ist zwar etwas eingerostet, aber so viel habe ich immerhin verstanden. Dann bestieg er eines der größeren Schiffe, die im Hafen lagen. Leider konnte ich ihn nicht richtig erkennen, es war schon zu dunkel."

„Oha", murmelte die Archivarin, „womöglich Schatzjäger. Die haben uns noch gefehlt."

Professor Cardiff rieb sich den Bart. „Wir sollten ab sofort sehr vorsichtig sein. Mit denen ist nicht zu spaßen."

Wo ist Alexis?

Kapitel 8

Am nächsten Morgen organisierten sie ein Ablenkungsmanöver. Professor Cardiff würde mit Frau Goldstein Zyper-Mayer nach ihrer Vergangenheit forschen.

„Das zweite Team sollte sich einmal im Mittelaltermuseum umschauen, ob nützliche Informationen zu den Templern zu finden sind", schlug Markus vor.

„Das mache ich", sagte Paul.

„Ich begleite dich." Sarah grinste Paul an.

„Okay, dann kommt ihr beiden mit mir. Wir suchen in Kolossi nach Alexis. Das liegt ein paar Kilometer westlich von hier. Wir fahren am besten gleich mit dem Auto los."

Es war so klar: Der Mann von letztem Abend war schon wieder zur Stelle. Es hatte schon etwas Komisches. Diesmal trug er einen langen Trenchcoat mit großem Hut. Auffälliger ging es kaum. Da jetzt drei Gruppen ausströmten, musste er sich entscheiden, welcher er folgen würde. Schnell merkten Markus, Dominik und Samuel, dass er sich für sie entschieden hatte. Die ganze Autofahrt über klebte er regelrecht an ihnen.

„Na, mal sehen, ob wir ihn abschütteln können." Markus trat aufs Gaspedal. Der Verfolger beschleunigte ebenfalls. Markus bog einmal links und einmal rechts ab. Dann gab er wieder Gas und verließ die Schnellstraße. Mit voller Geschwindigkeit bog er scharf in einen engen Feldweg ein. Zu schnell – das Auto rutschte auf dem sandigen Boden zur Seite und wäre fast gegen eine Mauer gekracht. Doch Markus konnte den Wagen wieder unter Kontrolle bringen und fuhr davon. Ihr Verfolger hatte nicht so viel Glück. Er hatte die Rutschgefahr auch unterschätzt und knallte voll gegen die Wand.

Samuel hatte nach hinten aus dem Fenster geschaut und rief: „Markus, halt an! Ich glaube, unseren Verfolger hat's erwischt."

Markus stoppte und schaute in den Rückspiegel. Doch da fuhr der Verfolger auch schon wieder los und kam näher.

„Schnell, Markus. Fahr los!", brüllte Dominik diesmal.

Es hatte keinen Zweck. Sie wurden ihn einfach nicht los. Markus gab es auf und fuhr zum geplanten Ziel.

„Ich hab eine Idee", sagte Samuel, als sie ausstiegen. „Wir könnten ihn absichtlich mit falschen Informationen füttern. Das hab ich mal in einem Film gesehen."

Markus schien darüber nachzudenken, doch dann schüttelte er den Kopf. „Nein. Das mag funktionieren, birgt aber ein Problem."

„Welches?"

„Die Lüge. Wir müssten lügen, um ihn auf die falsche Spur zu bringen. Ich denke, wir sollten eine andere Methode in Betracht ziehen."

„Hmpf. Okay."

„Da vorn müsste irgendwo der erste Verteilerkasten sein. Von dort aus müssen wir nur der Straße folgen."

Bei den ersten drei Verteilerkästen fanden sie niemanden: Von Alexis war weit und breit nichts zu sehen.

„Also auf zur nächsten Verteilerstation."

„Können wir mal 'ne Pause einlegen? Ich hab Hunger", jammerte Dominik.

Samuel rümpfte die Nase: „Was sonst?"

In der Nähe entdeckten sie ein Café, setzten sich und bestellten einen Happen zu essen. Anschließend ließen sich die Jungs noch einen Eisbecher schmecken.

„Na ja, ist nicht schlecht, aber nicht zu vergleichen mit den Eisbergen unseres Matteos", lachte Dominik und leckte sich den Finger ab.

Markus schrieb etwas in sein Notizbuch, und Samuel blickte sich in der Gegend um. Sein Blick blieb an ihrem Verfolger haften, der sich in einiger Entfernung zur Beobachtung postiert hatte. „Irgendwie hat der Kerl etwas Bemitleidenswertes an sich. Ich kann mir nicht helfen, aber so richtig gefährlich kommt er mir gar nicht vor."

„Guck mal, wie er sich immer über den Bauch streicht", bemerkte Dominik.

Markus sah auf und sagte leise: „Gut möglich, dass er arm ist und deshalb solche niederen Jobs macht und Leute verfolgt. Ich hab ja gesehen, wie er im Hafen bezahlt wurde. Viel schien das nicht gewesen zu sein. Und guck dir mal sein Auto an. Es ist ein Wunder, dass es überhaupt noch fährt. Vielleicht ... hat er Hunger und muss uns nun beobachten, wie wir essen."

Samuel kratzte sich am Kopf und seufzte, dann stand er auf. „Ich hab eine Idee." Er lief direkt auf den Mann im Trenchcoat zu, der seinen Hut extra tief zog, um nicht erkannt zu werden.

„Was hat Samuel vor?" Dominik wollte ihn am liebsten gleich zurückholen.

„Warte!" Markus hielt ihn am Arm fest. „Ich glaube, dieser Mann ist harmlos. Mal sehen, was Samuel vorhat."

Samuel ging auf den Mann zu, der einigermaßen irritiert wirkte. Er schaute sich hektisch nach links und rechts um und überlegte wohl davonzulaufen. Doch Samuel hatte ihn schon erreicht. Er hielt noch einmal kurz inne, dann fragte er ihn: „May I take you ... for a snack?"

Der Mann schaute ihn ungläubig an.

„Sorry about last evening." Schließlich machte Samuel eine Geste, ihm zu folgen. Langsam ging er voraus. Etwas unsicher folgte ihm der Mann.

Als Markus sie kommen sah, stand er auf und bot ihm seinen Platz an. „Hello! My name is Markus and I'm sorry about yesterday. Do you want to eat something?"

Der Mann brachte noch immer kein Wort heraus, nickte aber heftig, sodass Markus ihm die Speisekarte reichte. Der Mann blickte in die Karte, dann wieder auf Markus.

Pauls Vater setzte sich neben ihn: „It's okay, you can order whatever you want. I will pay for you." Dann hob er die Hand, und die Bedienung kam herbei.

Markus' Angebot zeigte definitiv Wirkung. Dieser arme Mann musste extrem hungrig gewesen sein. Er bestellte fast die halbe Karte runter und aß, als gäbe es kein Morgen mehr. Samuel und Dominik trauten ihren Augen kaum.

Als er endlich fertig war, rülpste er kräftig und lehnte sich zurück. „Finally ... full", murmelte er in gebrochenem Englisch. „Than... thank you." Auf einmal rann ihm eine Träne über die dreckverschmierte Wange. Dann sagte er noch etwas auf Griechisch, das aber keiner verstand.

Samuel zuckte mit den Schultern. „Sorry, we cannot understand you."

„Er hat gemeint, dass noch nie jemand so etwas Nettes für ihn getan hat", übersetzte die Kellnerin, die gerade wieder vorbeikam.

„Ähm, entschuldigen Sie. Wie es aussieht, verstehen Sie unsere Sprache. Würden Sie uns vielleicht noch etwas helfen?", bat Markus die junge Frau, die sie bediente.

„Aber gern. Ich war als Studentin zwei Jahre in Deutschland, da habe ich Deutsch gelernt. Ich kann aber nur so lange bleiben, wie ich niemanden bedienen muss." Da gerade keine anderen Gäste da waren, setzte sie sich gleich dazu.

Plötzlich sprudelte es aus dem fremden Mann heraus. Die junge Kellnerin übersetzte fleißig: „Er spricht von seiner Familie, die ihn hinausgeworfen hat, weil er eine Frau heiraten wollte, die ihnen nicht passte. Er hat sie dennoch geheiratet. Kurze Zeit später wurde sie schwer krank, und er setzte sein ganzes Geld für Krankenhäuser und Ärzte ein, aber keiner konnte helfen. Schließlich starb sie. Ihr Tod traf ihn tief. Aus dem ehemaligen Architekten wurde ein herumstreunender Alkoholiker, der sich mit Gelegenheitsjobs über Wasser hält." Die Kellnerin übersetzte weiter: „Er heißt übrigens Georgios.

Er erwähnt ein großes Schiff mit reichen Männern, die vor einigen Wochen in Limassol eingetroffen sind. Die hatten Arbeit für viele Leute wie ihn ... meist dreckige oder gefährliche Arbeit. Aber sie bezahlten immer, auch wenn es nicht viel war. Georgios sagt, er solle möglichst viele Fremde aushorchen. Aber vor allem sollte er eine Gruppe von vier deutschen Kindern beobachten, die in Begleitung einer Frau und zweier Männer sind."

„Unglaublich!" Dominik schüttelte den Kopf. „Das bestätigt noch einmal, dass wir tatsächlich gezielt überwacht werden."

„Moment", sagte die Kellnerin, „ich glaube, er will noch etwas erklären."

„This man was rich and ... special ... ehm ... he has a big golden ring. I ... ehm ..." Dann sprach er auf einmal auf Griechisch weiter.

„Er sagt: Als der fremde Mann vom Schiff ihm sein Geld gab, fiel ihm ein großer goldener Ring an seiner Hand auf, weil er ein komisches Symbol trug – eine Schlange mit Flügeln oder ein Vogel mit einem Schlangenschwanz. Das konnte er nicht so genau erkennen."

Auf einmal machte Markus ein ernstes Gesicht. „Fragen Sie ihn bitte, ob er den Mann vom Schiff beschreiben kann."

„Er sagt, er sei recht groß, gut gekleidet, eine schwarze Hose, ein schwarzes Jackett und ... weiße Haare."

„Ach, du dickes Ei!", platzte es aus Samuel heraus. „Sektion13, sie sind hier!"

Der Mann sprach unentwegt weiter, und die Kellnerin hatte Mühe hinterherzukommen. „Er ... hat jetzt ein schlechtes Gewissen, sagt er. Jetzt möchte er das wiedergutmachen."

Schon im nächsten Augenblick sprang er auf.

„Machen Sie keine Dummheiten!", rief Markus ihm hinterher. „Ach, er versteht ja kein Deutsch."

Es war ohnehin zu spät. Er war bereits in seinem Auto verschwunden und fuhr davon.

„Was hat er vor?“ Samuel und Dominik war das nicht geheuer.

„Ah, da sind Gäste. Ich muss wieder“, sagte die Kellnerin und stand auf.

Markus erhob sich ebenfalls. „Haben Sie vielen Dank!“ Dann wandte er sich an die Jungs: „Wir sollten unsere Suche fortsetzen. Jetzt gleich. Mich beschleicht nämlich das Gefühl, dass wir uns bald einen Wettstreit mit den Schatzjägern – oder besser gesagt, mit Sektion13 – liefern werden.“

Nach dem Bezahlen steuerten sie den nächsten Stromverteiler an, der sich in der Nähe eines abgemähten Feldstücks befand, an dem einige Baumaschinen abgestellt waren.

„Woher wissen die schon wieder, dass wir hier sind und nach dem Templerschatz suchen?“, fragte Samuel sich. „Das kann doch fast nur bedeuten, dass ... vielleicht hat uns die Archivarin doch wieder reingelegt und nur so getan, als sei sie auf unserer Seite. In Wahrheit wollte sie uns nur aushorchen und hat dann die Sektion über unsere Reise informiert.“

Markus blieb stehen und schaute Samuel ernst an. „Hör mal! Ich gebe zu, momentan sieht es wirklich danach aus. Es ist schon auffällig, dass sie bereits vor uns hier waren und offenbar auch am Schatz der Templer interessiert sind. Aber ich möchte dich bitten, dir noch kein Urteil zu bilden. Es sind alles nur Indizien, Vermutungen ohne jegliche Beweise.“

„Was ist das für ein Turm da drüben?“ Dominik zeigte in südöstliche Richtung.

Markus erklärte: „Das dürfte die Burg Kolossi sein. Damals, also im Mittelalter, wurde sie abwechselnd von den Johannitern und den Templern genutzt.“

„Kommt mal her!“, rief Samuel. „Hier drüben.“

Dominik und Markus kamen herbeigeeilt.

„Ein Loch“, stellte Dominik fest und versuchte, etwas zu erkennen. „Scheint tief zu sein.“

„Das sieht nach einer Einsturzstelle aus“, korrigierte Markus ihn.

Samuel strich mit dem Finger über einen zerbrochenen Holzbalken. „Hier ist Blut. Das kann noch nicht sehr alt sein."

Markus rief: „Hallo? Alexis? Bist du da unten?" Keine Antwort. „Wartet hier, ich hole das Auto her." Wenig später parkte Markus den Wagen ganz in der Nähe, brachte ein Kletterseil und Taschenlampen mit. „Wir müssen nachschauen, ob unsere Hilfe benötigt wird. Wer möchte?"

Dominik zögerte.

„Ich klettere da runter." Samuel steckte eine der Taschenlampen ein und beobachtete, wie Markus eine große Schlaufe in das Seile knotete.

„Okay, ich lasse dich daran herunter. Sei vorsichtig!"

„Alles klar!"

Langsam ließ Markus Samuel am Seil hinunter. Stück für Stück ging es tiefer, bis er schließlich ganz in der Dunkelheit verschwunden war.

Dann rief Samuel aus dem Loch: „Okay, ich bin unten. Alles okay soweit."

„Wie sieht es da unten aus?"

„Hier liegen zerbrochene Holzbalken. Die könnten durchaus von da oben stammen. Hier ist auch Blut dran." Samuel leuchtete die Einsturzstelle von unten ab. „Ich bin mir sicher, dass hier jemand eingebrochen ist. An der Wand erkenne ich Steigeisen, ziemlich verrostet und halb abgebrochen."

„Ein Tunneleingang?", murmelte Markus.

„Hier unten beginnt ein Gang. Er führt in, Moment, nordwestlicher Richtung. Ich schau mich einmal um."

„Pass bloß auf, Sam!", rief Dominik ihm hinterher.

Samuel tastete sich vorwärts. Die felsige Steinwand fühlte sich nasskalt an.

„Nanu? Was ist denn das?", wunderte sich Samuel auf einmal. „Alle paar Meter gibt es eingravierte Symbole in der Wand. Ein Berg? Das könnten Schlangen sein, hier ein länglicher Stein. Merkwürdig. Ich fotografiere es am besten."

Er ging weiter. Plötzlich rutschte er aus und fiel hin. „Autsch! Mann, ist das glitschig hier." Er rappelte sich wieder auf und sah sich um. Auf einmal spürte er etwas: „Ein kühler Luftzug. Der Gang muss ins Freie führen. Moment ... was ist das?" Während Samuel mit der Taschenlampe den Raum ableuchtete, blitzte etwas auf. Da war eine Nische in der Mauer. Irgendetwas reflektierte den Lichtstrahl seiner Taschenlampe. Doch zu seinem Ärger war der Zugang durch Holzbalken versperrt. Er überlegte:

„Also, wenn diese Holzbalken hier genauso morsch sind wie die am Eingang ..." Samuel nahm Anlauf und warf sich mit aller Kraft gegen die Balken, die geräuschvoll zerbarsten. „Aua!" Diesmal hatte er sich den Arm an den Holzsplittern aufgerissen. „Mann, tut das weh!" Samuel biss die Zähne zusammen und untersuchte die Nische genauer. „Wow, an dieser Wand ist ein Relief eingraviert worden. Das ist bestimmt zwei Meter groß. Was ist denn da in den Rillen drin? Was glänzt da so? Ist das etwa ... Gold?!" Erschrocken wich er einen Schritt zurück und stieß mit seinem Arm gegen die Wand: „Autsch! Argh. Das blutet ja richtig. So ein Mist. Ich muss dieses Relief schnell fotografieren und gucken, wohin der Tunnel führt, damit ich zurückkann." Samuel zwängte sich wieder aus der Nische und folgte dem Tunnel weiter in nordwestlicher Richtung. Der Luftzug wurde immer stärker. „Es kann nicht mehr weit sein", mutmaßte er. „Sind das ... Autos?" Er glaubte, Motorengeräusche zu vernehmen, und lief weiter. Er spürte, wie es langsam bergauf ging. Vor ihm fiel ein wenig Licht in den Tunnel. Vielleicht ein Ausgang? Einige Meter weiter versperrte ihm eine alte Holztür den Weg. „Sie ist offen. Ich Glückspilz." Samuel drückte die Tür auf, kletterte die Stufen hinauf und versuchte, sich zu orientieren. „Ob das mal ein Stall war?" Das Gebäude war leer, und so, wie es aussah, war hier schon lange niemand mehr gewesen. Samuel suchte den Ausgang und wollte gerade gehen, als ihm etwas auffiel. „An diesem Türbalken ist rote Farbe. Nein, warte, das ist Blut. Das kann nicht besonders alt sein. Ich sollte Markus informieren." Samuel verließ den alten Stall und ging zur nächsten Straße. Unterwegs rief er Markus an und beschrieb ihm, wo er sich gerade befand. Kurz darauf holten Markus und Dominik ihn ab.

„Meine Güte! Samuel, was ist passiert? Dein Arm ..."

„Äh, ja. Ein kleines Missgeschick."

„Wir fahren dich sofort ins Krankenhaus", erklärte Markus und gab Gas. „Aber erzähl doch mal! Was hast du gefunden?"

Unterwegs berichtete Samuel von der Entdeckung der Symbole, die in die Felswand eingraviert worden waren, und der Nische, wo er sich verletzt hatte.

„Du hast Fotos gemacht? Bin schon drauf gespannt", sagte Markus neugierig.

Nach einer Weile räusperte sich Samuel. „Du, Markus, ich hab nachgedacht. Ich glaube, ich verstehe jetzt, was du mit den *anderen Methoden* meinst, um richtig mit unserem Verfolger – also Georgios – umzugehen. Wir sollten nicht lügen. Stattdessen haben wir ihn zum Essen eingeladen. In gewisser Weise haben wir unserem Feind Gutes getan."

Markus lächelte: „Ja, das stimmt. Das erinnert mich an einen Spruch aus der Bibel. Er steht in Sprüche 25, Vers 21. Da heißt es: *Wenn dein Feind hungrig ist, gib ihm zu essen, wenn er Durst hat, gib ihm zu trinken; so sammelst du glühende Kohlen auf seinen Kopf, und Jahwe vergilt es dir.*

Am Ende hast du ihm Gutes getan, obwohl er uns Böses wollte. Das hat Gott benutzt, um den Mann zu einer inneren Umkehr zu bewegen."

Endlich erreichten sie den Parkplatz des *General Hospitals* und brachten Samuel in die Notaufnahme. Nach einer gefühlten Ewigkeit des Wartens kam ein Arzt auf sie zu, räusperte sich und sagte: „Hi, my name is Dr. Mallard. How can I help you?"

„Na ja, also, ich habe mich an einem Holzbalken verletzt."

„Ah, du sprechen Deutsch? Gut. Du bitte genau beschreiben, was passiert." Er hörte sich Samuels Unfallbeschreibung aufmerksam an und bat ihn mitzukommen, um eine Ultraschalluntersuchung durchzuführen. „Gut, ich versuchen, dir zu erklären. Du haben Glück im Unglück. Du sehen hier?" Er zeigte auf das Bild des Ultraschallmonitors. „Das ein Splitter, wir müssen entnehmen, sonst große Entzündung. Der Rest nur oberflaschlige Verletzung. Nur geschnitten die obere Epidermis. Ähm ... ich meine Haut." Er betäubte Samuels Arm und reinigte die Wunde, dann entfernte er den Splitter. Anschließend bat er eine Schwester, die Wunde zu versorgen und einen Verband anzulegen.

Dann schaute er Samuel nachdenklich an und murmelte: „Schon komisch. Du schon der Zweite in kurzer Zeit, der mit solchen Verletzungen. Erst gestern ein Mann mit ..."

„Alexis ist hier?", unterbrach Markus ihn.

„Sie den Mann kennen?" Erstaunt schaute der Arzt auf.

„Ja, er ist ein guter Freund. Wir waren in Limassol verabredet, aber er ist nicht gekommen. Jetzt wissen wir wenigstens auch, warum. Dürfen wir zu ihm?"

„Nun ja, das geht nicht einfach. Patientenschutz, Sie wissen? Aber ich kann ihm Ihre Telefonnummer geben, dann er Sie kann anrufen und Zimmernummer sagen."

„Zimmernmmer? Muss er etwa noch hierbleiben?", fragte Dominik besorgt nach.

„Ja. Seine Verletzungen waren stärker. Aber ich nicht sagen kann mehr. Bitte verstehen." An Samuel gewandt sagte er schließlich: „Du jetzt wieder können gehen und Arm einen Tag schonen. Aber wenn Arm werden rot und dick, du kommen wieder, ja?"

Samuel nickte gehorsam.

Markus gab dem Arzt seine Handynummer und bedankte sich für die Behandlung.

Es dauerte nicht lange, bis Alexis sich meldete und Markus und die Jungs auf sein Zimmer einlud.

„Hey Markus! Ich freue mich, dich zu sehen." Alexis lag im Bett und trug einen dicken Verband am Arm.

„Mensch, Alexis, bin ich froh, dich zu sehen! Wie geht es dir?" Markus begrüßte seinen Freund und setzte sich auf die Bettkante.

„Tja, verrückte Sache. Gestern habe ich einige Verteilerstationen für das neue Stromnetz überprüft, die neu gebaut wurden. Ich bin für die technische Abnahme dieser Anlage verantwortlich."

Dominik hob den Finger. „In Kolossi. Wissen wir."

„Ach so?"

Markus erzählte die ganze Geschichte. Als er zu Samuels Verletzung kam, horchte Alexis auf. „Das ist interessant. Ich hatte leider keine Taschenlampe dabei. Mein Handy ging bei dem Sturz verloren, sodass ich mich im Dunkeln durch den Tunnel arbeiten musste und noch nicht einmal jemanden anrufen konnte."

„Deshalb haben Sie auch diese Nische nicht entdeckt", erkannte Samuel.

„Bitte, nennt mich Alexis, okay?", bat er und lachte dabei. „Redet mich mit Du an. So alt bin ich noch nicht."

Zwischendurch kam eine Krankenschwester herein und überprüfte Alexis' Verbände.

Als sie den Raum wieder verlassen hatte, flüsterte er: „Samuel, du hast da unten Symbole gefunden. Kann ich die mal sehen?"

Samuel zeigte Alexis sein Handy, der stutzte. „Das ist doch die Burg. Gar nicht weit von dem Tunnel entfernt. Aber die anderen Zeichen kann ich mir nicht erklären. Das ist eher etwas für dich, Markus."

Nun starrten alle auf das kleine Display und überlegten fieberhaft, was diese Symbole bedeuten könnten, fanden aber noch keine sinnvolle Erklärung.

Da piepte Samuels Handy. „Die anderen rufen. Wir sollten wieder zurückfahren."

„Na schön, werd schnell wieder gesund, mein Freund." Markus verabschiedete sich und war sichtlich erleichtert darüber, dass Alexis nichts Schlimmes zugestoßen war.

„Ach, halt mal!" Alexis hielt seine Besucher zurück. „Fast hätte ich es vergessen. Wo seid ihr denn untergekommen? Ich konnte euch ja noch gar nicht zu eurer richtigen Unterkunft bringen."

Dominik zog die Augenbrauen hoch: „In einem Hostel."

„Ach, du meine Güte." Alexis griff sich an den Kopf und griff nach dem Telefon. „Sekunde." Kurz darauf schrieb er eine Adresse auf einen kleinen Zettel und reichte ihn Markus. Lachend erklärte er: „Okay, also, ihr zieht bitte sofort um! Hier ist die Adresse. Das kann ich sonst unmöglich verantworten. Ihr werdet bereits erwartet. Ich habe der Haushälterin mitgeteilt, dass ihr in etwa einer Stunde eintrefft. Ich wünsche euch viel Spaß und auch ein wenig Erholung und Urlaubsfeeling auf der Insel. Immerhin habt ihr ja auch Ferien, wenn ich nicht irre."

Samuel nickte. Haushälterin? Spaß? Voller Neugier machten sich die drei auf den Weg.

Auf der Spur der Tempelritter

Kapitel 9

Wie besprochen trafen sich alle gemeinsam in ihrer vorübergehenden Unterkunft. Dort packten sie ihre Sachen, checkten aus und fuhren zu der angegebenen Adresse. Samuel und Dominik waren auffällig ruhig und beäugten die Archivarin argwöhnisch.

Als sie angekommen waren, stiegen sie aus, und Sarah nahm die beiden beiseite und zischte: „Was ist los mit euch? Ihr seid schon die ganze Zeit so komisch drauf."

Samuel flüsterte: „Es ist möglich, dass uns die Archivarin wieder verraten hat."

Sarah riss die Augen auf: „Echt jetzt? Ich hatte eigentlich den Eindruck, dass sie es ernst meint. Hm ..."

„Hey Leute! Wo bleibt ihr denn?" Paul kam vom Haus zurückgerannt. „Das müsst ihr euch anschauen!" Seine Begeisterung weckte Neugier.

„Wow!"

„Ach, du meine Güte!"

Pauls Freunden fiel die Kinnlade herunter, als sie einen Flur mit großen Säulen betraten. Der glänzende Marmorboden spiegelte die kunstvoll verzierte Deckenmalerei.

„Alter Falter!" Samuel war hin und weg.

„Das ist noch nicht alles", sagte Paul aufgeregt und winkte seine Freunde nach draußen. Hinter dem Haus fügte sich ein weitläufiger Garten in die Landschaft, in dessen Mitte sich ein riesiger Pool befand.

„Na, das nenn ich mal ein Upgrade", freute sich Dominik.

„Darf ich euch die Zimmer zeigen?", fragte eine freundliche Stimme hinter ihnen. Es war die Haushälterin, die sich um alles kümmerte. „Mein Name ist Maria. Ihr müsst Sarah, Paul, Dominik und äh ... Samuel sein, richtig?"

„Ja, genau."

„Alexis hat euch bereits angekündigt. Kommt bitte mit nach oben." Maria lächelte und ging voran, während Samuel und seine Freunde ihr über eine breite, geschwungene Treppe ins Obergeschoss folgten. „So, da wären wir. Macht es euch bequem. Ihr könnt euch die Zimmer gern aussuchen. Um 14 Uhr wird das Mittagessen im Salon serviert."

Die Kinder schauten sich enttäuscht an. „So spät erst?"

„Auf Zypern gehen die Uhren langsamer", erklärte Pauls Vater, der gerade die Treppe heraufkam. „Abendessen gibt es sogar erst gegen 21 Uhr. Habt ihr eure Zimmer schon gefunden?"

Dominik lachte auf einmal. „Ich glaube, ich habe Sarahs Zimmer gefunden."

Grinsend ging sie zu ihm und lugte ins Zimmer. „Juhuu ... ein Himmelbett!" Sie stellte ihre Reisetasche ab und ließ sich aufs Bett fallen. „Herrlich!"

Samuel bezog das letzte Zimmer auf dem Gang. Er wollte, wenn möglich, gern ein wenig Ruhe haben, um nachdenken zu können. Doch als er sich umschaute und eine große gläserne Flügeltür entdeckte, konnte er nicht widerstehen und öffnete sie. Eine frische Meeresbrise stieg ihm in die Nase, während er das Meer in der Ferne erspähte: „Ja, das ist Urlaub", murmelte er zufrieden.

Schon bald drangen leckere Düfte nach oben und ließen die Gäste ganz automatisch zum Mittagessen in den Salon strömen.

Paul war neugierig. „Jetzt erzählt doch mal! Was habt ihr so erlebt? Wie kommen wir zu der Ehre, in dieser Villa zu wohnen? Und überhaupt, habt ihr Alexis gefunden? Und ..."

„Hoo, stopp! Immer eins nach dem anderen", lachte Markus. „Also, ich kann dir sagen, dass wir Alexis gefunden haben.

Leider liegt er im Krankenhaus und wird noch einige Tage zur Beobachtung dortbleiben müssen. Er hat sich den Arm angebrochen, als er in einen Schacht gestürzt ist. Ab hier kann Samuel weitererzählen."

Sogleich sprudelte es aus ihm heraus, und voller Begeisterung berichtete er von der Entdeckung des Tunnels und der geheimnisvollen Goldnische, wie er es nannte.

„Ein Tunnel unweit der Burg?" Der Professor runzelte die Stirn. „Das könnte ein Fluchttunnel gewesen sein. Möglicherweise konnten die Burgbewohner durch den Tunnel entkommen, als ihre Burg belagert wurde. Allerdings muss das Relief dann natürlich jemand anders angebracht haben, der nicht mit auf der Flucht war. Das heißt, jemand blieb zurück oder es kehrte später jemand zurück. Wahrscheinlich wären wir ohnehin darauf gestoßen. Eine Untersuchung von Kolossis Burganlage hätte ich sowieso vorgeschlagen."

„Sam, du hast das nicht zufällig fotografiert?", bat Sarah.

„Aber klar doch! Ist nur ein bissl winzig auf dem Display." Er schaute sich um und sah die Haushälterin gerade den Raum betreten. „Ah, Maria. Kommen Sie bitte mal her!"

„Ähm, es wäre mir lieb, wenn ihr mich mit Du ansprechen würdet, ja?", lächelte sie. „Wie kann ich helfen?"

„Gibt es hier einen Drucker im Haus?"

„Ja, natürlich. Sogar mit WiFi, wenn euch das hilft. Moment, ich hole das Passwort für unser lokales WLAN."

Es dauerte nicht lange und Samuel hatte das Foto der vergoldeten Wand samt der übrigen Symbole ausgedruckt. Er schob das Geschirr zur Seite und breitete alles auf dem großen Glastisch aus. „Sooo."

„Äußerst interessant", murmelte der Professor. Er zupfte sich an seinem krausen Bart und rückte die kleine Brille zurecht. „Interessant. Könnte so etwas wie eine Schatzkarte sein ..."

„Ob das etwas mit dem Goldschatz der Tempelritter zu tun hat?", fragte Dominik in die Runde.

„Schon möglich. Diese Symbole sehen alle ganz besonders aus, fast wie ..."

„... ein Puzzle", überlegte Samuel, „oder Spielkarten? Hm, keine Ahnung."

„Na ja. Sie passen offensichtlich nicht zueinander."

„Moment ... hier, in der vergoldeten Schatzkarte, sind das nicht so etwas wie Abdrücke?"

Sarah legte den Kopf zur Seite und murmelte: „Erinnert ein wenig an ein Brettspiel. Genau!" Sie nahm die Symbolblätter und drehte sie in der Hand hin und her. „Ja", flüsterte sie, „das könnte gehen."

„Was hast du entdeckt?", fragte Markus gespannt.

„Guckt mal, die Symbole sind allesamt umrandet, fast wie Spielkarten. Außerdem besitzen sie einen Strich, der quer durch das Symbol geht. Mal gerade, mal geschlängelt, mal schräg. Wenn wir das mit den Löchern in der Goldkarte vergleichen", jetzt nahm sie den Ausdruck der großen vergoldeten Karte zur Hand, „dann können wir diese Symbolkarten den Löchern zuordnen."

„Ich glaube, ich verstehe, wie du das meinst", nickte die Archivarin. „Form und Richtung des Striches der Symbolkarten müssen mit der goldenen Karte übereinstimmen. Dann lasst sie uns mal richtig hinlegen."

Im Handumdrehen waren die Symbole sortiert.

„Das ging einfach", stellte Dominik fest.

Markus kniff die Augen zusammen. „Jetzt zum schwierigen Teil. Wir müssen herausfinden, was die Symbole bedeuten. Dann ergibt es vermutlich eine Route, der wir folgen müssen."

„Wie auf einem Spielplan", überlegte Dominik.

„Also, das ist mit Sicherheit ein Turm." Paul zeigte auf eine Symbolkarte, die einen viereckigen breiten Turm darstellte.

„Das könnte die Burg Kolossi sein", vermutete Samuel. „Wir waren ja heute zufällig dort, deshalb erinnere ich mich daran."

„Okay", nickte Markus, „dann weiter. Was ist das hier?"

„Ein Wurm?“, grinste Dominik.

Samuel machte eine Schnute: „Ein Wurm!? Scherzkeks.“

Professor Cardiff warf ein: „Wie wäre es mit Wasser? Es gibt eine Hieroglyphe, die so ähnlich aussieht. Eine Schlängel- oder Zickzacklinie.“

„Gute Idee. Das merken wir uns.“

„Dieses Symbol könnte einen großen Berg darstellen. Da ist noch etwas obendrauf. Ein Haus vielleicht?“

„Hm ... es gibt hier auf Zypern eine wichtige christliche Wallfahrtsstätte, ein Kloster. Wie hieß das gleich noch?“ Der Professor stand auf und lief hin und her. „Stav ... Stavrov ... oder so ähnlich.“

„Stavrovouni“, half Samuel. „Ich hab's mal eben im Internet gesucht. Das älteste Kloster Zyperns. Es steht hoch oben auf einem Berggipfel.“

„Seht mal, das ist interessant.“ Sarah hielt die Bergkarte und die Karte mit dem Wassersymbol nebeneinander. „Die Umrisse dieser beiden Symbolkarten gleichen sich. Womöglich gehören sie zusammen.“

Das nächste Symbol erkannte Dominik auf Anhieb. „Na, das ist bestimmt ein Schiff.“

„Aber was soll das letzte Symbol bedeuten?“, fragte Paul.

„Darf ich mal?“, bat der Professor. „Ein Grabstein, würde ich sagen. Da ist noch ein kleineres Symbol auf dem Grabstein zu sehen. Hm ... kaum zu erkennen.“

„Also gut.“ Markus holte tief Luft. „Wir haben fünf Symbole, die wir passend auf die Linie der goldenen Karte gelegt haben. Da die Symbole auf einer Linie liegen, vermuten wir eine Route: Schiff – Grabstein – Kloster – Wasser – Turm oder umgekehrt.“

„Wenn das eine Route ist, wäre jetzt die Frage: Geht es mit dem Schiff oder mit dem Turm los?“ Paul verschränkte die Arme und grübelte.

„Na ja“, murmelte Sarah, „vielleicht ist jemand mit dem Schiff angekommen ...“

„... und dann gestorben?" Dominik grinste frech.

„Hey! Ich denk doch nur nach", gab Sarah beleidigt zurück.

„Nein, nein." Der Professor schüttelte den Kopf. „Der Grabstein kann keinesfalls bedeuten, dass hier jemand stirbt. Denn in umgekehrter Reihenfolge ergäbe das auch keinen Sinn. Vielleicht steht der Grabstein auch nicht direkt für den Tod selbst, sondern für einen Ort, der mit dem Tod oder dem Sterben zusammenhängt."

„Ein Friedhof?", überlegte Paul.

„Ja, vielleicht."

Markus hob den Finger. „Gab es in Paphos nicht die berühmten Königsgräber?"

„Natürlich!" Der Professor klatschte in die Hände. „Das kleine Symbol auf dem Grabstein ist vermutlich eine Krone, das Zeichen für einen König. Somit könnte es tatsächlich um die Königsgräber gehen."

„Hm ... wie bringt uns das jetzt weiter?" Dominik zuckte mit den Schultern. „Rätselt mal schön weiter. Ich geh mich jetzt abkühlen."

Schon im nächsten Augenblick platschte es gewaltig im Pool, und Dominik zappelte wie ein fröhlicher Fisch im Wasser.

„Argh. Das ist gemein", jammerte Paul und guckte sehnsüchtig nach draußen.

„Also, ich würde das ganz pragmatisch betrachten", äußerte Samuel schließlich. „Da wir mit dem Schiff nichts anfangen können, würde ich den Turm als Startpunkt für die Route wählen. Das ist ein fest definierter Punkt, der – zumindest theoretisch – die Jahrhunderte überdauern kann."

Professor Cardiff räusperte sich. „Ja, richtig. Das ist ein guter und logischer Gedanke."

„Okay, nehmen wir einmal an, dass der Turm den Startpunkt markiert. Wenn wir der Linie folgen, geht es anschließend zum Kloster mit dem Wasser, dann zu den Königsgräbern und zu guter Letzt zum Schiff?"

„Ich bin mir nicht sicher", murmelte Markus und zwirbelte dabei seinen Bart. „Vielleicht ..." Er stand auf, ging zum Fenster und schaute hinaus. „Ich könnte mir vorstellen, dass es sich um eine Geschichtslinie handelt. Wenn man sich die Reihenfolge anschaut, passt es genau zusammen. Der Turm markiert das Ende der Tempelritter, das war Anfang des 14. Jahrhunderts. Das Kloster muss viel älter sein, wenn es das älteste der Insel ist. Die Königsgräber befinden sich in Paphos, wo alles begann. Dort nahm der Orden seinen Anfang, wie wir vermuten."

„Eine Reise zurück in die Vergangenheit", flüsterte der Professor andächtig.

Die Köpfe schienen regelrecht zu qualmen. Maria, die Haushälterin, kam dazu und schlug vor: „Wollt ihr euch nicht erst einmal etwas erfrischen? Tut es dem jungen Mann im Pool gleich. Dann könnt ihr bestimmt wieder viel besser denken."

Bis auf den Professor und die Archivarin ließen sich die anderen das nicht zweimal sagen. Sie sprangen der Reihe nach ins Wasser und hatten eine Menge Spaß zusammen. So konnte man sich Ferien gefallen lassen. Schließlich machten sie es sich auf der Wiese und den Liegestühlen bequem.

„Wir haben echt Glück", lachte Sarah. „So ein super Wetter, fast schon ein bisschen zu heiß."

Maria brachte ein großes Tablett mit Erfrischungsgetränken. „Hier, bitte schön. Habt ihr alles, was ihr braucht?"

Markus schien noch immer über dieses Anwesen nachzudenken. „Oh, vielen Dank, Maria. Das ist sehr freundlich. Mich beschäftigt tatsächlich noch eine Sache. Ich hatte Alexis ein solches Anwesen bisher gar nicht zugetraut. Er war nie besonders sesshaft, sondern ist quer durch die ganze Welt gereist. Das ... sieht ihm gar nicht ähnlich."

Maria lachte amüsiert: „Na ja, das erklärt sich ganz einfach. Dieses Anwesen gehört ihm auch nicht. Er ist auch nur zu Gast hier, so wie ihr. Jedoch kennt er den Sohn des Besitzers schon recht lange. Alexis ist öfters mal unser Gast."

Jetzt wurde Samuel hellhörig. „Ach ja? Und wem gehört das Anwesen? Ich meine ... bei wem dürfen wir uns bedanken?"

„Ich kann euch versichern, das ist unnötig." Maria lächelte und ging wieder ins Haus.

„Verstehst du das, Markus?"

Er schüttelte den Kopf und nahm einen Schluck kühlen Wassers.

„Ein geheimnisvoller Gönner also!?", raunte der Professor den beiden zu, die ahnungslos mit den Schultern zuckten.

Nach dem kühlen Nass planten die Abenteurer ihre nächsten Schritte.

„Clara und ich werden in Limassol weitere Nachforschungen anstellen", erklärte der Professor. „Wir haben heute Nachmittag einen vielversprechenden Termin, der hoffentlich etwas Licht in die Vergangenheit unserer Archivarin bringt."

„Okay, dann heben wir fünf den Schatz der Tempelritter." Markus grinste, ging nach draußen und öffnete die Autotür. „Uuuhhh ... wer will zuerst?" Aus dem Fahrzeug strömte heiße Luft heraus.

„Oh Mann! Wäre ich doch lieber im Pool geblieben", klagten Paul und Sarah um die Wette, als sie einstiegen.

Samuel lachte und schüttelte den Kopf. „Ihr seid aber auch ein paar Jammerlappen. Bis zu unserem ersten Ziel – Kolossi – ist es nicht weit."

Sie erreichten den Parkplatz und sahen sich um.

„Also, der Turm ist ja kaum zu übersehen", stellte Dominik fest. „Ist das jetzt eigentlich ein Turm oder eine Burg?"

„Soweit ich weiß, heißt es *Burg Kolossi*", erklärte Sarah. „Die Burg wurde mehrmals halb zerstört und umgebaut. Heute stehen nur noch der Turm, eine nahe gelegene Kapelle und die Reste einer Zuckerfabrik."

„Lasst uns hineingehen", schlug Paul vor. „Drinnen ist es bestimmt schön kühl."

Im Gänsemarsch erklommen sie eine schmale Steintreppe.

Auf halber Strecke blieb Sarah stehen und blickte nach rechts. „Guck mal, Markus, da drüben! Sieht aus wie eine Ausgrabungsstätte. Und gleich daneben ... ist das nicht eine alte Zuckerfabrik der Johanniter?"

„Hut ab, Sarah. Du hast deine Hausaufgaben gemacht. Du hast recht. Das da drüben ist eine alte Zuckerfabrik. Die Johanniter haben die Wirtschaft damals stark angekurbelt, die Zuckerproduktion gehörte dazu."

Irritiert drehte sich Dominik um. „Ist ja kompliziert. Mal geht es um die Johanniter, mal um die Tempelritter."

„In der Tat", sagte Markus gedehnt. „Die Tempelritter sind tatsächlich nur eine relativ kurze Zeit hier gewesen. Gleich nach dem offiziellen Ende der Tempelritter fiel die Burg an den Johanniterorden. Das macht es schwer für uns, heute noch Hinweise zu finden, die von den Templern stammen könnten. Dennoch, untersucht alles gründlich, jeder noch so kleine Hinweis könnte helfen."

Mit gemischten Gefühlen strömten sie auseinander und durchforsteten den alten Burgturm. Nach einer Weile trafen sich alle oben auf dem Dach und genossen die Aussicht.

Dann sagte Paul, was niemand hören wollte: „Es gibt hier einfach nichts zu finden. Paps, wenn die Burg mehrmals halb zerstört und wiederaufgebaut wurde, sind wir vielleicht einfach zu spät."

„Hm ..."

Gedankenverloren lehnte sich Samuel an die Mauer und sah nach unten. Plötzlich richtete er sich wieder auf und rief: „Leute, kommt mal her!"

„Du hast etwas gefunden?", fragte Dominik.

„Mir kam ein Gedanke. Eine Burg ist in einem Krieg oder bei einem Überfall meist eines der wichtigsten Angriffsziele. Demnach wäre es doch denkbar, dass die Templer einen Ort gewählt haben, der längere Zeit überdauern würde, um dort wichtige Hinweise zu platzieren."

Markus nickte. „Ja, das klingt logisch. Worauf willst du hinaus?"

„Welches ist das vermutlich älteste – noch stehende – Gebäude hier in der Gegend? Ich meine, es muss ja in der Nähe des Turms zu finden sein und damit in Verbindung stehen. Das sagt uns die Symbolkarte mit dem Turm."

Markus beugte sich über die Mauerbrüstung und wies nach unten. „Da kommt wohl nur die Kapelle da unten infrage. Wenn ich nicht irre, stammt sie aus dem 12. Jahrhundert und steht noch heute."

„Dann nichts wie hin!", rief Dominik begeistert und rannte los.

Gerade als Sarah sich von der Mauer wegdrehen wollte, glaubte sie, etwas gesehen zu haben. „Na, so was. Ist das ...?"

Samuel und Paul machten sofort kehrt und fragten nach: „Was ist los?"

„Ich ... ich weiß nicht ... vermutlich gar nichts."

Doch Paul ließ nicht locker: „Also, was?"

„Na ja, es wäre möglich, dass ich einen schwarzen Mercedes gesehen habe."

„Du bist dir aber nicht sicher?", forschte Samuel nach.

„Na ja, nein. Ja. Vielleicht. Es könnte auch ein Geländewagen gewesen sein. Mir fiel das nur auf, weil er schnell angefahren kam, kurz anhielt, jemand einstieg und er davonraste."

Paul sah Samuel an. „Meinst du, der schwarze Mann ist wieder hinter uns her?"

„Oder er ist uns einen Schritt voraus. Aber im Grunde haben wir keine Ahnung, wer das war. Wir sollten uns nicht in unbegründete Theorien verstricken. Kommt, gehen wir zu den anderen. Sie warten sicher schon."

Die drei zogen es vor, ihre Vermutung zunächst einmal für sich zu behalten, bis sie Beweise dafür hätten.

Sie verließen die Burg wieder, bogen links ab und liefen zwischen Burg und Zuckerfabrik in nördlicher Richtung. Die

Kapelle war schnell erreicht. Draußen saß ein Mann, der sich freute, als er die Neuankömmlinge sah.

Er sprang auf und begrüßte sie: „Ah, hello! Do you want to visit the chapel?"

„Ja, wir wollten sie gern besichtigen", bestätigte Sarah dessen Hoffnung.

„Ah, I see, du kommen aus Deutscheland, right? Ich können geben Führung. Es nicht kosten viel." Der Mann wirkte mit seinem künstlichen Grinsen etwas unheimlich und gleichzeitig lustig. Wahrscheinlich kamen nicht viele Touristen hier vorbei, um sich von ihm eine Führung geben zu lassen.

Sarah schaute Markus an. Er nickte und gab dem Mann etwas Geld.

Der Mann öffnete die Tür und bat die Besucher herein: „Welcome in Agios Efstathios." Sofort begann er damit, von der Geschichte der Kapelle zu berichten. Dabei sprach er mal Deutsch, mal Englisch oder Griechisch. Samuel flüsterte Paul und Dominik zu: „Ist euch aufgefallen, wie er mehrere Sprachen mixt?"

Paul kratzte sich am Kopf. „Stimmt. Da war etwas Englisches, Deutsches und ich glaub auch etwas Griechisches dabei."

„Ob der Kerl okay ist?", überlegte Dominik laut.

Samuel wiegte den Kopf hin und her. „Na ja, ich hab mal davon gelesen, dass es freischaffende Touristenführer gibt, die davon leben, die Leute herumzuführen. Wenn nun Menschen aus verschiedenen Teilen der Welt hier vorbeikommen, hat er vielleicht versucht, möglichst viele Sprachen zu lernen."

Paul grinste. „Das klappt wohl eher schlecht als recht."

Da winkte Sarah die Jungs zu sich.

Als sie kamen, verabschiedete sich der Mann gerade: „Ich vielen Dank! Es very nice, dass heute so viele Menschen interessiert an Kapelle und Geschichte von Zyperns Rittern."

„Warten Sie!" Sarah hielt den Mann auf. „Warum sagen Sie: *So viele Menschen?*"

Der Mann zuckte mit den Schultern und meinte: „Bevor you gekommen, ein großer Mann mit weißen Haaren auch hat gefragt. Dann er hat bekommen ein Anruf und schnell gegangen."

„Ich fass es nicht." Paul guckte Sarah an. „Dann hast du das richtig gesehen."

„Was hat sie gesehen?", zeigte sich Markus interessiert.

Sarah berichtete von ihrer zufälligen Beobachtung, die sich nun als zutreffend herausstellte. „Wie es aussieht, ist uns Sektion13 also tatsächlich auf den Fersen."

„Und du glaubst, wenn sie uns auf den Fersen sind, flüchten sie vor uns?", gab Paul zu bedenken. „Das ergibt doch keinen Sinn."

Dominik hob die Hand. „Unser Touristenführer hat doch gesagt, der Besucher hat einen Anruf bekommen und ist dann schnell verschwunden. Und zwar genau in dem Moment, in dem wir auf dem Weg zur Kapelle waren. Zufall?"

„Wohl kaum." Markus schüttelte den Kopf. „Jedoch frage ich mich, wieso sie es vermeiden wollen, uns über den Weg zu laufen."

„Ich hätte da eine Theorie", sagte Sarah zynisch. „Vielleicht wollen sie uns wieder die Arbeit machen lassen. Erinnert ihr euch, als wir das Buch der Wahrheit gefunden haben? Kurz darauf waren sie auch zur Stelle, um es uns wegzunehmen."

Markus nickte und sagte dann: „Wartet kurz, ich möchte unseren Freund vor der Tür noch etwas fragen."

Markus sprach noch einmal mit dem Touristenführer und stöhnte dann: „Typisch Sektion13. Der Mann, der vor uns da war, hat nach allerlei Legenden und Geschichten rund um die Tempelritter gefragt. Ich glaube, er weiß nicht einmal, dass die Johanniter auch hier waren."

Samuel klatschte die Hände zusammen. „Dann ist das unsere Chance. Denn ich glaube kaum, dass er wusste, wonach er suchen musste. Legen wir los!"

„Die Anbauten am westlichen Flügel wurden wohl erst im 15. Jahrhundert – also nach der Zeit der Templer – hinzugefügt", erklärte Markus. „Wir sollten unsere Suche auf den alten Teil der Kapelle konzentrieren."

„Also, diese Bilder an der Wand finde ich irgendwie nicht so toll", meine Dominik.

„Das sind Fresken", korrigierte Sarah ihn. „Freskenmalereien sind seit der Antike verbreitet."

Dominik hob eine Augenbraue. „Also, wenn wir schon wieder im Schulmodus angelangt sind, Frau Lehrerin, können Sie uns erklären, warum solche alten Bilder – äh, Fresken – so lange erhalten bleiben? Ich glaube, die sind teilweise mehrere hundert Jahre alt. Vor Kurzem habe ich in meinem Zimmer aufgeräumt und dabei einige alte Zeichnungen aus der Grundschule gefunden. Die waren kaum noch zu erkennen."

Sarah spielte fröhlich mit. Sie reckte die Nase weit nach oben und sprach besonders oberlehrerhaft mit nasaler Stimme: „Das, mein Junge, ist eine gute Frage." Sie hob den Zeigefinger und erklärte: „Die Kunst der Freskenmalerei besteht in ihrer Technik. Zuerst werden Farbpigmente mit etwas Wasser benetzt und gründlich verrührt, und zwar so lange, bis eine teigartige Farbmasse entsteht. Das nennt sich einsumpfen. Anschließend wird die Farbe auf den frischen Kalkputz der Wand aufgetragen. Durch eine chemische Reaktion des Kalkes, man nennt es Karbonatisierung, wird die Farbe nun fest in den Putz eingebunden. Am Ende hat man ein wunderschönes Fresko geschaffen, das die Jahrhunderte oder sogar Jahrtausende überdauern kann."

Markus verbeugte sich lachend vor Sarah. „Sehr schön. Wirklich gut erklärt. Manchmal glaube ich, du solltest Lehrerin werden."

Dominik war mit seinen Gedanken schon wieder woanders und fragte: „Was bleibt in der Regel von einem antiken Bauwerk am längsten stehen?"

„Die tragenden Säulen, würde ich mal vermuten", antwortete Samuel. „So sieht es jedenfalls bei all den antiken Tempeln aus, die man heute noch so kennt."

„Okay, dann sollten wir vielleicht auch diese Säulen hier näher untersuchen. Was meint ihr?" Dominik wartete die Antwort gar nicht erst ab und begann damit, die Säulen abzusuchen, die die Decke stützten. „Paul, kommst du mal? Diesmal brauch ich dich für die Räuberleiter."

Paul stöhnte: „Selbstverständlich, der Herr."

„Stell dich bitte hierhin, damit ich hochklettern kann." Dominik stieg in Pauls Hand und drückte sich hoch. „Nee, nichts."

„Wonach suchst du eigentlich?", fragte Markus neugierig.

„Seht ihr die Säulen, die die Dachkonstruktion halten? Sie besitzen jeweils oben in der Mitte so ein ... Ding. Keine Ahnung, was das ist, ich will mir das aus der Nähe anschauen. Das erste sieht aus wie eine Blume. Paul, auf zur nächsten Säule!" Erneut kletterte er hinauf. „Wieder eine Blume."

„Ich glaube, das hier sieht anders aus", rief Sarah.

Sofort kamen Paul und Dominik herbeigeeilt.

„Diesmal klettere ich aber hoch." Paul bestand darauf.

„Ja, schon gut", grinste Dominik und formte seine Hände zu einem Steigbügel für Paul.

Paul kletterte nach oben und rief: „Ein Kreuz! Ein Templerkreuz, wenn ich mich nicht irre."

„Drück mal drauf!", schlug Markus vor.

„Nichts."

Samuel überlegte: „Kannst du es drehen?"

„Ja, das geht. Wow. Das ist eine Verschlusskappe, dahinter ... ist ein Hohlraum. Da liegt etwas drin." Paul ergriff das Objekt und reichte es Markus, dann steckte er die Kreuzkappe wieder an ihren Platz.

„Was ist das?"

Markus betrachtete das steinerne Objekt, drehte es in alle Richtungen und strich mit dem Finger über Rillen, Furchen und Unebenheiten. „Ich habe keine Ahnung. Hier scheint etwas eingraviert zu sein."

„Jemand hat es gut versteckt", sagte Dominik. „Also muss es wichtig sein."

Samuel nahm den Stein in die Hand und befühlte die Ränder. „An diesen beiden Rändern befinden sich Vertiefungen und Wölbungen oder ... eine Bruchkante."

„Packen wir es ein. Ich denke, damit haben wir das Geheimnis des Turms gelüftet." Markus öffnete die Tür, und die Kinder verließen die Kapelle.

„Boah ey! Wären wir nur dringeblieben", jammerte Dominik, als es wieder raus in die pralle Sonne ging.

„Ich wunschen schönen Tag euch!", rief der Touristenführer hinterher und winkte fröhlich.

„Danke, wir Ihnen auch!"

Hoch oben auf dem Berg

Kapitel 10

Die nächste Stunde waren sie mit dem Auto in östlicher Richtung unterwegs. Obwohl sie einen großen Teil der Strecke auf der Autobahn zurücklegten, konnten sie dennoch die interessante und abwechslungsreiche Landschaft genießen. Schließlich verließ Markus die Autobahn und fuhr auf eine Bergkette zu. „Ich glaube, da müssen wir hoch.“ Er zeigte nach vorn auf einen hohen Berg: „Euch wird hoffentlich nicht gleich schlecht.“

„Warum das denn?“

„Auf den Berg führt eine lange Serpentinenstraße hinauf, also ständiges Hin und Her.“

„Klingt cool“, meinte Dominik, ohne jemals eine solche Straße gefahren zu sein. Als sie schließlich fast oben angekommen waren, meinte er halblaut: „Sind wir bald da? Ich glaub, mir wird schlecht.“

Seine Freunde mussten unweigerlich lachen.

„Hey, macht euch nicht über Dom lustig“, mahnte Pauls Vater grinsend. „Oder habt ihr etwa noch nie eine große Klappe gehabt?“

Kaum hatte Markus den Wagen gestoppt, sprang Dominik hinaus und schnappte nach Luft. „Meine Güte, ist mir ...“

„Geht's wieder?“, erkundigte sich Markus bei ihm.

Dominik hechelte: „Ja, ja. Geht schon.“

„Wahnsinn, was für eine tolle Aussicht!“ Sarah stand am Rand des Parkplatzes und blickte ins Tal. Sie holte tief Luft und breitete die Arme aus.

„Pass auf!“, flüsterte Samuel Paul grinsend zu. „Gleich hebt sie ab.“

Sarah ignorierte sie einfach und genoss die frische Luft. Hier oben war es etwas kühler und deutlich angenehmer als unten im Tal. Dann drehte sie sich zu Markus um und fragte: „Wo fangen wir mit der Suche an?"

„Ich schlage vor, wir gucken uns erst einmal um und befragen die Mönche, die hier leben. Sie dürften über das Kloster und seine Geschichte Bescheid wissen. Allerdings gibt es ein kleines Problemchen."

„Welches denn?"

„Na ja, Frauen und Mädchen dürfen das Kloster leider nicht betreten." Markus machte ein betretenes Gesicht. „Du wirst hier auf uns warten müssen."

„Oh. Na gut. Dann genieße ich inzwischen die Aussicht."

Es war gar nicht schwer, jemanden zu finden, der bereitwillig einen Einblick in die Geschichte dieses berühmten Klosters gab.

Ein kleiner alter Mönch mit grauen Haaren führte die Besucher durchs Kloster. „Habt ihr zum Beispiel gewusst, dass das Stavrovouni-Kloster das älteste der Insel ist? Vermutlich gehört es sogar zu den ältesten christlichen Klöstern in der ganzen Welt", erklärte er mit ruhiger Stimme.

„Wann wurde das Kloster denn erbaut?", forschte Paul nach.

„Es wurde irgendwann zwischen 327 und 329 von Helena, der Mutter von Kaiser Konstantin, gegründet. Der Überlieferung zufolge befand sie sich auf dem Rückweg aus dem Heiligen Land, als es sie mit dem Schiff an die Küste Zyperns verschlug."

„Kaiser Konstantin?" Paul überlegte: „War das nicht derjenige, der das Christentum damals zur Staatsreligion gemacht hatte?"

Der alte Mönch nickte zustimmend. „Das ist richtig. Der Kaiser beendete damit die schlimme Christenverfolgung."

„Sagen Sie", meldete sich nun Dominik zu Wort, „warum hat man das Kloster so weit oben auf dem Berg gebaut? Bei einer Burg verstehe ich das ja noch, aber warum das Kloster?"

„Tja ... das kann ich dir nicht mit Sicherheit sagen. Darüber gibt es verschiedene Theorien und sogar recht abenteuerliche Legenden. Die meiner Meinung nach wahrscheinlichste Erklärung bezieht sich auf eine Überlieferung, der zufolge hier an dieser Stelle in der Antike einmal ein Tempel der Göttin Aphrodite gestanden haben soll. Es ist möglich, dass Helena – gewissermaßen absichtlich – an dessen Stelle ein christliches Kloster gründete, um zu zeigen, dass der heidnische Götterkult tot und falsch ist."

Markus schien auch eine Frage zu haben: „Was bedeutet eigentlich *Stavrovouni?* Mein Griechisch ist wohl etwas eingerostet. Ich glaube, im Wortstamm steckt *stavros,* was so viel wie Kreuz bedeutet. Aber weiter weiß ich gerade nicht."

Der alte Mann lachte amüsiert. „Machen Sie sich nichts draus. Das wissen die wenigsten. *Stavrovouni* ist ein zusammengesetztes Wort. Wie Sie richtig vermuten, steckt *stavros* drin, was tatsächlich Kreuz bedeutet. Den zweiten Teil *vouno* kann man mit Berg übersetzen. Das ergibt Kreuzberg oder Kreuzesberg."

„Das ist fast schon ironisch", meinte Samuel. „Demnach wurde aus dem Tempelberg der Kreuzesberg. Was für eine Wandlung."

„Das ist unser Speisesaal", erklärte der Mönch, während er die Gruppe in eine längliche Halle mit gewölbter Decke führte.

Paul bewunderte die vielen bunten Wandgemälde. „Sie haben aber viele schöne und vor allem gut erhaltene Wandgemälde, äh, ich meine Fresken."

„Ja, das stimmt. Darauf sind wir auch ein wenig stolz. Man muss allerdings dazusagen, dass viele der Fresken im Laufe der Zeit restauriert wurden. Heute erstrahlen sie wieder in frischem Glanz."

„Das ist eigenartig", murmelte Markus. „Dieses hier scheint stilistisch gar nicht zu den anderen zu passen."

Der freundliche Mönch ging zu Markus und nickte leicht. „Nun, das ist uns allen auch ein Rätsel. Soweit wir wissen, war es von Anfang an hier. Aber Sie haben recht, es scheint nicht zu passen. Wir können uns das auch nicht erklären."

„Jedenfalls scheint dieses Fresko nicht restauriert worden zu sein", stellte Markus fest.

„Sie vermuten richtig. Da wir uns dessen Bedeutung unsicher sind, haben wir bislang Abstand von einer Restaurierung genommen. Sehen Sie, wenn man nicht genau weiß, was der Künstler aussagen wollte, kann es leicht passieren, dass man die Botschaft oder die Atmosphäre eines Kunstwerkes bei dessen Restaurierung verändert, verfälscht. So etwas wollen wir unbedingt vermeiden."

„Ich verstehe. Schade, dass es kaum mehr erkennbar ist."

Dominik ging ganz dicht heran, kniff die Augen zusammen und sagte schließlich: „Zumindest kann man noch etwas Text lesen. PS3610. Hm, okay, keine Ahnung was das bedeutet."

„Ist das nicht eine Bibelstelle?", überlegte Samuel. „Psalm 36, Vers 10 vielleicht. Weiß einer, was dort steht?"

„Das habt ihr alle bestimmt schon einmal gehört", sagte Markus lächelnd.

„Denn bei dir ist die Quelle des Lebens, in deinem Licht sehen wir das Licht."

„Warum ist auf diesem Bild eine Windrose drauf? Für gewöhnlich findet man sie doch eher auf Landkarten."

Der Mönch schüttelte den Kopf. „Tut mir leid, ich habe dafür keine Erklärung."

„Überlegen wir mal", schlug Markus vor. „Dieses Fresko scheint eine besondere Bedeutung zu haben. Nur so lässt sich erklären, dass es völlig anders als die übrigen aussieht. Es gibt zwei Hinweise – die Windrose, die an eine Karte erinnert, und den Bibelvers." Mit verschränkten Armen zwirbelte er an seinem Bart. „Quelle des Lebens ... in der Poesie beschreibt Quelle des Wassers häufig einen Fluss, also Wasser."

„Aber wir sind doch hier hoch oben auf einem Berg. Da gibt es keine Flüsse", behauptete Dominik altklug.

„Nun", hob der Mönch die Hand, „das stimmt nicht so ganz. „In der Nähe befindet sich ein kleiner Wasserfall. Er heißt offiziell *Stavrovouni-Wasserfall*."

Samuel klatschte in die Hände. „Das ist sicher die Symbolkarte des Wassers."

„Wenn ich mir das so überlege ... das hat sogar etwas Bildhaftes", erkannte Paul. „Hier fließt das lebendige Wasser aus dem Berg, der dem Kreuz Christi gewidmet ist, und Jesus sagt über sich, dass er die Quelle des Lebens ist."

„Eine interessante These, junger Mann." Der alte Mönch schien begeistert davon zu sein, wie diese jungen Leute versuchten, das Rätsel zu lösen. „Es gibt einen schönen Wanderweg dorthin. Ihr solltet euch das unbedingt einmal anschauen, glaube ich."

„Na super, endlich etwas Bewegung!" Dominik klatschte in die Hände und sprang zum Ausgang.

Markus verabschiedete sich: „Wir danken Ihnen vielmals für die Führung."

„Ich danke euch! Es war schon lange niemand mehr hier, der so intensiv über die Fresken nachgedacht hat. Es war mir eine Freude."

Sie holten Sarah ab und begaben sich auf den Weg zum Wasserfall. Stellenweise war der Weg erstaunlich schwierig. Fast hätten sie die kleine Abzweigung verpasst. Ein kleiner Trampelpfad führte durch Büsche und eine Bergspalte zum Wasserfall.

„Och, der ist ja süß", grinste Dominik. „So klein hätte ich ihn jetzt gar nicht vermutet. Fast ein bisschen enttäuschend."

Markus sah sich um und zeigte auf den ausgewaschenen Boden: „Sieh dir das mal an, Dominik. Ich vermute, dass der Wasserfall früher mehr Wasser transportiert hat, also größer war."

„Aber das könnte für uns von Vorteil sein." Paul kletterte ein wenig hinauf und untersuchte die Felswand weiter oben.

„Einerseits sind etwaige Hinweise vielleicht noch erhalten, und außerdem werde ich da nicht so nass", lachte er.

Dominik kletterte wie ein kleines Äffchen im Handumdrehen ganz nach oben. Das war keine große Herausforderung. Der Wasserfall war nur ein paar Meter hoch. Von da oben entdeckte er etwas. „Leute, ich glaube, da ist etwas eingraviert. Da unten im Felsboden, genau da, wo das Wasser auftrifft. Seht ihr das auch?"

„Nein. Wo denn?"

Vorsichtig beugte sich Dominik über den Wasserfall.

„Pass auf, dass du nicht abrutschst!"

„Ich glaube ... da ist ein Kreuz. Genau kann ich das nicht erkennen."

„Was denn? Direkt im Wasserfall?" Paul zog die Augenbrauen hoch. Er ahnte schon, was jetzt kommen würde.

„Tja ... einen Schirm haben wir leider nicht dabei", lachte Markus. „Wer ist mutig?"

Alle schauten sich der Reihe nach an.

Samuel grinste und schüttelte den Kopf. „Schon gut. Ich mach's." Er zog sich bis auf die Unterhose aus und trat in den Wasserfall. „Uuaahhhh ... ist das kaaaalt."

„Du machst das ganz toll!", hörte er Sarah ihn anfeuern.

Er beugte sich nach unten, sodass das Wasser auf seinen Buckel prasselte und er mit seinem Körper ein Dach über dem Symbol bildete. „Tatsächlich", murmelte er, „ein Templerkreuz. Aber was macht das hier unten?" Er richtete sich wieder auf und hielt sich den Arm übers Gesicht, um besser sehen zu können. Da entdeckte er hinter dem Wasserfall eine Vertiefung in der Wand. Samuel verließ den Wasserfall und trat unter einen Felsüberhang. „Na, so was. Da hinten befindet sich ein Relief. Hm ... was soll das darstellen? Ein rundes Haus mit einem Kreuz drauf ... warte mal, da oben am Parkplatz hab ich doch eine kleine runde Kirche gesehen."

„Hast du was gefunden?", rief Dominik ungeduldig.

Samuel fröstelte. Obwohl es draußen warm war, schien dieser Verschlag im Felsen ein regelrechter Kühlschrank zu sein, und dazu hatte er ja nasse Haut. „Nanu?“ Gerade als er wieder hinausgehen wollte, fiel ihm noch ein kleines Relief an der Decke auf. „Sieht aus wie ein Bilderrätsel. Ein ... hm ... Fuß vielleicht? Daneben eine römische Zahl – VII – eine Sieben. Uhhh, mir ist echt kalt. Ich muss erst mal wieder raus.“ Samuel nahm Anlauf und hüpfte mit einem großen Sprung durch den Wasserfall und landete in der großen Pfütze davor.

„Aaahhh!“ Sarah schrie auf. „Du hättest uns wenigstens vorwarnen können.“

Samuel hatte Sarah und Markus ganz nass gespritzt. Als er sie ihre Kleidung abschütteln sah, musste er herzlich lachen. „Gleiche Chancen für alle! Ihr wolltet euch doch sicher auch ein wenig erfrischen, nicht wahr?“

Gerade kam Dominik wieder zurückgeklettert und fragte neugierig: „Na? Was hast du so lange da drin gemacht?“

„Hinter dem Wasserfall ist eine kleine Höhle. An der Wand befindet sich ein grobes Relief – ich vermute von der Kirche, die sich neben dem Parkplatz befindet, also oben beim Kloster, wo wir das Auto stehen haben.“

„Sonst noch was?“

Samuel schüttelte kräftig den Kopf, um das Wasser aus den Haaren zu befördern. Diesmal bekamen auch Paul und Dominik etwas ab.

„Uhhh, kannst du nicht aufpassen?“, meckerte Paul.

„Nö“, lachte Samuel und schüttelte sich gleich noch mal. „Ach ja, als ich wieder nach draußen gegangen bin, ist mir ein weiteres Relief aufgefallen. Es war sehr klein, daher hätte ich es fast übersehen. Da war etwas, das ich als Fuß bezeichnen würde, und eine römische Zahl – eine Sieben.“

Markus überlegte: „Die Kirche am Parkplatz – sie heißt übrigens *Church of all Saints of Cyprus,* also Kirche aller Heiligen von Zypern – dazu ein Fuß und eine Sieben. Klingt interessant. Ich schlage vor, dass wir uns dort einmal umsehen. Ich hoffe mal, dass sie auch geöffnet ist."

Gemeinsam machten sie sich wieder auf den Weg zurück zum Parkplatz.

Sarah wollte es sich schon wieder auf einer Bank bequem machen, als Markus meinte: „Diesmal darfst du mitkommen. Die Kirche ist auch für Frauen zugänglich."

„Oh, das ist aber nett", witzelte sie.

Paul überlegte: „Wieso dürfen Frauen eigentlich nicht ins Kloster? Mir erscheint das total unlogisch. Immerhin wurde dieses Kloster sogar von einer Frau gegründet."

Markus blickte zum Kloster hinauf und sagte leise: „Soviel ich weiß, ist das erst seit einigen Jahren so. Seit etwa fünfzig Jahren herrschen dort ziemlich strenge Regeln. Ich nehme an, dass man Ablenkung durch Frauen vermeiden will. Aber genau kann ich dir das auch nicht erklären."

„Na, egal." Sarah zuckte mit den Schultern und öffnete die Kirchentür: „Wow!"

Als die anderen ihr hineinfolgten, stimmten sie in Sarahs Bewunderung ein. Diese kleine Kirche war äußerst gut restauriert worden. Ringsum und an der Decke befanden sich viele Bilder und Fresken. Vorn im Hauptraum prangte eine goldglänzende Bilderwand.

„Was ist denn das?", fragte Dominik und wies nach vorn. „Sieht fast wie ein gigantischer Comic aus."

Markus schmunzelte. „Na ja, so könnte man es wohl auch bezeichnen. Was du hier siehst, ist eine Ikonostase – eine Bilderwand, die ..."

„... kann man da reingehen?", unterbrach Dominik ihn, ohne wirklich zuzuhören.

„Halt!"

Zu spät. Dominik hatte die Bilderwand schon untersucht und einen großen Vorhang entdeckt. Noch ehe Markus ihn zurückpfeifen konnte, war Dominik dahinter verschwunden.

„Hey, Dom! Du kannst doch nicht einfach überall herumschnüffeln", flüsterte Markus, der hinter ihm hergeeilt war und nun ebenfalls vorsichtig durch den Vorhang trat.

Dominik guckte ihn verständnislos an. „Wieso flüsterst du eigentlich? Ist doch sonst niemand hier."

„Ich, ähm ... also, komm jetzt wieder raus."

„Auch wenn ich die Sieben gefunden habe?"

Samuel kam angeflitzt: „Du hast WAS?"

„Na ja, du bist nicht der Einzige, der logisch denken kann, weißt du?", protzte Dominik und stand mit geschwollener Brust da.

„Angeber!"

„Wie dem auch sei. Du hast von einem Fuß und einer Sieben berichtet. Also habe ich die Füße aller Objekte abgesucht. Hier unten an der Wand – an der Fußleiste – seht ihr?"

„Tatsächlich." Markus bückte sich und ertastete die römischen Ziffern – ein V und zwei I. „Wartet mal", ächzte er und strengte sich an. „Ich glaube, das eine Zeichen lässt sich drehen ... aber ... schwer."

Da machte es *klack*, und ein Ziegelstein schob sich zur Seite.

„Ein Geheimfach!", rief Dominik begeistert aus. „Und?"

Nacheinander holte Markus sieben Metallkelche aus dem Loch heraus, dazu sieben Kerzen und eine Steinplatte. Die Kinder staunten nicht schlecht.

Plötzlich begann Dominik zu lachen. „Irgendwie erinnert mich das an die sieben Zwerge. Hast du noch sieben kleine Bettchen da drin gefunden?"

Markus schmunzelte. „Nein. Und ehe du fragst – Schneewittchen ist auch nicht da."

„Dass es ausgerechnet sieben sind, muss etwas bedeuten." Paul dachte fieberhaft nach.

„Na klar", meinte Samuel, „wir suchen ja auch nach einem der sieben Testamente. Allem Anschein nach sind wir auf der richtigen Spur."

Dominik stöhnte: „Und was machen wir jetzt mit diesen Dingern?"

„Wir finden heraus, wofür sie gedacht sind, ganz einfach."

Markus schaute sich die Steinplatte genauer an. „Ich bin ja kein Experte, aber ... sind das nicht Noten? Samuel, du bist doch unser Musikgenie ..."

„Zeig mal her!" Samuel nahm die Platte und betrachtete sie sorgfältig. „Hm, ja. Das sind Noten." Er summte ein wenig herum. „Aber das ist 'ne komische Melodie."

„Ist das der Titel?" Dominik zeigte auf eine kaum leserliche Textzeile unterhalb der Noten.

„Hm ... nein." Markus blies einmal kräftig drüber.

„Hust! Hust!" Er hatte so viel Staub aufgewirbelt, dass die anderen husten mussten.

„Na bitte. Jetzt kann man's lesen – *Wer mein Wort hört und glaubt ...*"

Sarah hob die Hand. „Ist das nicht ein Bibelvers? *Wer mein Wort hört und glaubt dem, der mich gesandt hat* und so weiter. Aus dem Johannesevangelium, wenn ich mich nicht irre."

Paul hatte sein Handy zurate gezogen. „Johannes 5, Vers 24, um genau zu sein."

„Oberhalb der Noten steht noch etwas", ergänzte Pauls Vater. „Thora. Hm ... was mögen diese Noten mit der Thora zu tun haben?"

Ein wenig gelangweilt begann Dominik, an einem der Kelche herumzuklimpern. „Oh, das klingt aber cool."

„Moment mal", rief Samuel auf einmal. „Was hast du gemacht?"

„Na, nur so." Dominik klopfte noch einmal mit seinen Fingernägeln an den Kelch und erzeugte damit einen ziemlich kräftigen Klang.

„Das ist es!", erkannte Samuel ganz aufgeregt. „Ich glaube, wir haben es hier mit einem Klangrätsel zu tun. Der Bibelvers weist schon darauf hin, da geht es ums Hören. Allem Anschein nach sind das ganz besondere Kelche. Wir brauchen unbedingt einen Schlegel, also etwas Hartes zum Draufschlagen. Dann dürfte der Ton wesentlich stärker und klarer werden."

„Was sind das für komische Nischen hier drüben?", murmelte Paul. „Hm ... sieben an der Zahl. Ob das Zufall ist?" Mit den Fingern ertastete er Vertiefungen in den Nischen. „Ich hab eine Idee. Gebt mir bitte mal einen der Kelche."

Sein Vater reichte ihm einen, und Paul guckte sich die Unterseite des Kelches an. „Aha! Die Kelche besitzen unten eine Art Muster. Genauso ein Muster befindet sich in den Wandnischen", erklärte er und stellte den Kelch hinein. „Mist. Wackelt. Passt nicht. Ich versuch's mal nebenan."

Er nahm den Kelch aus der einen Nische und stellte ihn in die nächste. „Jawoll, passt."

Währenddessen versuchte es Dominik ebenfalls. „Mein Kelch passt nicht. Ich kann ihn drehen, wie ich will, er rastet nicht ein."

Paul holte den nächsten Kelch und rief ihm zu: „Dann musst du eine andere Nische probieren. Bei mir passte die zweite."

Auf diese Weise platzierten sie die Kelche in den Nischen.

„So." Dominik verschränkte die Arme und zog eine Augenbraue hoch. „Und nun?"

Inzwischen hatte sich Pauls Vater die Nischen auch näher angeschaut und herausgefunden, dass es oberhalb jeder Nische jeweils einen kleinen Metallbügel gab, den man herausziehen konnte. „Macht es wie ich. Zieht diese Metallbügel heraus, dann entsteht ein ... Kerzenständer!?"

„Das ist ja interessant", bemerkte Samuel. „Da kommt gleichzeitig eine Art kleines Rohr obendrüber mit heraus. Jetzt die Kerzen auf die Ständer."

Markus nahm ein Feuerzeug zur Hand und zündete die sieben Kerzen an. „Was nun?"

Gerade kam Sarah angeflitzt und hielt freudestrahlend einen großen alten Türschlüssel in der Hand.

„Wo hast du den denn her?", fragte Paul irritiert. „Welche Tür willst du denn aufschließen?"

„Gar keine."

Samuel schüttelte grinsend den Kopf. „Nein, ich glaube, das ist als Schlegel gedacht, richtig?"

Sarah nickte.

Noch ehe jemand etwas dazu sagen konnte, schnappte sich Dominik den Schlüssel und begann, wie wild auf die Kelche einzuhämmern.

„Aaahhh! Ist das laut."

„Hör auf damit!"

Samuel entriss ihm den Schlüssel. „Mein armes Trommelfell. Manchmal benimmst du dich wie ein Kind."

„Naaa ... vielleicht war ich ein bisschen übermütig."

Obwohl die Töne inzwischen wieder verhallt waren, klingelten allen noch die Ohren.

„Okay, dann wollen wir mal." Samuel betrachtete den Schlüssel und überlegte. „Wie können wir nun das richtige Lied spielen?" Testweise schlug er den ersten Kelch einmal an. Es machte *Pinnnggg*. Dann den nächsten: *Ponnnggg*. Und so probierte er alle der Reihe nach aus.

„Stopp!", rief Markus. Er hatte etwas beobachtet. „Habt ihr das gesehen?"

„Nein, was denn?"

„Jedes Mal, wenn Samuel auf einen der Kelche geschlagen hat, ist kurz darauf eine der Kerzen aufgeflackert. Aber scheinbar zufällig. Hm ... Samuel, bitte schlage noch einmal langsam, der Reihe nach."

Samuel schlug auf den ersten Kelch. Da flackerte die Kerze beim dritten Kelch. Er schlug auf den zweiten Kelch, da flackerte die Kerze direkt darüber. Dann schlug er auf den dritten, da flackerte die Kerze über dem ersten Kelch. „Das ist ja spannend. Ich glaube, wir sollten uns notieren, welcher Kelch mit welcher Kerze zusammenhängt."

„Bin schon dabei", sagte Dominik und tippte fleißig in sein Smartphone. Derweil probierte Samuel die übrigen Kelche aus, um die Kerzen korrekt zuzuordnen.

„Ach, jetzt verstehe ich", nickte Paul langsam. „Wenn Samuel auf den Kelch schlägt, erzeugt das eine Schallwelle. Die wird in der Nische durch das Rohr nach oben transportiert und verlässt die Wand genau über einer der Kerzen. Der Schalldruck bewegt schließlich das Kerzenlicht. Eine wirklich krasse Konstruktion."

Samuel kratzte sich an der Nase: „Wisst ihr was? Ich habe den Verdacht, dass wir hier so eine Art Klangspiel vor uns haben, das irgendeine Art Code verbirgt."

„Etwa ein Kelch-Xylophon mit geheimer Botschaft?", lachte Sarah.

„Ja genau. Pass auf!" Samuel schlug an den ersten Kelch. „Das ist ein C." Dann schlug er auf den zweiten: „Ein D. Hier ein E, ein F, ein G, ein A und ein H. Das ist eine klassische C-Dur-Tonleiter. Zumindest fast. Das hohe C fehlt, da es nur sieben Töne sind."

Samuel spielte einige Male auf den Kelchen herum, bis Dominik ihn stoppte. „Okay, das kannst du ganz wunderbar. Aber jetzt klär uns mal auf! Wozu das Ganze?"

„Da kann ich vielleicht helfen." Markus zeigte auf eine Reihe römischer Zahlen. Über jeder Wandnische befand sich exakt eine Zahl. „Wir haben dieses in Stein gemeißelte Notenblatt. Da sich über jedem Kelch, d. h. über jeder Note, eine Zahl befindet, müssen wir vermutlich das Lied spielen, um die richtigen Zahlenwerte zu ermitteln. Jede Note ergibt einen Zahlenwert, am Ende schließlich ein ganzes Wort – vermute ich."

„Das klingt tatsächlich nach einem Code", erkannte Paul und freute sich schon aufs Herumrätseln.

Markus hielt die Steintafel in die Höhe. „Mir fällt gerade auf, dass die Noten jeweils in Fünfergruppen angeordnet sind. Hm ..."

Samuel schaute sich Dominiks Notizen an. „Nun gut. Wir wissen jetzt, welche Note zu welcher Zahl gehört. Mit dem Notenblatt brauchen wir jetzt eigentlich nur noch die einzelnen Notenblöcke in Zahlen umwandeln. Markus, sag uns bitte die Noten der Reihe nach an."

„Okay, also, der erste Block lautet: E, E, F, C, E. Der zweite Block lautet E, C+A, A, D, D."

„Doppelte Buchstaben?"

„Ja. Hier sind einige Male mehrere Noten übereinander zu sehen. Ich nehme an, dass man die Zahlenwerte dann einfach addiert."

Stück für Stück ermittelten sie sechs weitere Blöcke, sodass sie am Ende acht Buchstabenblöcke vorliegen hatten.

„Jetzt ordnen wir die Buchstaben der Noten den römischen Zahlen zu und machen daraus wiederum normale Zahlen." Samuels Augen leuchteten. Codes zu entschlüsseln war definitiv sein Ding. „Zunächst einmal Doms Notizen der Kombinationen. Der Ton C entspricht der Zahl 2, D ist die 4, E ist eine 1, F eine 10, G eine 3, A eine 5 und H eine 50. Wenn wir im ersten Block also E, E, F, C und E haben, bedeutet dies übersetzt 1, 1, 10, 2, 1."

Markus klopfte Samuel auf die Schulter. „Bin beeindruckt."

„Okay, weiter ... Der zweite Block lautet E, C+A, A, D und D. Übersetzt also 1, 2+5 – also 7, dann 5, 4 und noch mal 4."

Dominik ließ sich auf einen Stuhl sinken. „Ich versteh nur Bahnhof."

„Uiiuiiuii ... mir ist das auch zu hoch", gab Sarah ihm recht und schaute dabei gedankenverloren aus dem Fenster.

Nach einer Weile rief Samuel aus: „Fertig!"

Paul schaute auf Samuels Zettel. „Nun ja, jetzt haben wir acht Zahlenblöcke. Bringt uns noch nicht so viel weiter, oder?"

„Wie lautete die Inschrift unter dem Notenstein gleich noch mal?", fragte Markus.

„Wer mein Wort hört ..."

„Genau – mein Wort – Gottes Wort liegt uns heute in geschriebener bzw. gedruckter Form vor, nämlich in der Bibel. Also nehme ich einmal an, dass diese Zahlen etwas mit der Bibel zu tun haben."

„Warte mal." Samuel erhob sich langsam vom Stuhl und kratzte sich am Ohr. „Ich erinnere mich an einen Code, von dem ich vor langer Zeit einmal gelesen habe. Es handelte sich auch um Zahlenreihen, die in Blöcken angeordnet waren. Damals waren es allerdings nur drei Zahlen je Block, soweit ich mich erinnere."

„Und was haben diese Zahlen bedeutet?", erkundigte sich Sarah.

„Drei Zahlen je Block. Dieser Code bezog sich auf ein Buch. Zahl 1 bedeutete die Seitenzahl, Zahl 2 die Zeile auf der Seite und Zahl 3 die Spalte – meinte also den Buchstaben. Wenn wir eine Verbindung der Zahlen mit einem Buch – also der Bibel – herstellen, könnte es hier ähnlich sein. Aber diesmal sind es fünf Zahlen. Hm ..."

„Thora", murmelte Markus. „Aber ja! Das könnte klappen! Ich habe die ganze Zeit gegrübelt, wieso über den Noten *Thora* steht. Die Thora umfasst die fünf Bücher Mose. Innerhalb der Bibel gibt es nicht nur Seiten, sondern auch Kapitel. Damit ergeben alle Werte einen Sinn."

Samuel hob die Hand. „Ich weiß: Die erste Zahl meint das 1. bis 5. Buch Mose, die zweite Zahl das Kapitel, die dritte den Vers, die vierte das Wort im Vers und die fünfte schließlich den Buchstaben im Wort. Das könnte funktionieren."

„Da gibt es aber einen Haken", warf Paul ein. „Es gibt hunderte von Bibelübersetzungen. Woher wissen wir denn, in welcher wir nachschlagen müssen?"

Markus lächelte weise. „Das, mein Sohn, ist eine gute Frage, lässt sich aber relativ leicht beantworten. Da wir den Tempelrittern auf der Spur sind, können wir die Zeit eingrenzen – also etwa Anfang 14. Jahrhundert. Zur Zeit der

Tempelritter waren insbesondere die Septuaginta, also die griechische Übersetzung, und die Vulgata, die lateinische Übersetzung, weit verbreitet. Erfahrungsgemäß waren die Templer mehr im Lateinischen unterwegs. Demnach halte ich die Vulgata für die beste Wahl. Einen Moment ... mit meinem Handy kann ich auf eine recht alte lateinische Übersetzung der Bibel – aus dem 14. Jahrhundert – zugreifen. Hoffen wir mal, dass wir mit dieser Übersetzung zurechtkommen. Also gut. Samuel, du sagst mir die Zahlen an, ich schlage nach."

Jetzt waren Samuel und Markus in die Notizen vertieft und brüteten über dem alten Bibeltext.

Plötzlich rief Samuel laut aus: „Heureka! Ähm, ich meine, wir haben's herausgefunden."

Ungeduldig kam Dominik angesprungen: „Schon wieder? Das sind mir aber viele Heurekas in letzter Zeit."

„VICTORIA!"

„Viktoria? Was hat die denn damit zu tun?" Dominik verstand nicht.

Samuel lachte. „Nein, nicht die Viktoria, sondern *VICTORIA* – mit C geschrieben. Das ist Lateinisch und bedeutet Sieg."

Markus stand auf und sah sich um. „Fügen wir alles einmal zusammen. Mehrere Hinweise erwähnten den Begriff *Wort*, das einerseits für die Bibel steht, aber laut Johannes auch für Jesus selbst. Der Zahlencode verrät uns das Wort *Sieg*. Okay ... worüber hat Jesus gesiegt?"

„Über den Tod!", antwortete Sarah prompt.

Markus nickte. „Ich glaube, wir müssen jetzt etwas in diesem Raum finden, das mit dem Sieg über den Tod zusammenhängt."

Alle schwärmten aus und untersuchten die kleine Kirche nochmals.

„Hier! Das könnte etwas sein." Paul rief die anderen aus der hintersten Ecke herbei.

Sarah betrachtete das Wandbild sorgfältig. „Sieht ziemlich alt aus, schon halb verblasst."

„Sekunde mal!“ Samuel kam ein Gedanke: „Erinnert ihr euch an das mysteriöse Bild vom Wasserfall, oben im Kloster? Ich behaupte mal, dass es derselbe Stil ist.“

„Das Motiv ist interessant.“ Sarah strich mit der Hand über das Bild. „Die Kreuzigung. Jesus siegt über den Tod.“

Samuel bückte sich, um den unteren Teil besser erkennen zu können: „Unter dem Kreuz ist ein Totenschädel eingezeichnet. Ein Bild für den Tod. Hm ... der Schädel trägt ein Kreuz?“

„Victoria ...“, flüsterte Markus. „Das könnte es sein. Am Kreuz siegte Jesus über den Tod. Nun ist der Tod nicht mehr. Er ist weg. Kannst du den Schädel wegdrücken?“

„Ich versuch’s. Nein. Drücken geht nicht, aber ich kann das kleine Kreuz drehen.“

Neugierig kniete sich Dominik daneben: „Wenn es wie in der Kapelle von Kolossi funktioniert, müsstest du einen Deckel abdrehen können.“

„Ja, es geht.“ Samuel drehte das Kreuz noch ein Stück weiter, dann klappte es heraus und gab einen kleinen Hohlraum frei. „Wir haben es gefunden!“, schrie er vor Freude. Vorsichtig holte er einen gravierten Stein heraus. „Das erinnert an das Steinfragment, das wir in Kolossi gefunden haben.“

Markus zog das erste Fragment aus der Tasche und legte es neben das zweite. „Tatsächlich. Sie passen exakt zusammen. Aber hier fehlt noch ein drittes. Ich glaube, ich weiß auch schon, wo wir es finden.“

„In Paphos, in den Königsgräbern“, folgerte Paul.

Plötzlich rumpelte es am Eingang. Alle erschraken. Samuel drehte die Steinklappe schnell wieder in die Wand.

Vorsichtig lugte Sarah um die Ecke: „Ist da jemand?“

Niemand schien hier zu sein. Langsam gingen sie zur Tür. Da hörten sie, wie draußen jemand eine Autotür zuschlug und ein Auto davonfuhr.

Paul rannte nach draußen und konnte gerade noch erkennen, wie ein schwarzer Mercedes vom Parkplatz raste. „Ach, du meine Güte. Die haben uns die ganze Zeit verfolgt. Der schwarze Mann ist uns ..."

„Ich schätze, wir haben im Moment ein ganz anderes Problem", unterbrach Pauls Vater seinen Sohn. Er war inzwischen auch nach draußen gekommen.

„Was ist denn los?" Als er näherkam und sah, dass sein Vater neben dem Auto stand und nach unten guckte, erkannte er das Problem. „Oh nein! Jemand hat die Reifen zerstochen."

„Na super, jetzt sitzen wir also hier fest!" Verärgert stieß Samuel einen Stein mit dem Fuß weg. „Der Kerl hat bestimmt alles mit angehört und befindet sich jetzt auf dem Weg nach Paphos."

„Beruhigt euch wieder", mahnte Pauls Vater. „Es nützt uns überhaupt nichts, wenn wir uns verrückt machen. Wir sollten einen klaren Kopf behalten. Ich rufe jetzt erst einmal die Autovermietung an." Mit diesen Worten nahm Markus sein Handy und begann zu telefonieren.

Die vier Freunde ließen sich auf den Boden sinken und lehnten sich am Auto an. War jetzt alles aus? Ohne den dritten Stein würden sie das Rätsel nicht lösen können. In diesem Moment wusste keiner, wie es weitergehen sollte.

Rückschläge

Kapitel 11

Paul seufzte: „Ich hab schon länger das Gefühl, dass wir beobachtet werden. Nun wissen wir's genau."

„Ich fass es einfach nicht, dass die uns schon wieder auf die Schliche gekommen sind." Dominik strich sich mit der Hand durch die Haare und stöhnte.

Verärgert schüttelte Samuel den Kopf: „Sarah hat bestimmt recht. Die lassen uns die schwierige Arbeit machen und wollen uns den Schatz dann wieder vor der Nase wegschnappen."

„Ja, vielleicht. Was ich aber nicht verstehe, sind die zerstochenen Autoreifen. Das sieht so aus, als wollte er uns eine Botschaft senden, eine Warnung vielleicht."

„Und wenn es einfach nur zur Abschreckung dienen sollte?"

Samuel winkte ab: „Pah! Ich kann mir gut vorstellen, dass die nur wissen wollten, wo der nächste und vermutlich letzte Hinweis versteckt ist. Auf jeden Fall sitzen wir jetzt eine ganze Weile hier fest. DAS haben sie definitiv sichergestellt."

„Hm ... und sich selbst damit Zeit verschafft", ergänzte Paul.

„Diese Ganoven!"

Da stand Samuel auf, stützte sich auf dem Geländer ab und schaute nachdenklich in die Ferne: „Es wurmt mich, nicht zu wissen, wer dafür verantwortlich ist."

Sarah machte ein besorgtes Gesicht. „Sam, du ..."

„Mir will einfach nicht in den Kopf, dass diese Typen immer genau da auftauchen, wo wir auch sind. Das kann doch kein Zufall sein."

Gerade kam Markus vom Telefonieren zurück und hatte Samuels Vermutung gehört. „Du nimmst aber nicht etwa an, dass Frau Goldstein Zyper-Mayer dahintersteckt, oder?"

Samuel drehte sich zu ihm um und zuckte mit den Schultern: „Auffällig ist es aber schon, oder? Sie ist doch die einzige Fremde in unserer Runde, die über unsere Schritte Bescheid wusste. Und da sie ..."

„Stopp!" Markus hob die Hand. „Was ich jetzt sage, gilt für euch alle. Denkt genau darüber nach, ob ihr auch nur einen einzigen Beweis für derlei Theorien habt. Ja, ich weiß, dass die Archivarin eine unrühmliche Vergangenheit hat. Aber vielleicht habt ihr es vergessen, wir haben ihr vergeben! Ohne stichhaltige Beweise würde ich keine erneute Anklage erheben wollen."

Sarah stand auf und klopfte sich den Staub von der Hose. „Eigentlich hast du recht. Wenn man sich dazu entschließt, jemandem zu vergeben, und sei die Sache noch so krass gewesen, dann ist Schluss damit. Dann darf man das nicht wieder ausbuddeln. Das kann schwer sein. Keiner weiß das so gut wie ich."

„Hm, vermutlich habt ihr recht." Samuel holte tief Luft und ging auf Markus zu. „Trotzdem, ich ... immerhin war ich derjenige, der ihr am meisten misstraut und ihr dann doch vertraut hat und jetzt ... ach, ich weiß auch nicht."

Samuel und seine Freunde rätselten noch eine ganze Weile herum, bis Markus einen Anruf erhielt. „Kinder, ich hab eine schlechte Nachricht, die Autovermietung hat gerade angerufen. Sie wollten uns einen Werkstattwagen mit neuen Rädern schicken. Tja, wie soll ich es sagen ... der Werkstattwagen hatte eine ... Panne."

„Ist nicht wahr?!"

„Das gibt's doch einfach nicht!" Dominik stampfte auf den Boden.

Paul seufzte niedergeschlagen. „Die haben aber auch an alles gedacht."

„Moment", sagte Markus auf einmal, „ich hab da eine Idee. Wartet mal kurz." Er nahm sein Handy erneut zur Hand und ging einige Schritte. Kurz darauf kam er lächelnd zurück. „Gute Neuigkeiten."

„Die können wir gebrauchen!", stöhnte Sarah.

„Soeben habe ich mit Alexis gesprochen. Er wurde heute aus dem Krankenhaus entlassen. Zwar kann er selbst noch nicht wieder fahren, aber er will uns umgehend ein Auto schicken. In etwa einer Dreiviertelstunde wird der Fahrer hier sein."

„Puhhh. Und was machen wir so lange?"

„Wir könnten loslaufen und dem Auto entgegengehen", schlug Markus vor. „Ich rufe schnell die Autovermietung an und informiere sie."

Dominik sprang auf: „Ist sicher besser, als hier herumzuhängen."

Sie hatten bereits ein gutes Stück Strecke zurückgelegt, als ein weißer Van die Bergstraße hinaufgefahren kam und neben ihnen anhielt.

„Ey, guck dir mal die Spoiler an", raunte Samuel Paul zu. „Ich wette, die Karre ist getunt."

Paul nickte und wies auf die Räder. „Das sind mindestens 20-Zöller, und das dunkelgrau mattierte Finish auf den Felgen ... einfach mega."

Das Beifahrerfenster war bereits heruntergelassen, sodass man den Fahrer gut sehen konnte. Ein braungebrannter Mann mit Basecap lächelte ihnen zu. „Hallo! Seid ihr die Detektive aus Villstein?"

„Ähm ... ja, das kann man wohl so sagen." Markus räusperte sich verlegen. „So mysteriös hat Alexis uns angekündigt?"

Der Mann im Auto lachte. „Ja, das hat er." Er stellte den Motor ab, aktivierte die Warnblinkanlage und stieg aus. „Hallo erst mal! Wie geht's euch?" Zur Begrüßung reichte er ihnen die Hand. „Mein Name ist Nikos Klerides. Aber nennt mich bitte Niko, wir sind hier nicht so förmlich."

„Das ist sehr freundlich von Ihnen, ähm ... ich meine, von dir. Ich bin Markus. Hier ist mein Sohn Paul, und das sind seine

Freunde Samuel, Sarah und Dominik. Zu unserer Reisegruppe gehören noch Professor Cardiff und Clara Goldstein Zyper-Mayer, die derzeit in Limassol unterwegs sind."

„Hey, cool, schön, euch kennenzulernen. Bitte steigt ein. Die Klimaanlage wird euch gefallen."

Das ließen sich die Kids nicht zweimal sagen und sanken in die weichen Sitze.

Sarah seufzte: „Meine Güte! Ist das gigantisch! Ich glaube, ich habe eine Klimaanlage noch nie so geschätzt wie heute."

Niko lachte: „Wo soll's denn hingehen? Für den Rest des Tages bin ich euer persönlicher Chauffeur."

„Wow", staunten die Kinder. „Einen Chauffeur hatten wir noch nie."

„Wenn es keine Umstände macht, würden wir gern so schnell wie möglich nach Paphos zu den Königsgräbern", bat Markus.

„So schnell wie möglich, ja?" Niko grinste. „Na, dann schnallt euch mal fest an." Niko wendete den Van und fuhr den restlichen Berg hinab, in Richtung Autobahn.

Nach einer Weile drehte er sich kurz zu Samuel und Paul. „Ich hab mitbekommen, wie ihr große Augen gemacht habt, als ich eingetroffen bin. Ihr interessiert euch für Autos?"

Samuel nickte. „Allerdings. Während Dom unser Fahrradnarr ist, sind Paul und ich verrückt nach allem, was mindestens vier Räder hat. Wenn ich fragen darf ... ist das eine getunte V-Klasse?"

Niko grinste: „Stimmt. Ursprünglich steckte ein normaler V300 da drin, inzwischen haben wir so viel daran herumgeschraubt, also Hardware- und Softwaretuning betrieben, dass ich inzwischen fast 400 PS raushole." Er ließ es sich nicht nehmen, mal kräftig aufs Gaspedal zu treten, sodass man den Motor röhren hörte. „Wie war das Sprichwort gleich noch?" Er fuhr gerade auf die Autobahn. „Ein Sound sagt mehr als tausend Worte." Er wechselte auf die Überholspur und drückte einen Knopf am Armaturenbrett, woraufhin sich die

Mittelkonsole öffnete und mehrere Knöpfe und Regler freigab. Nikos Lippen umspielte ein Grinsen. „Bitte festhalten!"

Samuel erkannte gerade noch einen roten Knopf, auf dem NOS stand. Niko gab Gas und drückte den Knopf. Der Motor heulte auf, und die Fahrgäste wurden in die Sitze gepresst.

„Woohoooo!", schrien die Kids.

Im Nu beschleunigte der Wagen auf weit über 200 km/h. Die Autos auf der rechten Spur schienen zu stehen, so schnell sauste der Van an ihnen vorbei.

Markus hielt sich ganz verkrampft am Türgriff fest. „Uh ... ich hatte ja keine Ahnung, wie wörtlich du das nehmen würdest."

„Keine Angst, Markus. Ich bin Rennfahrer. Bin's quasi gewöhnt, schnell zu fahren."

„Yeah! Es lebe die Lachgaseinspritzung!", schrie Samuel ganz aufgedreht.

Sarah guckte etwas ängstlich. „Fahren wir noch oder fliegen wir schon?"

„Es ist unwahrscheinlich, dass wir abheben", erklärte Paul fröhlich. „Der Van besitzt mehrere Spoiler, die dafür sorgen, dass das Auto bei hoher Geschwindigkeit auf den Boden gedrückt wird." Inzwischen fuhr Niko wieder etwas gemäßigter. „Das Gute ist, dass wir fast die ganze Strecke auf der Autobahn fahren können."

„Was ist eigentlich eine Lachgaseinspritzung?", fragte Sarah und schnappte nach Luft.

Samuel erklärte: „Hier im Auto befinden sich eine oder mehrere Gasflaschen mit Distickstoffmonoxid. Vereinfacht gesagt, wird dieses Gasgemisch in den Motor eingespritzt und sorgt für eine kurzzeitig bessere Verbrennung des Kraftstoffs, also zum Beispiel des Benzins. Oder anders ausgedrückt, durch die Einspritzung des Lachgases erhöht man künstlich die Leistung des Motors. Niko hat offenbar ein System von NOS verbaut, einer amerikanischen Marke."

„Wenn mir eine Frage erlaubt ist ...", murmelte Markus.

„Klar, schieß los!"

„Ich beobachte – natürlich eher zufällig – die Verkehrsschilder. Kann es sein, dass du ein klein wenig schneller fährst als offiziell erlaubt ist? Wenn ich das richtig bemerkt habe, fahren wir selten langsamer als 180."

Niko lachte.

„Also ... nicht, dass ich mich beschweren möchte."

„Nein, nein. Alles in Ordnung, Markus. Ich bin nicht nur Rennfahrer, sondern auch Eilkurier für die Regierung. Deshalb besitze ich eine Sondergenehmigung. Und gerade heute erscheint es mir so, dass ich sogar für die höchste Regierung unterwegs bin."

„Die höchste Regierung?", fragte Dominik nach.

Niko schmunzelte. „Heute fahre ich gewissermaßen in Gottes Auftrag, nicht wahr? Seid ihr nicht seine ... Abgesandten?"

Markus lachte. „Okay, na, so hab ich das auch noch nicht gesehen. Aber im Grunde hast du recht. Immerhin verfolgen wir tatsächlich ein höheres Ziel. Aber ich hoffe, dass du damit nicht das schnelle Fahren rechtfertigst."

Niko verdrehte die Augen. „Nein, nein. Eigentlich darf ich auch nur im Notfall so schnell fahren. Sorry."

Völlig erstaunt stieg Markus in Paphos aus dem Auto. „Meine Herren! Du hast uns in nur vierzig Minuten nach Paphos gefahren. Unglaublich."

„Gern geschehen. Ich werde mal tanken und noch einige Besorgungen machen. In etwa einer Stunde bin ich wieder hier am Parkplatz." Niko schaute auf seine Uhr: „Viel mehr Zeit werdet ihr ohnehin nicht haben. Um 20.30 Uhr schließt die Anlage."

„Bis dann!"

„Ciao!"

Sarah schaute sich um und hatte das Eingangsgebäude entdeckt. „Krass! Nur 2,50 € Eintritt. Dass ich so etwas noch mal erlebe."

„Wo beginnen wir mit unserer Suche? Und wonach suchen wir eigentlich?", wollte Dominik wissen.

Während sie sich das erste Grab ansahen, antwortete Markus: „Das ist eine gute Frage. Es gibt hier eine ganze Reihe Gräber, Grabhöhlen und sogar Tunnel. Der Legende nach haben sich damals, zur Zeit der Christenverfolgung, tatsächlich Menschen hier unten versteckt. Es soll Tunnel geben, die an ein Labyrinth erinnern."

„Ist ja voll spannend", meinte Paul dazu. „Demnach suchen wir bestimmt eine Grabhöhle, die über einen Tunnel verfügt. Es muss ja etwas sein, das nicht so leicht zugänglich ist, damit es ein Geheimnis bewahren kann."

Sein Vater nickte. „Ja, das glaube ich auch. Uns wird nichts anderes übrig bleiben, als so viele Grabhöhlen wie möglich zu untersuchen. Haltet unbedingt die Augen nach dem schwarzen Mann offen!"

Gesagt, getan. In der nächsten Stunde erforschten sie große Teile der Königsgräber, stiegen viele Stufen hoch und runter, zwängten sich durch manch schmale Spalte im Fels.

„Meine Güte! Was ist denn das für ein Grab?" Paul stand vor einer großen viereckigen Öffnung im Felsgestein, als Samuel zu ihm stieß. Dort drinnen war eine Art Säulenhalle zu sehen – mitten in den Stein gehauen. „Warum haben die damals so einen irrwitzigen Aufwand betrieben?"

„Nun, wie gesagt, das sind die sogenannten Königsgräber. Ihren Namen haben sie nicht etwa von Königen, die hier begraben wären, nein. Es handelt sich um Gräber hoher Beamter und reicher Leute. Dass einige der Grabanlagen an Häuser erinnern, liegt daran, dass man damals davon ausging, in einem anderen Leben wiedergeboren zu werden. Dann brauchte man dort natürlich auch wieder ein Haus. Außerdem sollte dies den Status und Reichtum widerspiegeln. Davon abgesehen sind sie einfach groß. Schon das allein erzeugt königlichen Charakter."

Inzwischen waren auch Dominik und Sarah gekommen.

„Der Baustil erinnert ein wenig an Ägypten", überlegte Sarah.

Markus nickte. „Das ist auch kein Wunder. Die Gräber stammen aus einer Zeit, in der die Ptolemäer über die Insel Zypern herrschten. Die sonst primär griechische Architektur erfuhr damit einen ägyptischen Einfluss."

Sarah schaute auf die Uhr. „Leute, wir müssen uns beeilen, es ist schon 19 Uhr, und wir müssen ja noch zurück."

„Okay, schnell jetzt."

Im Zugang der nächsten Grabkammer entdeckte Dominik etwas an der Wand. „Schaut mal, hier ist ein Relief in der Wand. Könnte das ein Kreuz sein?"

„Super, Dom!" Samuel freute sich. „Das könnte bedeuten, dass wir auf der richtigen Spur sind."

Neugierig betraten sie einen kurzen Tunnel und erreichten an dessen Ende eine Art offenes Atrium mit weiteren Höhlen zu beiden Seiten.

„Ich schlage vor, wir teilen uns in zwei Gruppen auf, um schneller voranzukommen", empfahl Paul.

Die anderen waren einverstanden. Zunächst konnten sie nichts Auffälliges entdecken. Doch dann schrie Dominik auf einmal ganz laut: „Aaahhh!"

Samuel und Paul rannten in die Richtung, aus der der Schrei gekommen war. Als sie ihn erreichten, beobachteten sie gerade noch, wie Markus und Sarah Dominik hochzogen.

„Was ist passiert?"

Dominik schnappte nach Luft: „Ich ... ich bin abgerutscht. Ich wollte mir das Gelände von weiter oben anschauen. Da hab ich nicht aufgepasst und bin abgerutscht. Fast wäre ich da runtergefallen." Er zeigte zur Seite zu einer ganz schön tiefen Felsspalte.

„Gott sei Dank ist dir nichts passiert." Sarah musste Dominik erst einmal umarmen.

„Ja, auf jeden Fall! Nichtsdestotrotz habe ich etwas Interessantes gesehen. In einiger Entfernung konnte ich Schleifspuren ausmachen. Sie erschienen mir zu gleichmäßig, als dass sie natürlichen Ursprungs sein können. Vielleicht dreißig Meter in dieser Richtung."

„Dann lasst uns mal nachschauen."

Gemeinsam suchten sie die Stelle, die Dominik entdeckt hatte. „Da, seht ihr?"

Markus nickte. „Stimmt. Gut beobachtet, Dominik. Diese Spuren sind keinesfalls natürlichen Ursprungs. Sie sehen eher wie Reifenspuren aus, die bis zu diesem Steinhaufen führen."

Samuel untersuchte die Steine genauer. Er strich mit den Fingern über einige Stellen und roch daran. „Oh Mann! Ich glaub, mein Schwein pfeift. Hier wurde etwas gesprengt. An diesen Steinbrocken befinden sich frische Bruch- und Brandspuren."

„Eine Sprengung? Hier im Museumspark?" Sarah schüttelte den Kopf. „Unglaublich!"

Paul griff sich an den Kopf. „Das erinnert mich unwillkürlich an Villstein und die Sprengung des Höhleneingangs durch Mr. Black und diesen fiesen Zwerg."

Dominik kniff die Augen zusammen, sprang von einem Felsvorsprung herunter und beugte sich in eine Höhlenöffnung hinein. „Dann hoffe ich mal, dass wir nicht zu spät sind." Schon im nächsten Augenblick war er in der Höhle verschwunden.

„Hey, warte auf uns!"

Der freigesprengte Höhleneingang war links und rechts mit Kreuzen und Ornamenten geschmückt und führte zu einem schmalen Tunnel mit mehreren Abbiegungen. Schließlich erreichten sie einen kleinen Raum, der kaum größer als drei mal drei Meter war. An der linken Wand befand sich ein Relief.

„Hat das etwa jemand absichtlich zerstört?" Empört untersuchte Markus die Überreste des Reliefs. „Kulturbanausen! Aber ich glaube, ich kann es noch lesen ... FIDES NOSTRA VICTORIA."

„Was bedeutet das?"

„Unser Glaube ist der Sieg“, übersetzte Markus. „Das schreibt der Apostel Johannes in seinem ersten Brief. In Kapitel 5, Vers 4. Unser Glaube ist der Sieg, der die Welt überwunden hat.“

„Dann sind wir hier bestimmt richtig.“ Samuel versuchte, eins und eins zusammenzuzählen. „Wenn wir annehmen, dass sich früher Christen hier versteckt haben, dann ergibt so ein Vers aus der Bibel durchaus Sinn – er soll Mut machen.“

„Ich fürchte, das ist nicht das Einzige, was sie zerstört haben“, rief Paul mit wehmütiger Stimme. Auf der gegenüberliegenden Wand hatte er ein bereits geöffnetes Geheimfach entdeckt. „Hier liegt ein flacher Stein mit einem Templerkreuz darauf. Wenn das dieselbe Art Abdeckung eines Faches war wie in den anderen Fällen, dann ...“

„... sind wir zu spät!“ Dominik schluckte.

Jetzt war es klar. Der schwarze Mann war ihnen zuvorgekommen. Mutlos sanken die Kinder zu Boden.

„So ein Mist“, grummelte Samuel. „Was machen wir nun?“

Paul kratzte sich am Kopf. „Auf jeden Fall dürfte es nicht ganz leicht werden, diesem Mr. Black das dritte Steinfragment abzunehmen.“

„Ich frage mich, was das werden soll“, murmelte Pauls Vater. „Jetzt besitzen sie zwar eines der drei Steinfragmente, wir aber die beiden anderen. Somit sind sie für beide Seiten nutzlos.“

Sarah rappelte sich wieder auf. „Kommt, ich will hier raus. Ich find's unangenehm in solchen dunklen, engen Räumen.“

Ganz betreten marschierten sie zurück zum Parkplatz, wo Niko bereits auf sie wartete.

„Na? Habt ihr interessante Entdeckungen gemacht?“

„Hm“, murmelte Paul nur.

„Nanu? Was ist denn mit euch los?“

Da erzählte Samuel, was passiert war.

Niko machte ein nachdenkliches Gesicht. „Oh, das ist natürlich unschön. Aber heute läuft eh nichts mehr. Fahren wir nach Hause.“

„Nach Hause?", fragte Sarah irritiert nach.

„Ja, richtig." Niko lachte schon wieder. „Ich glaube, ihr kennt das Haus bereits. Und Maria, die Haushälterin."

„Was denn? Dann ist das dein Haus, in dem wir wohnen?"

„Nein, nicht direkt. Aber ich wohne nebenan. Das Haus, in dem ihr wohnt, gehört meinem Vater. Heute Abend werdet ihr ihn kennenlernen."

Die Rückfahrt verlief wesentlich ruhiger und entspannter für Markus, hielt sich Niko diesmal doch an die offiziellen Geschwindigkeitsregeln. Dennoch waren die Kids ziemlich neugierig auf Nikos Vater, den Besitzer der gewaltigen Villa, in der sie wohnen durften.

Als das Auto schließlich vor dem Haus zum Stehen kam, erwartete Nikos Vater seine Gäste bereits. Freundlich breitete er die Arme aus und begrüßte zunächst seinen Sohn, dann Markus und schließlich die Kinder. „Hallo, hallo! Ihr seid also die berühmten Detektive aus dem schönen Örtchen Villstein."

Paul staunte: „Woher ...?"

Der alte Mann schmunzelte: „Wissen sichert Überleben, weißt du?"

„Sie sind Nikos Vater?", fragte Samuel neugierig.

„Ja, das bin ich. Mein Name ist Márkos."

Pauls Vater lachte: „Na, das ist ja ein Zufall, wir haben fast denselben Namen. Ich heiße Markus. Immer wieder schön, einen Namensvetter zu treffen."

Nikos Vater bat die Gäste ins Haus. „Ihr habt bestimmt großen Hunger."

„Und viele Fragen", fügte Paul an.

Der alte Mann lachte. Irgendwie pflegten hier alle immer zu lachen. Ob es an der Luft lag, dass alle so fröhlich waren?

„Wo sind eigentlich Professor Cardiff und die Archivarin?", fragte Paul mittenrein.

Nachdenklich wiederholte der alte Mann die Worte: „Die Archivarin. Hm ... ich glaube, sie kommen etwas später. Nun lasst uns erst einmal kräftig speisen und reden. Ich liebe ausgedehnte Abendessen mit Freunden."

Tatsächlich fühlten sich Markus und die Kinder fast wie zu Hause. Sie waren mit offenen Armen aufgenommen worden. Alle Leute hier waren total freundlich.

Auf einmal fragte Paul wieder mitten im Gespräch: „Sagen Sie, Márkos, kennen Sie Frau Goldstein Zyper-Mayer?"

Márkos sah Paul kurz mit einer Mischung aus Neugier und Ernst an. Dann lenkte er schnell wieder ab: „Was haltet ihr von einem Nachtisch? Wir haben wunderbares Eis im Haus."

„Oh ja, das ist eine klasse Idee!", jubelten Dominik und Sarah.

Paul und Samuel guckten sich an und schienen sich zu verstehen. Was verbarg der alte Mann? Wieso wich er aus?

Nachdem sie das Eis verputzt hatten, sagte Márkos: „So, meine Lieben. Ich werde euch jetzt verlassen und mich etwas ausruhen." Nikos Vater erhob sich und verabschiedete sich.

Irritiert fragte Sarah: „Moment mal, ich dachte, das hier ist Ihr Haus. Wohnen Sie nicht hier?"

„Ja und nein. Das ist schon mein Haus, aber mein Sohn und ich bewohnen separate Häuser. Sie sind nicht weit entfernt. Hier befinden wir uns im Gästehaus. Das Grundstück ist groß genug, sodass sich keiner unnötigerweise in die Quere kommt. Und nun, gute Nacht! Wir sehen uns morgen wieder."

„Gute Nacht!"

Er war keine zwei Minuten verschwunden, als ein Taxi vorfuhr und Professor Cardiff und die Archivarin ausstiegen.

„Seltsames Timing", murmelte Samuel.

„Uaaahhh." Paul gähnte auf einmal fürchterlich. Es steckte an. Seine Freunde merkten, dass auch sie ganz schön müde waren. Immerhin war es ein anstrengender Tag gewesen.

„Ich geh ins Bett. Bis morgen, Jungs." Sarah winkte zum Abschied und ging langsam zur Treppe.

„Ich glaub, wir kommen auch mit", sagten Dominik, Samuel und Paul im Chor.

„Gute Nacht, Kinder!", rief der Professor und begleitete die Archivarin zu Pauls Vater in den Salon. Die Erwachsenen schienen noch eine Menge zu besprechen zu haben. Aber das war Samuel und seinen Freunden heute völlig egal. Sie schleppten sich in ihre Zimmer und fielen todmüde ins Bett.

Die Schatzjäger

Kapitel 12

Der nächste Morgen war irgendwie seltsam. Samuel war der Erste, der aufgestanden war, wie er glaubte. Doch als er ins Wohnzimmer kam, bemerkte ihn Frau Goldstein Zyper-Mayer, sprang vom Sofa auf und begrüßte ihn freundlich: „Einen wunderschönen guten Morgen, Samuel."

Etwas verdutzt und noch ganz verschlafen antwortete er: „Äh ja, Moin."

„Weißt du, ich wollte dir schon lange etwas sagen."

„Ach ja? Was denn?" Mit einem Mal war Samuel wach.

Die Archivarin legte den Kopf leicht zur Seite, lächelte und sah dabei regelrecht nett aus. „Aufgrund meiner jüngsten Vergangenheit seid ihr misstrauisch mir gegenüber. Das verstehe ich. Aber du hast mir eine Chance gegeben. Und das, obwohl ich gerade bei dir den Eindruck hatte, dass du die größten Vorbehalte hattest. Dafür danke ich dir!"

„Oh ... ach so ..." Verlegen kratzte er sich am Kopf. Was sollte er denn nun wieder davon halten? „Also wissen Sie, ich ..."

In diesem Moment polterten Paul und Dominik die Treppe herunter. „Morgäääähn!"

„Gibt's schon Frühstück?" Dominik gähnte herzhaft. „Hab Hunger."

Sarah kam lachend hinterher. „Mann, bin ich froh, dass du so 'ne Sportskanone bist. Ich fürchte, sonst würdest du aus allen Nähten platzen."

Während des anschließenden gemeinsamen Frühstücks war es auffallend ruhig.

Die Archivarin nutzte die Gelegenheit, um etwas Wichtiges mitzuteilen: „Seit vielen Jahren, ja, fast mein ganzes Leben lang habe ich nach meiner Familie gesucht. Leider musste ich feststellen, dass alle Mitglieder entweder durch einen Unfall ums Leben kamen oder spurlos verschwunden sind. Doch gestern hat sich alles geändert. Durch verschiedene Kontakte des Professors und einer äußerst freundlichen Kollegin, ihres Zeichens auch Archivarin, konnten wir den Kontakt zu einem alten Mann herstellen. Er hat uns in sein Haus eingeladen, und wir haben den ganzen Nachmittag miteinander gesprochen." Sie erhob sich und sagte mit feierlicher Stimme: „Um es kurz zu machen, es hat sich herausgestellt, dass er mein verschollener Onkel ist."

„Herzlichen Glückwunsch!", rief Sarah. „Dann haben Sie endlich Ihre Familie gefunden."

„Ja, ich ...", die Archivarin musste mit den Tränen kämpfen, „... ich kann es noch gar nicht recht fassen. Es erscheint mir wie ein Traum. Danke, dass ihr mich nicht verurteilt und mich auf diese Reise mitgenommen habt."

Die Kinder schauten sich an und wurden ganz rot im Gesicht. Immerhin war es noch gar nicht so lange her, dass sie die Archivarin verdächtigt hatten, noch immer mit der Sektion zusammenzuarbeiten.

Der Professor schlürfte genüsslich seinen Kaffee und verkündete: „Heute Vormittag hat sie ein weiteres Treffen mit ihm. Ich finde, das klingt gut."

„Ja, genau. Ich freue mich schon riesig. Erstaunlich finde ich allerdings, dass er mir sein Erbe übergeben möchte."

„Sein Erbe?" Paul war sichtlich überrascht. „Das ging aber schnell."

Dominik meinte nach einiger Zeit: „Was machen wir nun wegen dem fehlenden Stein? Ohne das dritte Fragment kommen wir doch nicht weiter."

„Darf ich einen Vorschlag machen?" Sarah nahm sich noch ein Brötchen, und alle schauten sie erwartungsvoll an. „Ich würde mir gern einmal die Altstadt ansehen, ehe wir wieder nach Hause fliegen. Beim Spazierengehen kommen mir immer die besten Ideen. Wer weiß, was uns so einfällt?"

„Hm, ja. Warum nicht?" Markus wollte gerade nach seinem Handy greifen, als Maria zur Tür hereinkam und fragte: „Ist alles in Ordnung? Braucht ihr noch etwas?"

„Danke. Alles okay. Wir wollen heute noch einmal in die Altstadt von Limassol fahren. Ich wollte Niko gerade anrufen."

„Oh, mach dir keine Mühe, ich sag ihm gleich Bescheid."

„Wenn es euch nichts ausmacht", sagte der Professor, „würde ich heute gern hierbleiben. Der gestrige Ausflug war recht anstrengend, ich bin leider nicht mehr der Jüngste."

Etwas später schlenderte Samuel mit seinen Freunden an der Strandpromenade entlang, während Markus einen Termin im mittelalterlichen Museum wahrnahm. Samuel hatte seine Drohne mitgenommen und flog ein wenig an der Küste entlang.

Plötzlich hörten sie quietschende Reifen. Auf der nahegelegenen Strandstraße hielt ein schwarzer Mercedes. Zwei schwarz gekleidete Männer sprangen heraus und überrumpelten die Kinder. Der eine schnappte sich Dominik und Sarah. Der andere konnte Paul fassen, verfehlte jedoch Samuel, der im letzten Moment ausweichen konnte und laut rief: „Hilfe! Hilfe!"

Dummerweise waren grade keine Passanten in der Nähe, die hätten helfen können. Die beiden Männer hatten Samuels Freunde ins Auto gezerrt und rasten davon.

„Halt! Hierbleiben!", schrie Samuel ihnen hinterher. Ihm wurde abwechselnd heiß und kalt. Was sollte er jetzt tun? Seine Freunde wurden gerade entführt. Schrecklich! Plötzlich piepte es auf seiner Drohnenfernbedienung. „Das ist es!" Blitzschnell steuerte er seine Drohne zurück. Wenige Sekunden später raste sie über seinen Kopf hinweg in Richtung Innenstadt. Er hatte einige Mühe, den schwarzen Mercedes aus der Luft wiederzufinden. „Hab ich euch!", murmelte Samuel. „Wo wollt ihr hin?" In sicherer Entfernung verfolgte er nun das Auto mit seinen Freunden an Bord. Der Wagen bog mehrere Male links und rechts ab und fuhr im Kreis. Samuel konnte sich ein Grinsen nicht verkneifen. „Wenn ihr wüsstet: Eure Täuschungsmanöver werden euch nicht helfen." Auf einmal begann der Reichweitensensor zu piepen. „Oh nein, bloß das nicht. Wenn sie nicht bald ihr Ziel erreichen, hab ich ein Problem." Schließlich bogen sie in eine kleine Seitengasse ein und hielten vor einem Haus an. Mittels Drohnenkamera konnte er gut beobachten, wie die zwei Entführer seine Freunde in das Haus brachten. Samuel holte die Drohne zurück und rief Markus an.

„Wie bitte?" Markus schrie aufgeregt ins Telefon. „Ich komme sofort. Wir treffen uns am Eingang des großen Parkplatzes neben dem Hafen."

„Bis gleich."

Auf dem Weg zum Parkplatz spürte Samuel einen dicken Kloß im Hals, der einfach nicht runterzuschlucken war. Er machte sich Vorwürfe. Hätte er besser helfen können? Doch vom Kämpfen hatte er keine Ahnung. Was hätte er tun sollen?

Bevor er noch weiter darüber nachgrübeln konnte, überquerte Markus im Laufschritt die Straße und kam auf ihn zu. Ganz außer Atem rief er ihm entgegen: „Samuel, was ist passiert?"

„Wir ... wir haben uns in der Altstadt umgesehen, ein Eis gekauft und beschlossen, noch etwas an der Promenade spazieren zu gehen. Plötzlich hat ein Auto neben uns auf der Straße angehalten. Heraus kamen zwei schwarz gekleidete Männer, die ohne Vorwarnung auf uns losgingen. Mich haben sie nur knapp verfehlt."

Inzwischen hatte sich Markus wieder etwas beruhigt. Er legte Samuel die Hand auf die Schulter und redete ihm gut zu: „Okay, also ... mach dir keine Vorwürfe. Es ist nicht deine Schuld, hörst du?"

„Ach, Mann! Wenn ich doch bloß kämpfen könnte. Dann hätte ich bestimmt ..."

„... was getan? Die Männer verprügelt?"

„Keine Ahnung. Sie sind plötzlich aufgetaucht, so als hätten sie uns gesucht und zufällig gefunden. Wir waren total überrascht, sind nicht einmal davongerannt. Ehe uns klar wurde, was uns blüht, war es bereits zu spät. Uns fehlen eindeutig eine bessere Wahrnehmung und mehr Fitness und am besten noch Kampfsport und ..."

Markus kniff die Augen zusammen. „Samuel, du bist nicht für alles verantwortlich, was hier passiert. Es nützt überhaupt nichts, wenn du dich jetzt verrückt machst. Wir müssen unbedingt einen kühlen Kopf bewahren und uns überlegen, wie wir meinen Sohn, Dominik und Sarah finden und retten können."

Samuels Miene hellte sich ein wenig auf. „Das Finden ist kein Problem."

„Wie meinst du das?"

„Ich hab sie mit meiner Drohne verfolgt und weiß daher, wo man sie hingebracht hat."

„Super! Jetzt müssen wir einen Rettungsplan entwickeln."

„Ja ... für solche Pläne ist eigentlich Paul zuständig", seufzte Samuel.

„Mag sein. Aber diesmal müssen wir selbst klarkommen."

Samuel überlegte: „Sollten wir nicht die Polizei einschalten?"

Markus schüttelte langsam den Kopf. „Theoretisch ja, praktisch nein. Gestern Abend hat uns Alexis besucht, der übrigens in dem kleinen Haus neben der Gästevilla wohnt. Dann kam auch noch Niko dazu, und wir haben uns ziemlich lange unterhalten, bis spät in die Nacht hinein. Niko hat von seinen Erfahrungen mit der örtlichen Polizei berichtet und dem offenen Geheimnis, dass fast die Hälfte der Polizei korrupt ist."

Samuel stöhnte: „Oh, Mann! Das heißt, von denen ist keine Hilfe zu erwarten."

„Jedenfalls nicht schnell genug. Wir gehen am besten sofort selbst dahin und machen uns ein Bild von der Lage. Wo müssen wir hin?"

Das etwa zwei Kilometer entfernte Haus war schnell gefunden. Vorsichtig huschten Samuel und Markus von Hausecke zu Hausecke, um sich möglichst unbemerkt zu nähern.

„Ist es das kleine Lagerhaus da vorn?", flüsterte Markus.

„Ja. Ich hab 'ne Idee", sagte Samuel und ging hinter einer Mauer in Deckung. „Ich lasse meine Drohne ums Haus herum fliegen, um zu gucken, ob wir mit Überraschungen rechnen müssen. Mit etwas Glück sehen wir durchs Fenster, wo sich Paul und die anderen befinden."

„Okay, aber sei vorsichtig."

Samuel setzte die Drohne auf den Boden und ließ sie losfliegen. Langsam näherte er sich dem Haus und betrachtete auf dem Monitor das Bild der Videoübertragung. In sicherer Höhe umflog er das einzeln stehende Gebäude.

„Also, da ist nichts und niemand zu sehen. Ich geh mal näher ran und check die Fenster." Vorsichtig flog er an eines der Fenster heran. „Mist, der Winkel klappt nicht. Das Sonnenlicht spiegelt zu stark."

„Versuch mal, von weiter oben heranzufliegen und die Kamera dann zu schwenken", schlug Markus vor.

„Okay ... ja, da! Ich hab sie."

Markus erkannte die drei Kinder auf dem Bildschirm. „Sie scheinen gefesselt in der Mitte des Raumes zu sitzen. Kannst du die Entführer entdecken?"

„Nein. Vielleicht sind sie nicht da. Ihr Auto ist auch nicht zu sehen." Er holte die Drohne zurück und packte sie wieder in seinen Rucksack.

„Dann dürfte jetzt ein guter Zeitpunkt für die Rettung sein", erklärte Markus und rannte geduckt über die Straße.

Samuel folgte ihm und ging hinter der nächsten Ecke in Deckung. Nichts zu sehen. Also weiter. Jetzt hatten sie das Haus erreicht. Markus legte den Finger auf den Mund und bedeutete Samuel, sich ruhig zu verhalten. Behutsam drückte er die Türklinke herunter: „Na, so was, sogar offen!"

„Sie scheinen sich sehr sicher zu fühlen."

Schnell huschten die beiden ins Haus. Sie schlichen einen Flur entlang, an dessen Ende sie einen Lagerraum vermuteten, in dem die Kinder festgehalten wurden. Langsam schob Samuel die Schiebetür zur Seite und lugte hinein. Da saßen sie, an Stühle gefesselt und den Mund verbunden, sodass sie nicht reden konnten. Markus und Samuel sahen sich um, so gut es ging. Als sie niemanden entdecken konnten, huschten sie hinein. Samuel wollte Sarah gerade das Tuch vom Mund nehmen, als sie plötzlich komische Geräusche machte: „Mmmmm mmhhhh mmmmm." Es klang wie ein Schrei mit geschlossenem Mund.

Dann begann auch Dominik: „Mmmhhmm Mmmhhmmm."

„Was? Ich versteh nichts." Samuel schüttelte den Kopf und entfernte Dominiks Knebel.

Dominik schrie: „Hinter dir!"

Jetzt dämmerte es Samuel. Er wirbelte herum und erblickte die zwei schwarzen Männer.

„Herzlich willkommen!", lachten sie hämisch.

Diesmal wollte Samuel kämpfen. Er holte tief Luft und ging auf einen der beiden Männer los.

„Samuel, nicht!", schrie Markus.

Doch Samuel hatte schon ausgeholt und wollte zuschlagen. Doch sein Gegner war schneller und wich ihm aus. Samuel taumelte unkontrolliert gegen einen Tisch und stolperte.

Markus wollte ihm helfen.

In diesem Augenblick zog der zweite Entführer eine Waffe und schrie: „Schluss jetzt!"

Erschrocken fuhren Samuel und Markus zusammen.

„Los, setzt euch auf die Stühle da drüben! Aber pronto!"

„Hey, Mann! Nicht so grob, Sie Rüpel!" Samuel war fest entschlossen, sich zu wehren.

„Mach keine Mätzchen, Kleiner! Sonst gibt's was!", brüllte der Mann und schubste Samuel, sodass er auf einem Stuhl landete.

Doch Samuel sprang wieder auf und schrie: „Boah, gehen Sie weg! Sie haben Mundgeruch."

Das war dem Kerl zu viel. Er holte aus und knallte Samuel eine, sodass er gegen die Werkbank torkelte. Das nutzte er geschickt aus, um sich unauffällig ein Teppichmesser zu greifen, das dort lag. Schnell ließ er es in die Hosentasche gleiten, ehe der Mann ihn wieder auf den Stuhl drückte und fesselte.

Mit verschränkten Armen postierten sich die Männer vor den Kindern. „Ach ... unsere Manieren. Wir haben uns ja noch gar nicht vorgestellt."

„Nicht nötig", motzte Samuel. „Wir kennen euch bereits, Rind und Rüpel."

Der Mann mit dem schlechten Atem ballte die Fäuste. „Ich muss dir wohl mal 'ne Lektion erteilen."

Doch sein Kollege hielt ihn zurück: „Stopp! Jetzt nicht, wir brauchen sie noch. Schon vergessen?" An Markus gewandt sagte er: „Darf ich vorstellen? Mein Name ist Mr. Black. Und das ist mein Kollege, Mr. Black."

„Ha! Zwillinge. Gleich doof, gleich hässlich." Samuel schien etwas im Schilde zu führen. Anders konnte Markus sich sein Verhalten nicht erklären.

Der ungeduldigere der beiden Männer machte einen Satz auf Samuel zu und zog sein Messer. „Wenn du nicht sofort die Klappe hältst, dann ..."

„... dann was?", grinste Samuel ihn herausfordernd an.

Als der Mann so nach vorn schnellte, wich Markus reflexartig zurück und presste sich an die Rückenlehne seines Stuhls. Dabei spannte sich seine Jacke, sodass eine eckige Wölbung auf seiner Brust entstand.

„Sag mal, hast du unsere Besucher nicht gründlich durchsucht?", fragte der eine den anderen Mr. Black und ging auf Markus zu. „Darf ich?", fragte er, ohne eine Antwort abzuwarten, und griff in Markus' Jackeninnentasche. Er holte ein kleines Transportkästchen heraus und öffnete es. „Ach ... das ist aber eine Überraschung." Mr. Black griff in das Kästchen und entnahm ein Steinfragment. Gedehnt und mit übertrieben ruhiger Stimme sagte er: „Herzlichen Dank, dass Sie so freundlich waren, uns die fehlenden Steinfragmente zu überbringen." An seinen Kollegen gewandt sagte er: „Hol den Koffer her!"

Der andere ging in einen Nebenraum und kam mit einem silbernen Koffer zurück.

„Der kommt mir aber bekannt vor", murmelte Dominik.

Samuel beobachtete, wie einer der Männer den Zahlencode eingab.

Es machte *schnapp*, und das Kofferschloss war entriegelt. Mr. Black öffnete den Koffer und nahm einen Stein heraus.

„Das dritte Steinfragment", entfuhr es Markus.

„So ist es, mein lieber Herr Professor."

„Ich muss Sie enttäuschen, da haben Sie wohl den Falschen. Ich bin kein Professor", korrigierte Markus ihn.

Der Mann wandte sich Markus zu und schien zu lächeln. „Ich weiß. Noch nicht. Aber sehen Sie ... ein Vögelchen hat mir gezwitschert, dass Ihnen an einer bestimmten Münchner Universität eine Professur für Geschichte angeboten wurde. Mr. Crowley ist sich ziemlich sicher, dass Sie als fleißiger Forscher nicht widerstehen können."

„Woher wissen Sie ...?", wollte Markus gerade fragen, als ihn sein Gesprächspartner unterbrach.

„Aber das spielt jetzt keine Rolle. Wenden wir uns dem Geschäftlichen zu."

„Geschäftlich? Wovon sprechen Sie?"

„Ganz einfach." Mit einer Handbewegung bedeutete der eine Mr. Black, der offenbar der Anführer zu sein schien, dem anderen, Markus wieder loszubinden. „Sie werden das Rätsel der Steinfragmente für uns lösen."

„Das werde ich ganz sicher nicht!", trotzte Markus ihm.

„Oh, Sie werden. Vertrauen Sie mir!" Bedächtig ging er einige Schritte durch den Raum und blieb hinter den Kindern stehen.

„Mein lieber Herr Steinbach, sind Sie ganz sicher, dass Sie uns nicht doch helfen wollen?"

Samuel konnte sehen, wie Markus blass wurde. Er schien die unausgesprochene Warnung dieses Ganoven sehr ernst zu nehmen.

Zähneknirschend stimmte Markus zu: „Na schön. Sie lassen mir offensichtlich keine Wahl."

Mit einem breiten Grinsen ging Mr. Black zurück zum Tisch und breitete die Steinfragmente aus.

Markus holte tief Luft. „Aber nehmen Sie den Kindern wenigstens die Knebel wieder raus. Sonst mach ich keinen Handgriff."

Mr. Black machte wieder eine Handbewegung, und sein Kollege gehorchte.

Dann schaute sich Markus die drei Steinfragmente an. Zunächst inspizierte er jeden Stein einzeln. Er nahm sie in die Hand, untersuchte sie von allen Seiten und legte sie schließlich wieder hin. „Ich ... ich weiß nicht. So etwas habe ich noch nie gesehen", stammelte er.

„Mein lieber Herr Steinbach", jetzt klang die Stimme von Mr. Black bedrohlich, „ich muss Sie doch nicht daran erinnern, was auf dem Spiel steht, oder?"

„Nein ... nein, müssen Sie nicht."

Samuel beäugte den einen Entführer die ganze Zeit mit wachem Blick, bereit, irgendwie loszuschlagen, wenn sich die Gelegenheit ergäbe. Allerdings hatte er noch keinen Plan, wie das gehen könnte.

„Hm ... die drei Steinfragmente scheinen eine Art Puzzle zu sein", murmelte Markus. „Wenn man sie richtig zueinander ausrichtet, passen sie exakt zusammen und ergeben ein Sechseck, wie eine Bienenwabe."

„Interessant", murmelte Mr. Black.

Der andere rümpfte die Nase. „Und wo ist jetzt der Schatz, hä? Wir wollen den Schatz!"

Der Anführer rollte mit den Augen. „Meine Güte. Ich hätte dich niemals rekrutieren sollen. Ihr seid alle nur lausige Schatzjäger. Kein Sinn für Kultur und Geschichte."

„Moneten interessieren mich, nicht Ihre blöden Geschichten", erwiderte der andere daraufhin.

Mr. Black wurde offenbar ärgerlich. „Du bist offenkundig unwürdig, ein Mr. Black zu sein. Ab sofort bist du wieder der einfache Hafenarbeiter Egeas."

„Pahh! Ist mir eh lieber. Immer dieses Herumkommandieren. Ich will mein Geld, dann verschwinde ich."

„Nicht so schnell, mein Freund. Die Bezahlung war für einen erledigten Job vereinbart. Nicht vorher. Noch haben wir den Schatz nicht. Das heißt, der Job ist *nicht* erledigt! Klar?"

„Hmpf."

Während Markus weiter über dem Steinrätsel brütete, überlegte Samuel, wie es sich zu ihrem Vorteil ausnutzen ließe, dass die beiden sich offenbar nicht leiden konnten.

Egeas, der Hafenarbeiter, lief ungeduldig auf und ab.

„Meine Güte! Setz dich hin! Du machst einen ja völlig irre", schimpfte Mr. Black. Dann wandte er sich wieder Markus zu und tippte auf die Uhr. „Die Zeit läuft, Herr Steinbach. Ich habe nicht vor, hier zu übernachten. Wenn Sie verstehen ...!?"

„Ja, ja. Ich bemühe mich doch. Zaubern kann ich auch nicht. Hm ... ich bin mir nicht sicher, aber ... ich glaube, das Puzzle zu verstehen. Obgleich man vermutlich nicht von einem Puzzle, sondern vielmehr von einer Art Karte sprechen müsste."

„Karte? Schatzkarte?", unterbrach ihn Egeas.

Markus schaute auf und seufzte: „Nun ja, so etwas in der Art. Vermutlich. Ich ... weiß nicht genau."

„Bitte erklären Sie!", bat Mr. Black höflich.

„Also gut. Zunächst einmal ist hier ein großes Kreuz zu erkennen, das über den ganzen zusammengesetzten Stein reicht."

„Ein Templerkreuz, wenn ich mich nicht irre."

„Äh, ja. Sehen Sie hier, das sieht aus wie ein Schiff, richtig? Direkt darunter befinden sich drei identische Striche. Das könnten römische Zahlen sein, also eine Drei. Im unteren Bereich erkenne ich einige Linien, die wie Berge aussehen, das könnte also auf die Küste hinweisen, da es ja offenbar um ein Schiff geht. Auf der rechten Seite ist eine Inschrift zu erkennen, AD MERIDIEM. Das bedeutet so viel wie im Süden oder nach Süden. Das ist alles."

Egeas wollte gerade etwas sagen, als Mr. Black die Hand hob. „Pssst! Ich denke nach." Nachdenklich lief er auf und ab. Dann blieb er stehen und sagte: „Aha!"

Paul hob eine Augenbraue und murmelte: „Immer diese ganzen Aha's. Das nervt."

„Ich glaube, ich verstehe", redete Mr. Black unbeirrt weiter. „Wir suchen ein Schiff ... im Süden ... vor der Küste. Nach so vielen Jahren? Hm ... es muss gesunken sein und zwar drei Meilen weit vom Land entfernt. Was meinen Sie, Herr Steinbach?"

Markus zuckte mit den Schultern. „Ich weiß es nicht. Ihre Theorie könnte zutreffen. Woher soll ich das wissen? Ich habe Ihnen gesagt, was ich auf den Steinen sehe. Interpretationen überlasse ich Ihnen."

„Ha! Sei's drum. Meine Theorie erscheint mir recht logisch." Er nahm sein Handy und rief jemanden an. Dann legte er die drei Steinfragmente in den silbernen Koffer und stellte ihn neben den Tisch. Dann befahl er Egeas, Markus wieder zu fesseln.

Wenige Minuten später betraten drei weitere Männer den Raum. Sarah und Dominik wurde es langsam mulmig zumute.

„Das werden ja immer mehr von denen", zischte Paul seinem Vater zu.

Die Männer sprachen teils englisch, teils griechisch miteinander. Obwohl Markus eigentlich des Griechischen mächtig war, hatte er Mühe, etwas zu verstehen. Auf einmal wurde die Unterhaltung der Männer angeregter, ja, fast schon aggressiv.

Egeas wiegelte die anderen zu einer Revolte gegen Mr. Black auf, wie es schien. Auf jeden Fall wurden sie immer ärgerlicher.

„Wenn ich das richtig verstehe, machen sie Mr. Black Vorwürfe, er würde sein Wort nicht halten", flüsterte Markus Samuel zu.

„Na, klasse. Das ist unsere Chance."

„Was hast du vor?"

„Pass auf, sobald der Streit eskaliert, versuche ich, an den Koffer zu kommen. Die haben mich zwar gefesselt, aber ich habe mich inzwischen wieder befreit. Ich konnte mir vorhin ein Messer schnappen."

Schon im nächsten Augenblick ging es los. Egeas schubste Mr. Black gegen den Tisch, sodass der Koffer umfiel. Das ließ Mr. Black sich nicht gefallen und verpasste Egeas einen Kinnhaken. Jetzt stürzte sich der Nächste auf Mr. Black.

Markus beobachtete den Kampf. Als Mr. Black zu Boden ging, zischte Markus: „Jetzt!"

Langsam stand Samuel auf und ging gebückt Schritt für Schritt zum Koffer. Die vier Hafenganoven beugten sich gerade über Mr. Black. Doch schon im nächsten Moment trat er zweien gegen die Beine, und die Prügelei ging weiter. Diesen Moment nutzte Samuel, schnappte sich den Koffer und stieß ihn unter die Werkbank. Dann sprang er schnell auf seinen Stuhl zurück.

Plötzlich gab es einen lauten Knall. Egeas und seine Kumpane entfernten sich langsam von Mr. Black. Jetzt erkannte Samuel den Grund dafür. Mr. Black hatte einen Warnschuss in die Luft abgegeben. Das schienen die anderen zu verstehen.

„Ich finde es doch äußerst bedauerlich", ächzte Mr. Black, während er sich wieder aufrappelte, „dass ihr so wenig Vertrauen in mein Wort habt. Ich frage mich nur, woher das kommt." Dabei schaute er missgünstig in Egeas' Richtung. „Habe ich euch ein einziges Mal betrogen?"

Die anderen grummelten ein wenig herum, verneinten es aber schließlich.

„Na bitte. Was lässt euch also vermuten, ich würde diesmal mein Wort nicht halten?"

Einer der Männer zeigte auf Egeas. „Er gesagt, Sie wollen den Schatz allein."

Auf einmal wurde Egeas ganz unruhig und machte einen Satz zurück. Er bekam es wohl mit der Angst zu tun.

Mr. Black klopfte sich den Staub von seinem teuren Anzug, steckte die Pistole wieder ein und knurrte: „Das war hoffentlich die letzte Dummheit für heute. Ihr drei kommt mit mir, und unser ehrenwerter Egeas bleibt hier und bewacht die Gefangenen. Ist das klar?"

„Hmpf", antwortete dieser.

Dann verließen Mr. Black und die drei Hafenarbeiter das Haus. Samuel kannte ihr Ziel, das versunkene Schiff der Tempelritter. Das Schiff mit dem großen Schatz. Es schmerzte ihn, wenn er daran dachte. Er beugte sich zu Markus und flüsterte: „Wir brauchen dringend einen Fluchtplan."

„Falls du es vergessen hast, wir sind gefesselt. Außerdem sitzt da einer, der uns bewacht."

Samuel grunzte: „Dieser Schwachkopf? Wir sind zu fünft, außerdem bin *ich* nicht gefesselt. Den kriegen wir schon klein."

„Also, ich weiß nicht ..." Markus schien Vorbehalte zu haben.

Egeas stand auf, ging einige Schritte umher und setzte sich wieder. Er schien äußerst gelangweilt zu sein. Dann nahm er eine kleine Schnapsflasche aus der Jackentasche und trank. Dann trank er noch einmal. Und noch einmal. Die Vermutung lag nahe, dass er so bald nicht damit aufhören würde.

Als Egeas einmal wegsah, drückte Samuel schnell Markus das Messer in die Hand, sodass der auch seine Fesseln aufschneiden konnte. Dann wartete Markus einen passenden Moment ab und übergab das Messer an Paul.

„Mir kommt da gerade eine Idee", flüsterte Markus. Leise und monoton begann er, von den Anfängen der Menschheit zu reden, von den ersten Werkzeugen, die Archäologen gefunden hatten und gesellschaftlichen Umwälzungen. Es klang wie eine extrem langweilige Uni-Vorlesung. Und es wirkte. Egeas wurde immer müder. Die Kombination aus Markus' langweiligem Gequassel und dem Alkohol schläferte Egeas ein. Jedenfalls genug, sodass Samuel leise aufstehen und Sarah und Dominik befreien konnte.

„Super Idee!", freute sich Sarah und kicherte. „Ich hoffe nur, dass ich nie in eine deiner Vorlesungen gehen muss."

Vorsichtig zog Markus das Messer aus Egeas' Gürtel und legte es beiseite. Dann nahmen sie ein Seil, schnappten sich gleichzeitig Egeas' Hände und banden sie hinter seinem Rükken zusammen.

Das weckte ihn wieder auf. „Hey! Was ist hier los? Was soll das? Lasst mich los!" Er rüttelte wild auf seinem Stuhl herum, doch es half nichts. Samuel hatte einen ordentlichen Knoten gemacht. „Wwwwas ... was ihr wollt von mir?" Auf einmal sah der gemeine Kerl gar nicht mehr so gefährlich aus, sondern einfach nur noch jämmerlich.

„Das Schiff. Wie heißt das Schiff?", fragte Markus ihn.

„Schiff? Ich nichts weiß von einem Schiff." Egeas wandte den Kopf hin und her und sah sich um.

Samuel flüsterte Markus zu: „Uns läuft die Zeit davon."

„Ich weiß, aber wir können ihn ja schlecht foltern."

Samuel kniff die Augen zusammen. „Warum nicht?" Er nahm eine Zange von der Werkbank und meinte zynisch: „Er ist besoffen. Vielleicht genügt es schon, ihm nur zu drohen."

Markus war dagegen. „Ich missbillige derartige Methoden. Wenn wir das tun, sind wir nicht besser als diese Ganoven! Wir werden unsere Ziele nicht mit Gewalt erreichen."

Samuel ließ die Zange sinken und angelte stattdessen nach dem Koffer, den er unter der Werkbank hatte verschwinden lassen.

Inzwischen war Egeas schon wieder eingeschlafen. Er schien fix und fertig zu sein. Markus gab ihm einen leichten Klaps.

Das weckte ihn wieder auf. „Hä? Was ist?"

„Das Schiff! Auf welchem Schiff ist Mr. Black?"

„Ach, Black gemein. Schiff Rose ... schwarz. Grrrrrrr." Schon schnarchte er wieder.

„Armer Kerl", seufzte Sarah.

Inzwischen hatte Samuel den Koffer unter der Werkbank hervorgeholt und geöffnet. „Wir haben die Steine wieder."

„Das ist gut. Packen wir sie ein, und dann nichts wie raus hier. Wir müssen schnell zum Hafen."

Die Gruppe verließ das Haus und rannte in Richtung Hafen. In der Mittagshitze schien die Strecke besonders lang zu sein. Endlich erreichten sie den Hafen.

„Mensch, hier stehen Dutzende von Booten. Wie sollen wir denn das richtige finden?", grübelte Dominik.

„Am besten teilen wir uns wieder auf", schlug Pauls Vater vor. „Ich gehe mit Sarah und Paul, du mit Dominik. Sucht nach einem Schiff mit dem Namen *Black Rose,* so würde ich das Gefasel jedenfalls übersetzen. Wenn ihr sie findet, gebt per Handy Bescheid!"

Es war gar nicht so schwer wie gedacht, das richtige Schiff zu finden. Es war eines der größten, die im Hafen vor Anker lagen. Schließlich machte Samuel Mr. Black auf dem Oberdeck des Schiffes aus und rief Markus an, der schnell zu ihnen kam.

„Ich habe die Polizei angerufen. Sollen die sich jetzt darum kümmern", erklärte er. Die fünf versteckten sich hinter einigen Kisten und warteten. Auf einmal konnten sie beobachten, wie an Bord des Schiffes Hektik ausbrach. Der Bootsmann machte das Schiff schnell los und holte den Anker ein.

„Was ist da los? Die haben es auf einmal sehr eilig." Samuel konnte es nicht glauben.

„Sie verlassen den Hafen, was sollen wir jetzt tun?"

In diesem Augenblick kam die Polizei mit Sirenengeheul angefahren. Doch es war zu spät. Die *Black Rose* lief in diesem Moment aus.

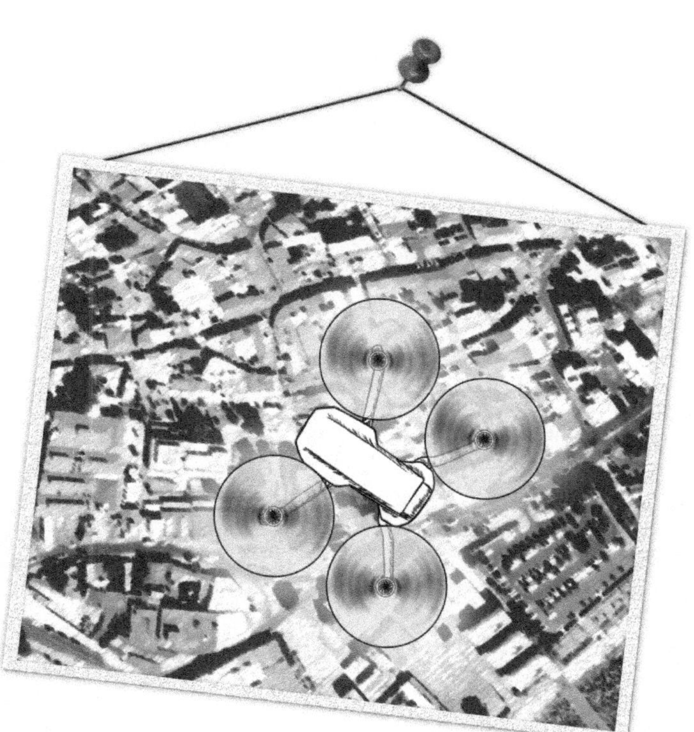

Das versunkene Schiffswrack

Kapitel 13

Wütend schaute Paul dem Schiff nach. „Jemand muss sie gewarnt haben", folgerte er. „Dann stimmt das mit der Korruption ganz offensichtlich. So ein Mist!"

Der Polizeiauflauf lockte viele Schaulustige an. Doch so schnell, wie die vielen Leute auftauchten, waren sie auch wieder verschwunden. Bis auf die Archivarin, die sich ebenfalls unter den Neugierigen befand. Als Sarah sie entdeckte, schlug sie vor, zu ihr zu gehen.

„Ah, hallo." Lächelnd begrüßte sie die Kinder.

„Darf ich euch alle zum Essen einladen?" Frau Goldstein Zyper-Mayer war schon wieder so freundlich. Die Kinder zögerten mit ihrer Antwort. „Also, was meint ihr? Es ist sowieso gerade Mittagszeit. Ihr seid bestimmt hungrig."

In diesem Moment grummelte Dominiks Bauch. Alle sahen ihn an und mussten lachen.

„Das werte ich mal als Zustimmung", lachte sie.

Gemeinsam besuchten sie ein nahegelegenes Restaurant mit einer wunderbaren Klimaanlage.

„Uuaahh. Das war eine prächtige Idee." Sarah zupfte an ihrem verschwitzten T-Shirt und ließ Luft hindurchströmen.

Während des Essens berichteten die Kinder freimütig von ihrem Abenteuer, der Entführung und der Befreiungsaktion.

„Ist ja nicht zu glauben!" Völlig verblüfft hörte die Archivarin den Kindern zu. „Lasst mich erst mal Luft holen. Ich muss sagen, ihr scheint auf euch aufpassen zu können. Das ist gut. Da werdet ihr sicher auch noch die übrigen Testamente finden. Anfangs war ich ehrlich gesagt unsicher, ob ihr überhaupt etwas ... auf dem Kasten habt. Aber inzwischen besteht da kein

Zweifel mehr. Ihr seid ein absolut fähiges Team. Ich glaube, solange ihr zusammenarbeitet, kann euch nichts aufhalten."

„Danke für die Blumen." Sarah fühlte sich geschmeichelt.

Markus nutzte die Gelegenheit. „Sagen Sie, wie ist das Treffen mit der Familie gelaufen – wenn ich das so sagen darf?"

„Ach, wisst ihr, ich würde mich freuen, wenn wir uns duzen könnten. Ich bin Clara – wisst ihr ja bereits. Ja ... und das Treffen. Es war sehr interessant. Aufschlussreich und irgendwie eigenartig."

Paul runzelte die Stirn. „Wieso eigenartig?"

Clara kramte in ihrer Tasche und zog eine kleine, reich verzierte Schatulle heraus.

„Hui ... dieses Ding erinnert doch glatt an die Eisenschatulle aus Villstein", erkannte Dominik.

„Ja nun, mein Onkel hat mir erklärt, dies sei das gemeinsame Erbe des Ordens der Archivare und der Tempelritter."

„Was ist drin?", fragte Samuel neugierig.

„Ich ... ich weiß nicht."

„Sie – äh, du – hast nicht reingeschaut? Also, ich könnte das nicht aushalten", lachte Paul.

„Öffnet ihr es!"

„Wirklich?"

„Bitte!"

„Hm, na gut." Samuel und Paul untersuchten das kleine Kästchen und grinsten sich beide an.

„Wieso grinst ihr beide wie zwei Honigkuchenpferde?" Sarah konnte es nicht leiden, wenn jemand so tat, als wüsste er des Rätsels Lösung, hielt sie aber zurück.

„Ich lehne mich mal weit aus dem Fenster", sagte Samuel, „und behaupte, dass diese Schatulle von demselben Hersteller ist wie die aus Villstein."

Paul ergänzte: „Guckt mal, hier gibt es wieder diese Minibuchstaben, die römische Zahlen sein könnten. Scheint mir dasselbe Prinzip zu sein."

„Also brauchen wir nur die passende Zahl?“, fragte Dominik.

Samuel und Paul nickten.

„Welche?“

„Tja ... keine Ahnung.“ Nachdenklich kratzte sich Paul am Kopf. „Die Villsteiner Schatulle konnte mit einer Jahreszahl geöffnet werden, richtig?“

Markus verschränkte die Arme und zwirbelte seinen Bart. „Wir suchen also nach einer Jahreszahl, die mit den Templern und gleichzeitig den Archivaren in Verbindung steht. Hm ...“

„Wie wäre es mit dem Ende der Templer?“, schlug Clara vor.

Paul verstand nicht. „Wie meinen Sie das?“

„Als wir neulich zum Essen zusammensaßen und das Rätsel der vergoldeten Landkarte aus dem Fluchttunnel besprachen, erkannte dein Vater, dass die Standorte chronologisch rückwärts geordnet sind. Vielleicht war das der Grund für die Rätsel: das Ende der Tempelritter.“

„Die Tempelritter wurden 1312 endgültig zerschlagen.“

„Hier sind aber wieder nur Buchstaben drauf“, erklärte Paul.

„Moment, lass mich kurz überlegen“, sagte Markus. „Du brauchst M, C, C, C, X, I, I. *MCCCXII* – ich glaube, das müsste es sein.“

Samuel lächelte Sarah an. „Du hast nicht zufällig wieder eine Haarspange dabei, oder?“

„Ähm, nein. Sorry.“

„Da kann ich vielleicht helfen“, sagte Clara, zog eine Spange aus ihren Haaren und überreichte sie Samuel.

„Danke.“ Im Nu hatte er die passende Buchstabenkombination eingegeben, indem er die winzig kleinen Buchstaben hineindrückte. „Sooo ... und nun der letzte.“ Er drückte das letzte I hinein. Es machte *klack*, und am Boden öffnete sich eine kleine Schublade.

„Juhuu!“, jubelten Dominik und Sarah zugleich.

„Was ... ist das?“ Paul runzelte die Stirn und gab die Schatulle seinem Vater.

Vorsichtig entnahm er ein kleines vergoldetes Objekt. „Merkwürdig. Irgendwo hab ich diese Form schon einmal gesehen. Erinnert an einen Holzsplitter. Gebt mir bitte eine Serviette."

Vorsichtig legte er das kleine Objekt ab und grübelte. Da hatte er einen Einfall: „Das könnte es sein! Samuel, hol mal bitte die Steine aus deinem Rucksack."

Samuel breitete das Steinrätsel auf dem Tisch aus.

Markus setzte es wieder zusammen. Dann strich er mit dem Finger über eine Stelle, wo eine Vertiefung sichtbar war. Dort legte er den kleinen vergoldeten Holzsplitter hinein.

„Er passt perfekt", erkannte Paul.

„Interessant", murmelte Pauls Vater. „Damit wird aus der römischen Drei eine 1,2. Allerdings ist das eigenartig. Die römischen Zahlen besitzen keine Kommas."

„Vielleicht ist das gerade der verborgene Rätselgag", überlegte Paul. „Darauf würde praktisch nie jemand kommen."

„Hm ... dann hab ich Mr. Black die falsche Entfernung mitgeteilt. Es muss 1,2 Meilen heißen, nicht drei."

„Aber das konntest du ja nicht wissen, Paps."

Dominik hob die Hand. „Jetzt, wo wir genauer wissen, wo das Schiffswrack liegt, bräuchten wir aber noch ein Boot, um dahinzukommen, oder?"

„Paps, ich könnte mir vorstellen, dass Niko eine Idee dafür hat, kannst du ihn nicht mal anrufen?"

„Also, ich weiß nicht. Ich mag ihn nicht ausnutzen."

„Wieso ausnutzen? Er hat gesagt, wenn wir etwas brauchen, sollen wir uns melden. Und im Moment brauchen wir ein Boot."

Markus schmunzelte. „Also gut, ich versuch's." Gespannt erwarteten die Kinder das Ergebnis. „Okay, bis dann!"

„Und?"

„Tja, was soll ich sagen – es klappt!"

„Yeah!"

„Super!"

Markus berichtete: „Niko besitzt ein Segelboot und ist bereit, uns zu fahren. Wir treffen uns in einer halben Stunde unten am alten Hafen."

„Das sind doch endlich mal gute Neuigkeiten." Dominik freute sich wirklich. Jetzt hatten sie eine echte Chance, den Schatzjägern ein Schnippchen zu schlagen.

Auf einmal wurde Paul ganz nachdenklich. Er sah die Archivarin an und holte tief Luft. „Clara Goldstein Zyper-Mayer, was für ein Name. Für Sie, ich meine, für dich hat sich die Reise jetzt schon gelohnt. Du hast deine Familie gefunden. Und wir sind mittendrin in unserem Abenteuer. Ich muss gestehen, dass ich überrascht bin, dass du uns die Schatulle überlassen hast."

„Paul hat recht", nickte Samuel. „So ging es mir auch. Ich möchte mich dafür entschuldigen, dass ich dich insgeheim verdächtig habe, noch immer mit der Sektion13 unter einer Decke zu stecken."

Die Archivarin richtete sich in ihrem Stuhl auf und seufzte: „Warum habt ihr das geglaubt?"

„Nun ja, es war auffällig, dass dieser Mr. Black immer genau da auftauchte, wo wir gerade waren."

„Tja, Sektion13 ist kein Hobbyverein. Sie betreiben ihrerseits ebenso intensive Nachforschungen, wisst ihr?" Dann senkte die Archivarin traurig den Blick. „Ihr dachtet also, ich sei die einzige Person in eurem Umfeld, die etwas damit zu tun haben könnte?"

„Hm, ja. Sorry!" Paul kratzte sich verlegen am Kopf.

Doch Clara holte tief Luft und sagte: „Hey, macht euch keine Gedanken. Ich ... verstehe euch. Als ich sagte, dass ich helfen will, meinte ich es ernst. Und mehr noch ... ich sage es frei heraus: Ich habe endlich Jesus Christus kennengelernt. Das machte es mir auch einfach, euch die Schatulle zu geben. Denn in meinem Herzen wusste ich genau, dass ihr das Richtige damit tun würdet."

„Danke, Clara. Und: herzlichen Glückwunsch!"

„Aber jetzt los!", mahnte Dominik. „Sonst verpassen wir Niko am Ende noch."

Die Archivarin verabschiedete sich, weil sie noch einen Stadtbummel unternehmen wollte.

Am Hafen herrschte reges Treiben. Das Wetter war super, die Sonne schien, blauer Himmel, eine leichte Brise. Die Kinder freuten sich auf ihren unerwarteten Ferienausflug mit dem Segelboot.

„Wo liegt Nikos Boot?", fragte Dominik gespannt.

„Das dürfte eher eine Segeljacht sein", korrigierte Samuel ihn.

„Schlaumeier."

Markus meinte: „Niko hat mir erklärt, dass seine Jacht im westlichen Hafenbereich liegt. Wir müssen ein Café Nero passieren und dann dem Pier bis zum vierten Bootssteg folgen."

Niko wartete bereits auf seinem Boot und winkte ihnen zu. „Hey! Hier drüben!"

Paul reichte Sarah die Hand und half ihr beim Einsteigen.

„Oh, danke dir." Sie warf ihm einen zuckersüßen Blick zu und balancierte über den kleinen Ausleger ins Boot.

Als alle an Bord waren, löste Niko die Taue, sprang ins Boot und steuerte es vorsichtig aus dem Hafen. Als sie einige hundert Meter weit auf die offene See gefahren waren, fragte er die Jungs: „Na? Wer will mal Kapitän spielen?"

„Ich!"

„Ich!"

„Ich!"

Niko lachte: „Okay, okay. Das nenn ich mal Einsatzbereitschaft. Dann nacheinander." Nach einer kurzen Einführung in die grundlegende Steuerung einer Segeljacht übernahm Dominik als Erster die Kontrolle.

„Woohoooo! Das ist ja noch viel genialer, als ich dachte."

Markus hatte das Steinpuzzle noch einmal vor sich ausgebreitet und betrachtete es, als Niko sich zu ihm setzte und ihm interessiert zuschaute. „Ist das die Karte, von der du gesprochen hast?"

„Ja. Na ja, entweder Karte oder Puzzle. Bin ehrlich gesagt etwas unschlüssig." Markus beschrieb Niko seine Theorie, als dieser auf einmal meinte: „Du denkst, hier im unteren Bereich dieses Steinpuzzles, das sind Berge?"

„Ja, ich würde das als Küstenlinie oder Berge interpretieren."

Über Nikos Gesicht huschte ein Lächeln. „Dann möchte ich deinen Verdacht einmal erhärten. Was wir hier sehen, ist nicht nur irgendeine Küste. Dieser Bereich ist sehr charakteristisch. Ich bin schon oft dort gewesen. Da gibt es faszinierende Felsformationen."

Die Kinder wurden hellhörig.

„Diese Einbuchtung oder Vertiefung in der Mitte der Küste zeigt einen Taleinschnitt, der die Küstenfelsen trennt. Er liegt bei Pissouri. Da müssen wir in westlicher Richtung fahren."

„Hey, Kapitän. Wir haben einen Kurs", rief Samuel Dominik zu.

„Wo soll's denn hingehen, Matrose?", fragte er grinsend zurück.

„Nach Westen."

Dominik schaute auf den Kompass und steuerte die Jacht in die richtige Richtung.

„Der Junge hat Geschick", meinte Niko zu Markus.

„Ja ... die vier sind wirklich ein außergewöhnliches Team."

Niko half einige Male bei der Navigation und Steuerung und meinte dann auf einmal lachend: „Menschenskinder, ich fühle mich ja gleich total überflüssig. Ihr macht das schon fast wie Profis."

Sarah saß auf einer Kiste, die an Bord stand, und genoss die Fahrt. Auf einmal drehte sie sich abrupt um und rief den Jungs zu: „Habt ihr euch eigentlich schon mal überlegt, wie ihr das Schiffswrack erforschen wollt, falls wir es überhaupt finden? Ich meine, es wird vermutlich gesunken sein."

„Öhm ..." Paul hob die Schultern. „Ups. Darüber habe ich noch gar nicht nachgedacht."

Auch diesmal konnte Niko wieder helfen. „Tja, das dachte ich mir schon. Deshalb war ich mal so frei, unsere Tauchausrüstung zusammenzustellen." Er ging unter Deck und holte drei Taucheranzüge herauf. „Wer von euch kann tauchen?"

Paul und Samuel hoben die Hand.

„Ja, super. Dann werden wir zu dritt zum Wrack tauchen und den Schatz heben."

Durch Nikos Beschreibung war es gar nicht schwer, die richtige Stelle an der Küste zu finden.

„Die Klippen sehen wirklich fantastisch aus", bestätigte Sarah und schoss gleich einige Fotos.

Samuel, Paul und Nikos studierten das Radar, um den möglichen Standort des Wracks zu ermitteln.

„Boah, das ist echt schwierig. Man kann auf dem Radar ja kaum etwas Sinnvolles erkennen", jammerte Paul.

Niko nickte. „Na ja, ein bisschen Übung braucht es schon. Wir müssen auch die eingestellte Empfindlichkeit beachten. Glücklicherweise ist die See heute ziemlich ruhig, sodass recht wenig Fehlsignale generiert werden."

„Da!", rief Samuel plötzlich aus und tippte auf das Radardisplay. „Ein längliches Objekt. Nein, Moment, zwei."

Paul schaute Niko fragend an: „Was bedeutet das?"

Niko rieb sich die Nase und nahm einige Einstellungen am Radar vor. „Weiß nicht. Ich vermesse die Tiefenverhältnisse in der Gegend. Okay ... also, wie es aussieht, befindet sich unter uns eine große Sandbank. Merkwürdig."

„Ist das nicht normal?"

„Die Sandbank erscheint mir extrem unregelmäßig, mit erstaunlichen Höhenunterschieden."

Samuel überlegte: „Wäre es möglich, dass da unten etwas versandet ist und deshalb so unterschiedliche Tiefenmessungen entstehen?"

„Möglich. Auf jeden Fall sollten wir vorsichtig sein. Wir müssen auf die Tauchtiefe achten. Wie gut taucht ihr?", erkundigte sich Niko bei Samuel und Paul.

„Wir beide tauchen schon längere Zeit, gerade letzte Woche haben wir unseren erweiterten Tauchschein im See gemacht, sodass wir jetzt offiziell Divemaster sind."

„Na super, herzlichen Glückwunsch! Das ist jedenfalls schon mal gut. Wenn ihr das Tauchen in einem See gelernt habt, solltet ihr euch hier in der offenen See pudelwohl fühlen. Die Sichtweite ist hier draußen bedeutend besser und das Wasser ist auch wärmer. Jedoch muss man auf Strömungen achten und vor allem bei aufgewirbeltem Sand immer die Ruhe bewahren. Und auch wenn ihr das schon wisst – taucht immer möglichst langsam auf. Okay?"

„Geht klar!"

„Laut Radar ist der Boden der Sandbank zwischen fünfzehn und fünfzig Meter tief. Behaltet also unbedingt eure Tiefenmesser im Auge. Viel tiefer als zwanzig Meter solltet ihr nicht unbedingt tauchen. Falls nötig, kann ich vierzig bis fünfzig Meter tief gehen. Für noch tiefere Tauchgänge bräuchten wir spezielle Luftgemische und eine Dekompressionskammer."

„Wow, du scheinst dich ja richtig auszukennen." Paul staunte.

Niko lächelte. „Sollte ich auch. Bevor ich Rennfahrer wurde, war ich Kampftaucher bei der zypriotischen Marine. Allerdings habe ich schnell gemerkt, dass die Armee nichts für mich ist. So, hier werden wir ankern. Dann helfe ich euch in die Taucheranzüge."

Endlich war es so weit. Niko sprang als Erster ins Wasser, dann folgten Samuel und Paul. Dominik würde Samuels Drohne steuern, ihren Tauchgang aus der Luft beobachten und ein paar schöne Landschaftsaufnahmen machen.

Die folgenden Minuten waren extrem spannend für Paul und Samuel. Noch nie zuvor hatten sie die Gelegenheit gehabt, nach einem versunkenen Schiff zu suchen. Die ersten Meter waren noch ziemlich ereignislos. Außer ein paar Fischen tat sich nichts. Doch dann machte Samuel in einiger Entfernung eine Erhebung aus und winkte den anderen mitzukommen. Irgendetwas Längliches ragte aus dem Sandboden heraus. Samuel tauchte tiefer, um es zu untersuchen, da kam Niko schnell auf ihn zu und machte Zeichen, er solle auf den Tiefenmesser schauen. Sie waren hier bereits bei siebzehn Metern Tiefe angelangt. Samuel machte ein Okay-Zeichen. Dann tauchten sie auf das längliche Objekt zu und erkannten, dass es mit Algen und Korallen übersät war. Als Samuel es mit seiner Lampe anleuchtete, reflektierte etwas. Es war ein Metallring, der um einen dicken Holzstamm angebracht war. Das musste ein Segelmast gewesen sein.

Gemeinsam tauchten sie noch etwas tiefer bis zur Sandoberfläche; neunzehn Meter waren es hier. Samuel und Niko wischten Sand zur Seite. Auf einmal kam Holz zum Vorschein. Niko klopfte darauf; es klang hohl. Paul tauchte ein paar Meter neben ihnen und verschwand plötzlich.

Als Samuel merkte, dass Paul nicht mehr zu sehen war, gab er Niko ein Zeichen. Sie teilten sich auf und untersuchten die Gegend. Dabei entdeckte er zwei halb versandete Anker. Auf einmal war Paul wieder da und winkte sie herbei. Tatsächlich war er nur hinter einen Sandhügel getaucht, der sich bei näherer Betrachtung als Teil eines Schiffsrumpfes entpuppte. Hier war das Schiff offenbar auseinandergebrochen. Der Sandberg, den sie auf dem Radar entdeckt hatten, war in Wirklichkeit ein halb aufgerichteter, zerbrochener Schiffsrumpf, der weitgehend mit Sand bedeckt war. Doch auf der Bruchseite war er offen. Sie beschlossen, dass Paul draußen warten und Niko mit Samuel hineintauchen würde. Schnell wurde klar, dass sie sich im ehemaligen Bug des Schiffes befanden. Das Wrackteil musste zu einem Lagerraum gehört haben. Überall befanden sich Kisten. Viele von ihnen waren bereits offen oder kaputt. Doch ganz vorn, in der Spitze des Bugs, glaubte Samuel, eine unversehrte Kiste entdeckt zu haben. Doch dazu musste er tiefer tauchen. Er überlegte, das waren bestimmt nochmal zwei, drei Meter. Er gab Niko ein Zeichen. Er nickte und zeigte auf die Uhr, damit Samuel begriff, dass es schnell gehen musste.

Samuel tauchte vorsichtig voran, Niko folgte ihm. Mit ihren Tauchmessern schlugen sie die Schlösser ab und stemmten den Deckel gemeinsam auf. Im Innern der Kiste entdeckte Samuel einige Münzen, eine Metallbox und einen verzierten Stein. Bei näherer Betrachtung stellte er sich als Medaillon heraus, das er an sich nahm. Niko nahm die Metallbox mit. Dann traten sie den Rückweg an und tauchten zu Paul hinaus. Paul wollte direkt nach dem nächsten Objekt suchen, immerhin hatten sie zwei mögliche Ziele auf dem Radar ausgemacht. Aber Niko bedeutete den beiden, erst einmal aufzutauchen.

Langsam näherten sie sich der Wasseroberfläche. Samuel stutzte. War da oben noch ein zweites Boot? Sie tauchten auf, und er schob die Taucherbrille hoch. Er traute seinen Augen kaum.

„Na, da sind wir wohl gerade richtig gekommen, nicht wahr?", rief ein sichtlich gut gelaunter Mr. Black von seinem Schiff, der *Black Rose*.

„Menschenskinder, Sie nerven!", schrie Samuel und schlug mit der Faust aufs Wasser.

Da tauchten Paul und Niko auf und waren gleichermaßen schockiert.

Als Mr. Black die Metallbox in Nikos Hand entdeckte, rief er ihm zu: „Das haben Sie bestimmt für mich gefunden, nicht wahr?"

Niko knurrte irgendetwas Unverständliches und ging an Bord seiner Jacht, wo Mr. Black ihn bereits erwartete. „Wo sind die anderen?", fragte Niko.

„Oh, die sind in guten Händen, unter Deck."

Niko steckte den Kopf in die Kabine. Dort saßen Markus, Sarah und Dominik auf der einen und ein Mann mit einer

Waffe auf der anderen Seite. Es war einer der Männer, die sich mit Mr. Black geprügelt hatten.

„Darf ich jetzt um den Schatz bitten?", fragte Mr. Black übertrieben höflich.

„Wieso Schatz? Wir wissen gar nicht, was da drin ist."

„Das finden wir leicht heraus." Mr. Black winkte einen weiteren Mann herbei, der Werkzeug in der Hand hielt und sich nun an der Metallbox zu schaffen machte. Das stark verrostete Schloss war schnell geknackt. Mr. Black öffnete die kleine Box. „Aah, wunderbar." Zum Vorschein kamen Goldmünzen und Schmuck. „Wo ist der Rest?"

„Wovon sprechen Sie? Mehr haben wir nicht gefunden. Das ist alles. Alle anderen Truhen sind bereits kaputt."

„Das stimmt nicht ganz", korrigierte Samuel ihn, der auch inzwischen an Bord gegangen war. „Ich habe noch diesen ... Stein ... gefunden."

„Zeig her, Junge!" Mr. Black entriss ihm das Medaillon und betrachtete es. „Hm ... wertlos. Kannst du behalten."

Achtlos warf er ihn Samuel vor die Füße. Dann trat er dicht an Niko heran und fragte mit ernster Stimme. „Und Sie sind sicher, dass da unten nicht noch mehr liegt?"

„Nein. Ich habe gesagt: Mehr haben wir nicht gefunden."

„Hm ..." Mr. Black ging zwei Schritte, legte den Finger an die Nase und rief dann seinen Männern zu: „Los, zurück aufs Schiff." Doch bevor er Nikos Segeljacht verließ, sagte er noch: „Ach ja, kommt bloß nicht auf die Idee, da unten weiterzusuchen. Ihr ... würdet uns in die Quere kommen. Verstanden?"

Dann verließ er die Jacht und fuhr mit seinem Schiff etwa hundert Meter weiter. Offenbar hatten sie etwas entdeckt.

Neugierig startete Niko das Radarsystem noch einmal und tastete erneut den Meeresboden ab. Da erkannte er, wo sie vermutlich hinwollten. „Tja", murmelte er. „Falls das der fehlende Teil des Schiffswracks ist, wäre das eh nichts für uns gewesen. Es liegt in einer Tiefe von knapp achtzig Metern."

Samuel schaute zur *Black Rose* hinüber: „Dieser Mr. Black ist offenbar darauf vorbereitet. Er schickt Taucher hinunter."

„Ich bin gespannt, ob die noch was finden", raunte Dominik seinen Freunden zu.

Nach mehreren Tauchgängen, die über zwei Stunden dauerten, stiegen die Taucher schließlich wieder ins Schiff. Mit dem Fernglas konnte Samuel erkennen, dass Mr. Black ziemlich unzufrieden war. „Unser Mr. Black scheint nicht besonders glücklich zu sein. Allem Anschein nach hat er nicht das gefunden, was er sich erhofft hat."

„Aber den Schatz, und ist er auch noch so klein, hat er trotzdem." Dominik war ziemlich geknickt.

„Tja", murmelte Samuel und betrachtete das steinerne Medaillon in seiner Hand. „Vermutlich."

Die Black Rose entfernte sich wieder und Niko meinte: „Wenn ihr Lust habt, können wir noch ein wenig einfach so in der Gegend herumfahren und das schöne Wetter genießen."

„Warum nicht? So eine Gelegenheit kriegen wir nicht gleich wieder", freute sich Sarah, deren Frohsinn völlig ungetrübt zu sein schien.

„Eins ist jedenfalls sicher", merkte Samuel nach einer Weile an. „Da müssen zwei Schiffe gesunken sein. Ich habe zwei Anker gefunden."

„Nein, drei", korrigierte Niko ihn. „Etwas weiter entfernt vom Wrack habe ich einen weiteren Anker entdeckt."

„Das ist aber merkwürdig", überlegte Paul. „Wenn drei Schiffe vor Anker lagen und wir nur von einem Schiff die Überreste gefunden haben, hieße das ja, dass die anderen beiden Schiffe ihr Ziel erreicht haben könnten."

„Ja, vielleicht."

„Welche Fracht sie wohl geladen hatten?"

Sie schipperten noch eine ganze Weile über die ruhige See und versuchten, die einsetzende friedliche Abendstimmung zu genießen. Die Segeljacht schaukelte leicht über die kleinen

Wellen. Aber irgendwie fanden sie keine Ruhe. Ihre Gedanken kreisten ständig um den verlorenen Schatz. Nun schien alles umsonst gewesen zu sein.

„Ihr seht ziemlich traurig aus", stellte Markus fest. „Ich kann euch gut verstehen. Dennoch sollten wir auch die guten Dinge nicht vergessen. Gott hat uns heute vielfach vor Schaden bewahrt. Dafür sollten wir ihm dankbar sein!"

Es wurde bereits dunkel, als Nikos Segeljacht in den Hafen einlief. Überall leuchteten Laternen und viele bunte Lichter. Das Hafenviertel pulsierte nur so vor Nachtleben. Doch das war den Kindern egal. Auf der ganzen Heimfahrt sprachen Samuel und seine Freunde kein einziges Wort. Noch nicht einmal auf das abendliche Lagerfeuer hatten sie Lust. Zu tief saß der Schmerz über den Verlust des Schatzes. Samuel ging auf sein Zimmer. Er schlurfte die Treppe hinauf und ließ sich traurig ins Bett fallen. Während er das kunstvolle Deckenmuster anstarrte, kamen all die Versagensängste wieder hoch. Er hatte seine Freunde enttäuscht. Er hatte sein Versprechen mit der Technik nicht halten können und jetzt auch nicht verhindern können, dass sie den Schatz der Tempelritter verloren hatten.

Schon sah er seinen Vater gedanklich vor sich, wie er den Kopf schütteln und sagen würde: „So wird nie was aus dir."

Samuel hatte das Gefühl, auf ganzer Linie versagt zu haben. Deprimiert schlief er ein.

Der wahre Schatz

Kapitel 14

Am nächsten Morgen waren dicke Wolken am Himmel aufgezogen. Genauso fühlte sich Samuel, als er seinen Koffer packte und nach unten ging.

„Guten Morgen!", begrüßte Maria ihn freundlich.

Die anderen saßen bereits am Frühstückstisch. So still wie an diesem Morgen war es die letzten Tage nicht gewesen.

Die Archivarin schien mitzuleiden. „Es tut mir so leid für euch. Ihr habt euch so ins Zeug gelegt."

„Ach, kommt schon, Leute." Sarah versuchte, die Stimmung zu heben. „Immerhin haben wir ein spannendes Abenteuer erlebt. Und ihr konntet einen Tauchgang zu einem versunkenen Schiffswrack unternehmen. Das ist doch auch schon etwas."

Da klingelte es an der Tür. Maria ging, um zu öffnen. Als sie zurückkam, rief sie nach der Archivarin: „Clara, kommst du bitte? Hier ist Besuch für dich."

„Für mich?" Erstaunt legte sie ihr Messer auf den Tisch und erhob sich langsam. Noch ehe sie den Tisch verlassen hatte, führte Maria einen alten Mann mit gebückter Haltung ins Zimmer. Auf seinen Gehstock gestützt humpelte er in den Salon und sagte mit zittriger Stimme: „Hallo, Clara!"

„Ach, das ist aber eine Überraschung!" Clara ging ihm entgegen und half ihm auf einen Stuhl. „Darf ich vorstellen? Das ist Aleksos Zyper, meine ... Familie."

Plötzlich sprang Aleksos wieder vom Stuhl auf, tänzelte leichtfüßig um den Tisch herum und gab jedem zur Begrüßung die Hand. Direkt vor Clara blieb er aufrecht stehen.

Clara stand mit offenem Mund da: „A... aber ..."

Unvermittelt drückte er ihr seinen Stock in die Hand und begann zu lächeln. „Halt mal, bitte!“ Dann zog er seinen verwilderten Bart ab und entfernte die zerzausten Haare. Mit einem Tuch wischte er sich das Make-up weg. Jetzt erkannten die Kinder ihn.

„Márkos?“ Paul bekam große Augen. „Das gibt's ja nicht!“

Niko kam lachend herein und hatte offenbar alles mit angesehen. „Na, Clara, überrascht?“

„Aber ... wie ...?“ Sie fand noch immer keine Worte, so irritiert war sie.

Márkos erklärte sich: „Meine liebe Clara. Dieses kleine Täuschungsmanöver bitte ich zu entschuldigen. Aber in meiner Position kann man nicht vorsichtig genug sein. Ich ... habe Nachforschungen über dich angestellt. Und zwar schon vor vielen Jahren.“

„Was?“

„Ja. Sieh mal ... du bist nicht die Einzige, die nach ihrer Familie gesucht hat.“

„Du etwa auch?“

Márkos nickte.

Samuel konnte sehen, wie er versuchte, die Tränen zu unterdrücken

Dann fuhr Márkos fort: „Es hat lange gedauert, doch als ich die Spur endlich zu dir, nach Villstein, gefunden hatte, wurde ich misstrauisch, weil ich über Verbindungen zu Sektion13 stolperte, einer ganz unheilvollen Organisation. Das ... ließ mich zweifeln, ob ich auf der richtigen Spur war.“

„Ohh“, war alles, was die Archivarin herausbrachte. Sie schluckte einen dicken Kloß hinunter.

„Doch als ich von Alexis erfuhr, dass ihr alle nach Zypern kommen würdet, dachte ich mir diesen kleinen Test aus, um zu prüfen, welche Gesinnung du wirklich hast. In den letzten Tagen nutzte ich die Gelegenheit, mich mit Markus und Professor Cardiff über dich zu unterhalten.“

Clara musste sich erst einmal setzen.

„Da mir die Sache so wichtig war, ging ich aufs Ganze."

„Die Eisenschatulle", hauchte sie.

„Ja."

Clara dachte nach. „Dir haben die Hände gezittert, als du sie mir überreicht hast."

„Ich war sehr unruhig dabei, wusste nicht, was passieren würde. Diese Schatulle barg den Schlüssel zum Vermächtnis der Tempelritter. Er wurde dem Orden der Archivare zur Verwahrung übergeben, vor mehreren hundert Jahren."

Samuel staunte: „Da sind Sie aber ein großes Risiko eingegangen."

„Allerdings. Doch ich musste es einfach wagen. Es schien mir die einzige Möglichkeit zu sein herauszufinden, ob sich Clara wirklich geändert hatte oder noch immer zur Sektion gehörte."

„Also", flüsterte sie mit trockenem Mund, „war dir diese Sache so wichtig, war ... ich dir wichtiger als das Erbe?"

Márkos nickte. Jetzt rannen ihm dicke Tränen über die Wangen.

Sogar Clara, die sonst so streng wirkende Archivarin, konnte sich nicht zurückhalten, fiel ihm um den Hals und heulte los: „Oh Márkos!"

„Clara!", schluchzte der alte Mann und vergrub das Gesicht in Claras Schultern.

Nachdem sich die beiden wieder beruhigt hatten, musste Sarah eine Frage loswerden: „Márkos, darf ich Sie mal etwas fragen?"

„Bitte, bitte, keine Förmlichkeiten. Wir sind doch fast so etwas wie eine Familie, nicht wahr?"

Sarah schmunzelte: „Okay. Also ... du hast so ein paar Anmerkungen gemacht. Du hast davon gesprochen, dass die Eisenschatulle zum Erbe der Templer gehört und die Archivare sie bewahren sollten. Wieso ... hast du sie?"

Márkos lächelte Sarah einfach nur an.

Pauls Vater hielt die Luft an.

Jetzt machte es bei Samuel *klick:* „Soll das etwa bedeuten, dass du ... also, ich meine, dass du ein Mitglied des Ordens der Archivare ...?"

Gespanntes Schweigen im ganzen Raum.

Langsam nickte Márkos.

„Unglaublich!" Dominik sprang und schrie fast vor Begeisterung. „Dann sind Sie, äh, du sozusagen ... der letzte der Archivare."

„Márkos, ist das wahr?", fragte Pauls Vater aufgeregt nach.

Selbst der Professor erhob sich und schien richtig aufgewühlt zu sein.

Márkos traten schon wieder Tränen in die Augen. Er stand auf und sagte feierlich: „Ich habt völlig recht. Ich bin der einzige Nachfahre des letzten Archivars. Ich habe geschworen, mein Leben der Sache Gottes zu widmen und seine Zeugnisse zu bewahren. Deshalb bin ich all die Jahre hier auf Zypern geblieben. Am Gründungsort des Ordens."

Voller Ehrfurcht ging Professor Cardiff auf ihn zu, verneigte sich und sagte mit zittriger Stimme: „Mein lieber Márkos. Ich freue mich unsagbar, dass ich dich kennenlernen durfte. Nach all den Jahren der Forschung hätte ich es kaum für möglich gehalten, tatsächlich einmal mit einem lebenden Ordensmitglied zu sprechen. Es ... es ist mir eine Ehre."

„Keine falsche Bescheidenheit, Herr Professor. Und auch du, Markus, ihr seid beide maßgeblich an der Aufdeckung der Legende der sieben Testamente beteiligt, wie ich nun weiß. Ich habe euch zu danken. Ich fürchte nur, der Orden wird mit mir sterben."

„Auf keinen Fall!", platzte es aus Samuel heraus. „Wir sind immer für dich da, wenn du uns brauchst."

„Samuel, das ist wirklich sehr freundlich von dir. Von euch allen. Ihr glaubt gar nicht, wie viel mir das bedeutet. Es ist so schön, dass ich in euch solch tapfere Mitstreiter gefunden habe. Das lässt mich hoffen, eines Tages die sieben Testamente zu finden und der Welt präsentieren zu können. Dann wird es selbst bei den Skeptikern kaum noch eine Diskussion darüber geben, ob die Bibel wahr ist."

Niko schaute auf die Uhr. „Ich unterbreche euch wirklich nur ungern, aber wir sollten aufbrechen. Deine Maschine ist startklar, Vater."

„Deine Maschine?", fragte Dominik erstaunt.

„Ja", lächelte Márkos. „Als Ehrengäste des Ordens werdet ihr natürlich in meinem Privatjet nach Hause gebracht."

„Uff." Samuel und seine Freunde waren beeindruckt.

Sie verabschiedeten sich voneinander und fuhren zum Flughafen Paphos. Márkos' Flugzeug stand schon bereit.

Samuel klappte die Kinnlade herunter. Er packte Paul. „Schau dir das an! Ist das nicht eine Gulfstream G500? Knapp 10 000 Kilometer Reichweite, fliegt fast mit Schallgeschwindigkeit."

„Willst du sabbern oder fliegen?" Sarah stupste ihn im Vorbeigehen an und lachte. An der Treppe blieb sie stehen und rief: „Möchten die Herren mir vielleicht Gesellschaft leisten?"

„Äh, ja klar." Paul und Samuel waren hin und weg. Den halben Flug über inspizierten sie das Flugzeug von vorne bis hinten und verbrachten viel Zeit im Cockpit. Der Kapitän und sein Copilot schienen sich über das Interesse der Jungs zu freuen. Der Rückflug dauerte keine vier Stunden. Sie landeten bereits am Nachmittag in München und waren pünktlich zum Abendessen zu Hause.

Samuel hatte seinen Eltern viel zu berichten. Mitten im Gespräch klingelte sein Handy. „Ja?"

„Mensch, Sam, wir haben was vergessen!", rief Paul aufgeregt ins Telefon.

„Was denn?"

„Das Konzert morgen!"

„Ach, du Sch..." Samuel griff sich an den Kopf. Ihm wurde heiß. Mit einem Mal war ihm der Appetit vergangen. Ein Blick auf die Uhr verriet ihm, dass in einer Stunde der bestellte Elektriker bei der Kirche aufkreuzen würde. Er schrieb schnell eine SMS an den Pfarrer und gab Paul Bescheid. Kurz darauf trafen sie sich am Haupteingang der Kirche. Der Glockenturm verkündete die volle Stunde, es war 19 Uhr. Von dem Elektriker keine Spur. Sie warteten über eine halbe Stunde.

Schließlich rutschte Samuel an der Mauer der Kirche herunter. „Ich glaub, mir wird schlecht."

„Oh Mann!" Paul rannte wie ein aufgescheuchtes Huhn hin und her. „Mensch, was machen wir denn jetzt?"

„Ich fürchte, heute machen wir gar nix mehr", hauchte Samuel, den alle Kraft verlassen hatte.

Da vibrierte das Handy des Pfarrers. Er las die Nachricht und schaute verdutzt drein. „Eine Nachricht von deinem Vater, Paul. Er schreibt, ich solle mir keine Sorgen machen. Alles wäre geklärt. Dann noch ... aber das darf ich euch nicht sagen."

Paul runzelte die Stirn, als sein Handy piepte. Er schaute nach und murmelte: „Jetzt hat er mir auch geschrieben. Samuel, er sucht uns."

„Aha."

„Er bittet uns darum, umgehend zu kommen."

„Schon gut, geh ruhig."

„Nein, wir beide!"

Samuel schaute irritiert auf. „Sicher?"

„Ja, jetzt mach schon!"

Mit einer Mischung aus Verwirrung und Unwohlsein radelten die beiden Jungs zu Paul nach Hause. Zu ihrer großen Überraschung öffnete nicht Pauls Vater die Haustür.

„Hallo, Jungs!"

„Alexis?" Samuel rieb sich die Augen.

Paul verstand nicht ganz. „Was machst du denn hier?"

Da kam Pauls Vater dazu und schmunzelte: „Wollt ihr nicht erst mal reinkommen?"

Alexis setzte sich gemütlich hin und begann, Tee zu trinken.

„Och Mann, bitte spannt uns heute nicht so auf die Folter."

Samuel nickte. „Ist kaum auszuhalten. Bitte!"

„Ich hab gehört", setzte Alexis an, „ihr habt ein ... sagen wir mal ... elektrisches Problem."

„In der Tat", bestätigte Samuel unruhig.

Paul erzählte die ganze Geschichte, wie er Samuel um Hilfe gebeten hatte und dann ein Unglück dem nächsten gefolgt war. Alexis hörte aufmerksam zu und schlürfte ab und zu etwas Tee.

„Das Dumme ist, wir haben uns darauf verlassen, dass heute der Elektriker kommt. Ist er aber nicht", erklärte Samuel.

Paul ergänzte: „Zu allem Überfluss ist morgen Samstag. Da hat das nötige Fachgeschäft gar nicht geöffnet."

„Okay!", sagte Alexis und stellte seinen Tee beiseite.

„Okay? Nichts ist okay. Wir haben Panik."

Alexis stand auf und holte sein Handy. „Samuel, zunächst einmal möchte ich dir sagen, dass ich beeindruckt bin, wie du dich für deine Freunde ins Zeug legst."

„Hm, danke."

„Ich habe hier auf meinem Handy eine Liste zusammengestellt. Darauf stehen so Dinge wie Kabel, Sicherungskasten samt Sicherungen, Beleuchtungstechnik und Werkzeuge."

„Schöne Liste", grummelte Samuel. „Alles Dinge, die wir brauchen."

Alexis lächelte: „Dann komm ich direkt zum Punkt. Darf ich euch meine Hilfe anbieten? Ich habe schon das eine oder andere elektrische Problem gelöst."

„Machst du Witze?" Samuels Gesicht hellte sich auf. „Wir nehmen deine Hilfe natürlich gerne an! Aber das Zeug von der Liste ..."

„... liegt schon im Auto." Alexis schob die Gardine beiseite und wies nach draußen.

„Was?" Paul und Samuel drückten sich die Nasen am Wohnzimmerfenster platt.

„Diesen Transporter habe ich gestern mit allem nötigen Equipment beladen, das wir brauchen, um die Stromversorgung und die Beleuchtungsanlage zu reparieren."

„Krass. Dafür bist du extra einen Tag früher geflogen?"

Mit leuchtenden Augen meinte er noch: „Ja, aber ich muss euch sagen, einen Flug in einer G500 nehme ich gerne wieder in Kauf."

„Das kannste laut sagen", bestätigte Paul lachend.

Samuel sah nachdenklich aus dem Fenster und murmelte: „Jetzt fehlen uns noch ein Verstärker und ein Mischpult für die Tontechnik. Hm ..." Auf einmal holte er tief Luft und sagte: „Also, ich muss nach Hause. Wir sehen uns dann morgen."

„Wäre euch 8 Uhr recht?", fragte Alexis.

„Ja, klar."

„Dann bis morgen!"

„Ciao!"

Innerlich aufgewühlt radelte Samuel nach Hause. Er musste diese neue Wendung erst einmal in seinem Kopf sortieren. Dass Alexis gekommen war, machte ihn sehr froh, aber das Problem war noch nicht völlig gelöst. Als er später im Bett lag, konnte er lange Zeit nicht einschlafen. Er stand wieder auf und ging auf und ab. Schließlich ließ er sich vor seinem Computer nieder und raufte sich die Haare. Da fiel sein Blick auf das Mischpult, das neben ihm stand. Direkt darunter der Verstärker. Morgen fand das Dubstep-Festival statt. Unruhig stand er auf und lief wieder hin und her. Dabei blieb sein Blick an einem Bild haften, das ihm Sarah vor einigen Jahren geschenkt hatte. Dort stand in kunstvollem Handlettering geschrieben: *soli deo gloria*. Er wusste, was es bedeutete: Gott allein die Ehre. Mit einem Mal verstand er. Auf der Stelle setzte er sich auf den Boden und betete: „Herr Jesus, du kennst mich. Du weißt, was ich denke und fühle und wie ich mich auf das Festival freue. Auf der anderen Seite will ich meine Freunde nicht im Stich lassen. Ich könnte meine eigene Technik zur

Verfügung stellen, aber, wie mein Vater wohl sagen würde, dann vermassle ich mir eine große Chance, einen guten Ruf in der Musikszene aufzubauen. Herr, was soll ich tun? Schenke mir bitte Weisheit für die richtige Entscheidung. Amen."

Als Samuel am nächsten Morgen aufwachte, fiel sein Blick als Erstes auf den Handlettering-Spruch. Gott allein die Ehre, hallte es in seinen Gedanken wider.

„In Ordnung!" Er sprang aus dem Bett und begann sofort damit, sämtliche Kabel von Mischpult und Verstärker zu lösen. Dann holte er die passenden Transportkoffer in sein Zimmer, verpackte alles, was er hatte, und stapelte mehrere Kisten und Koffer im Flur.

Fast wäre seine Mutter darüber gestolpert, als sie nachsehen wollte, wer am frühen Morgen so einen Lärm verursachte: „Guten Morgen, Samuel. Räumst du um?"

„Was? Nein. Ach so ... sorry, war ich zu laut? Das ist meine gesamte Tontechnik."

„Aber was willst du denn damit?"

„Ich ... löse ein Versprechen ein."

„Oh, gut. Ich bereite inzwischen das Frühstück vor."

Verschlafen kam sein Vater aus dem Badezimmer. „Morgen." Er rieb sich die Augen. „Was ist denn hier los?"

„Moin, Dad. Kannst du mich zur Kirche fahren?"

„Ja, sicher. Wann denn?"

„So schnell wie möglich."

Sein Vater streckte sich. „Darf ich vorher noch aufwachen?"

Samuel lachte: „Klar doch. Du darfst dich sogar noch anziehen."

Pünktlich um 7.55 Uhr hatten sie die Kirche erreicht, und Samuel lud die ganzen Kisten aus dem Auto seines Vaters.

„Wann soll ich dich wieder abholen?"

„Das wird eine Weile dauern. Am besten heute Abend, nach dem Konzert."

„Oh, das trifft sich gut. Deine Mutter und ich haben beschlossen, das Konzert zu besuchen." Dann grinste er. „Da wären wir gerade zufällig in der Nähe und könnten dich mitnehmen."

Samuels Laune wurde immer besser. Obwohl es ihn erst noch etwas Überwindung gekostet hatte, sein Festival sausen zu lassen, konnte er sich nun immer besser auf das bevorstehende Projekt freuen. Da kamen auch schon seine Freunde angefahren. „Halloho."

„Hi Leute!"

Alexis fuhr im Transporter vor. Er stieg aus und warf einen wohlwollenden Blick auf Samuels Kistenstapel. „Aha. Du hast eine Lösung für das Soundproblem gefunden?"

Samuel nickte eifrig.

„Wusste ich's doch. Ich hatte bei dir von Anfang an den Eindruck, dass du der Typ bist, der so lange nicht ruht, bis er ein Problem beseitigt hat."

Ein Kompliment von jemandem wie Alexis zu bekommen war etwas Besonderes. Samuel wurde ganz rot im Gesicht.

Alexis öffnete die Hecktüren des Transporters. „Wenn ihr mir beim Ausladen helft, sind wir schneller fertig."

Gemeinsam packten alle mit an. Im Handumdrehen waren Samuels Stapel und der gesamte Inhalt des Transporters in die Kirche gebracht worden. Die nächsten Stunden verbrachte Alexis damit, den zerstörten Sicherungskasten zu ersetzen und wenigstens einige der maroden Stromleitungen und Steckdosen auszutauschen. Samuel und seine Freunde halfen, so gut es ging.

Die fünf fleißigen Arbeiter merkten gar nicht, wie die Zeit verging. Erst als Pauls Mutter mit dem Mittagessen vorbeikam, schwante ihnen, dass es langsam knapp werden würde.

Doch Niko gab Entwarnung: „Soweit steht alles wieder."

„Ufff", keuchte Paul, „da bin ich aber froh."

Alexis nahm sich ein Würstchen und kaute eine Weile darauf herum. Dann schaute er die Kinder eindringlich an. „Habt ihr gewusst, dass neben dem Mischpult auch der Sicherungskasten sabotiert wurde?"

„Wie bitte?" Entrüstet sprang Paul auf. „Das meinst du nicht ernst!"

„Leider doch." Alexis zog eine Metallklemme aus der Hosentasche und hielt sie hoch. „Solche Klemmen habe ich im verschmorten Sicherungskasten gefunden. Dadurch wurden die Sicherungen überbrückt, und die Technik bekam zu viel Strom ab. Normalerweise hätte das alles nicht passieren dürfen. Denn wenn ein Endgerät defekt oder manipuliert ist, kann es natürlich passieren, dass zu viel Strom verbraucht wird. In solchen Fällen fliegt aber normalerweise die Sicherung raus. Aber wegen der Überbrückung im Sicherungskasten funktionierte das nicht."

„Soll das etwa heißen, jemand hat uns absichtlich sabotiert?" Samuel war außer sich.

„Genau so sieht es aus. Ich muss euch sagen, das war echt gefährlich. Ich meine es extrem ernst, wenn ich sage: Gott sei Dank, dass euch nichts passiert ist."

Sarah schüttelte den Kopf. „Ich fass es nicht. Wer sollte denn so etwas tun?"

Paul schaute Samuel herausfordernd an. „Wenn ich mich recht erinnere, hast du damals beim Aufbauen schon einmal eine Vermutung angedeutet, bist aber nicht ins Detail gegangen. Ich glaube, jetzt wäre ein guter Zeitpunkt."

Samuel seufzte. „Na schön. Ihr erinnert euch sicherlich an die Feier, die der Bürgermeister uns zu Ehren veranstaltet hatte."

„Ja, klar", nickte Dominik. „Wie könnte ich das vergessen. Wir durften essen, so viel wir wollten."

Sarah lachte. „Oh ja, wie solltest du das vergessen? Aber der eigentliche Grund war die Rettung der Stadt durch uns."

„Genau." Samuel holte tief Luft: „Schon damals haben die *Black Eagles* begonnen, uns zu gängeln. Euch ist sicher nicht entfallen, dass sie in den letzten Monaten immer mal wieder versucht haben, Streit mit uns anzufangen. Vor zwei Wochen schließlich gab es eine kleine ... Rangelei zwischen deren Bandenchef und mir."

„Hey! Davon hast du uns gar nichts erzählt." Dominik verschränkte beleidigt die Arme.

„Ich wollte das nicht an die große Glocke hängen."

„Was war der Grund für euren Streit?", forschte Paul.

„Er meinte, wenn wir nicht verschwänden, würde er dafür sorgen."

„Eine Drohung", erkannte Alexis. „Ihr solltet künftig die Augen offen halten. Ich fürchte, das wird nicht der letzte Zusammenstoß sein. Solche Leute versuchen es immer weiter. Bis ..."

Dominik stand auf und versuchte, das Thema zu wechseln. „Leute, diesen Fall sollten wir später diskutieren. Ich glaube, jetzt müssen wir uns erst einmal um Licht und Ton kümmern, oder?"

„Dom hat recht", stimmte Samuel zu. „Meine Kisten."

Gemeinsam bauten sie die neue Lichtsteuerung, eine neue Stromverteilung, den Verstärker und das Tonmischpult auf. Samuel schloss alle benötigten Kabel an seine Geräte.

„Okay, nun der Augenblick der Wahrheit." Paul schaltete den Sicherungsschalter am neuen Stromverteiler ein. „Et voilà!"

„Juhuu! Es funktioniert!", jubelten Sarah und Dominik.

Samuel hielt inne und schien auf den nächsten Knall zu warten. Doch da kam nichts. Schließlich holte er tief Luft und entspannte sich endlich. „Alexis, du kannst dir gar nicht vorstellen, wie froh ich bin, dass du uns geholfen hast."

„Keine Ursache. Hab ich doch gern gemacht. Weißt du, mein Ziel war es immer, jemand zu sein, auf den sich die Leute verlassen können." Dann lachte er und meinte: „Hast du ein Problem mit Strom? Ruf Alexis an!" Und alle lachten mit. Endlich war ihnen wieder nach Lachen zumute.

„Dann mal ab nach vorn mit euch!", rief Samuel.

„Jawohl, jetzt gibt's endlich den Soundcheck."

Sarah und Dominik sangen, sprachen und machten allerlei Quatsch beim Tontest. Paul klimperte auf den Instrumenten herum. Alles lief perfekt.

„Okay, dann lasst uns mal die Kisten hinter dem Altar verstauen, dort stören sie niemanden." Als Samuel eine der großen Kisten nach hinten schleppte, sah er nicht, wohin er trat. Prompt stolperte er in ein Loch. „Aua!" Er stürzte, konnte sich aber gerade noch an der Wand abfangen. „Blödes Loch. Hier bin ich doch schon einmal gestolpert." Er stellte die Kiste ab und schaute sich das Loch genauer an. „Moment mal. Das kommt mir seltsam bekannt vor. Wo ...?"

„Alles klar bei dir, Sam?", erkundigte sich Paul, der das Gepolter gehört hatte.

„Ja, bring mir doch bitte mal meinen Rucksack!"

„Hier, bitte."

„Danke." Samuel holte das Steinmedaillon heraus, das er in dem Schiffswrack gefunden hatte, und betrachtete es gründlich. „Also, wenn das jetzt passt, fress ich 'nen Besen." Er steckte das Medaillon in das Loch. Es passte perfekt.

„Wer braucht einen Besen?", fragte Dominik und brachte tatsächlich einen Handfeger herbei.

Samuel und Paul lachten los. Das lockte Alexis und Sarah an. „Hey, was treibt ihr da hinten?"

„Ach, nichts weiter. Nur ein Geheimnis lüften", scherzte Paul.

„Erinnert ihr euch an das Steinmedaillon, das ich bei unserem Tauchgang gefunden habe? Seht mal, es passt perfekt in dieses Loch im Boden."

„Und es trägt ein Templerkreuz auf der Rückseite."

„Ja, ich habe mich schon gefragt, wieso das Kreuz aus dem Stein herausragt. Sieht fast wie ein Drehknopf aus."

„Erinnert ein wenig an die Deckel auf Zypern", stellte Sarah fest. „Nur ist dieses hier wesentlich größer."

„Na, dann dreh mal dran!", forderte Dominik ihn auf.

Samuel zögerte: „Paul, ruf deinen Vater an. Ich glaube, er und der Professor sollten dabei sein."

Die nächsten Minuten des Wartens erschienen Dominik wie eine Ewigkeit. „Wieso dauert das so lange?"

„Ach, Dom, du musst dich dringend ein wenig in Geduld üben." Sarah lächelte und tätschelte ihn behutsam.

Da hörten sie die knarrende Kirchentür, und Pauls Vater kam in Begleitung des Professors und der Archivarin herein. „Ihr habt gerufen? Hier sind wir. Paul hat etwas von einem Geheimnis erwähnt."

In kurzen Worten erzählte Samuel von dem Loch und seiner Idee, das Medaillon hineinzustecken.

Markus ermunterte Samuel, den Knopf zu betätigen: „Nun, dann schlage ich vor, du versuchst dein Glück."

Zaghaft versuchte Samuel, das Kreuz zu drehen. Es rührte sich nicht. Dann etwas kräftiger. „Es geht nicht. Entweder ist das kein Mechanismus oder er klemmt."

Markus kniete sich daneben und griff mit zu. „Auf drei. Eins, zwei, drei!" Gemeinsam drückten und zogen sie mit aller Kraft an dem Kreuz. Endlich: „Es gibt nach!"

„Weiter!" Mit vereinten Kräften gelang es ihnen schließlich, das Kreuz dreimal im Uhrzeigersinn zu drehen. Am Ende der dritten Umdrehung spürten sie plötzlich einen Ruck unter sich. Reflexartig wichen sie zurück. Die Vibrationen wurden immer stärker. Auf einmal begann sich eine der Bodenplatten zu senken. Tiefer. Immer tiefer. Bis sie schließlich zum Stehen kam und den Blick in einen absolut dunklen Raum freigab.

„Wow! Ein verborgener Raum", freute sich Dominik.

„Hat zufällig jemand eine Taschenlampe dabei?" fragte Markus in die Runde. „Ich kann absolut nichts da unten erkennen."

Samuel zückte sein Handy und hielt es Markus vor die Nase.

Markus leuchtete nach unten. „Okay", sagte er gedehnt. „Das geht etwa zwei bis drei Meter runter. Eine Leiter ..."

Schon rannte Dominik los, holte eine Leiter aus dem Vorraum und ließ sie vorsichtig nach unten gleiten. „So, wer zuerst?"

„Samuel hat das Medaillon gefunden. Lassen wir ihm die Ehre", schlug Pauls Vater vor.

Nacheinander kletterten alle nach unten und fanden sich in einem kleinen Raum wieder.

„Das ist ja interessant", meinte Sarah. „Schaut euch mal die Deckenkonstruktion an. Woran erinnert euch das?"

Samuel erkannte es sofort. „An die unterirdische Kapelle auf unserem Hof?"

Sarah nickte. „Das kann kein Zufall sein."

Auf der anderen Seite des Raumes befand sich eine massive Steinkonstruktion.

„Was ist das?", wunderte sich Paul. „Sieht fast wie ein Altar aus."

„Da steht eine kleine Truhe darauf", ergänzte Samuel. „Sie trägt eine Inschrift ... *TESTAMENTUM.*"

„Das vierte Testament. Juhuu!" Dominik und Samuel klatschten sich ab.

„Herr Professor", wandte Samuel sich feierlich an ihn, „würden Sie mir die Ehre erweisen und die Truhe öffnen?"

Der Professor nickte. Vorsichtig hob er den Deckel an.

„Oh mein ... das ist ... unglaublich!", rief er laut aus und ließ den Deckel wieder zufallen. Er machte einen Satz zurück und sah aus, als hätte er einen Geist gesehen.

„Professor, was ist los? Was haben Sie gesehen?"

„Ddd... da... da... das ... kann nicht sein."

Nun war Markus' Neugier geweckt. Er öffnete den Deckel der kleinen Truhe. „Ach, du meine Güte!" Auch er ließ den Deckel wieder zufallen und griff sich an den Kopf.

Jetzt wurde es Samuel zu bunt. Er beschloss, selbst nachzusehen. „Also gut, lüften wir das Geheimnis, das unsere alten Herren so fertigmacht." Langsam hob er den Deckel an. „Boah ey, ganz schön schwerer Deckel. Ist der aus Blei?"

Paul leuchtete hinein.

Als Samuel den Inhalt erkannte, hielt er die Luft an. Im Innern der mit rotem Samt ausgekleideten Truhe lagen eine Schriftrolle und ein Holzstück.

„Ein Stück Holz?", fragte Dominik irritiert.

Samuel nickte. „Es scheint aber nicht irgendein Stück Holz zu sein. Seht ihr das?"

Paul kniff die Augen zusammen und versuchte, die Holztafel aus verschiedenen Richtungen auszuleuchten. Schließlich versuchte er sie zu lesen. „Da steht etwas drauf. IV ... DAEOR ... VM."

„Ich glaub, mir wird schwindelig." Der Professor schnappte nach Luft.

Sarah half ihm, sich hinzusetzen.

Ohne noch einmal hineinzusehen, flüsterte Markus: „Du musst das V wie ein U lesen. Es ist Lateinisch."

Paul las noch einmal: „Okay, also *IU-DAEORUM.*"

Samuel klappte die Truhe wieder zu. „Judaeorum", murmelte er. „Das hab ich irgendwo schon mal gelesen."

„Es ist die Kreuzesinschrift." Markus erlangte die Fassung langsam wieder. „Es könnte sein, dass dort das älteste schriftliche Dokument über Jesus in der Truhe liegt."

Jetzt begann Dominik, die Tragweite langsam zu begreifen. „Soll das heißen, wir haben hier die Tafel mit der Inschrift vom Kreuz Jesu vor uns liegen? Das wäre ja unglaublich!"

„Allerdings! Wenn es denn echt ist", keuchte der Professor.

Die Archivarin war erstaunlich still geblieben. Erst jetzt wagte sie, sich der Truhe zu nähern. Vorsichtig hob sie den Deckel an und begann zu weinen. „So lange ... suchte ich nach einem echten Beweis. Dabei lag es hier in Villstein ... all die Jahre."

Sarah nahm die Schriftrolle heraus, rollte sie auseinander und stöhnte: „Och nee, das kann ja kein Mensch lesen. Ist das Lateinisch?"

Markus schaute sich die Schriftrolle an. „Ja, das ist Lateinisch. Warte, da steht sinngemäß, dass im Jahre 1307 ein Aufschrei durch den Orden der Armen Ritterschaft Christi und des salomonischen Tempels zu Jerusalem ging." Markus überlegte: „1307 ... in diesem Jahr begann die massive Verfolgung der Tempelritter. Der französische König Philipp IV. verhängte einen Haftbefehl gegen alle Templer und ließ nahezu alle, die er fangen konnte, foltern und umbringen." Dann wandte er sich wieder der Schriftrolle zu. „Hier steht, dass man auf Zypern von dem Ungemach hörte und die Flucht vorbereitete. In Pissouri warteten drei Schiffe. Auf zwei Schiffen wurde Gold und Silber verladen, im dritten ... ein Teil der Tafel des HERRN." Markus schaute den Professor an, dann die Kinder. „Ihr müsste wissen, vor vielen Jahren, genauer gesagt 1492, wurde in Rom schon einmal ein solches Holzfragment gefunden und als Teil der Kreuztafel identifiziert. Der zweite Teil galt als verloren."

„Wenn Untersuchungen zeigen, dass dieses Holzfragment echt ist und zu dem anderen Teil passt, das sich in Rom befindet", führte der Professor den Gedanken weiter aus, „dann ... dann wäre das eine Sensation. Das wäre die größte Entdeckung, die wir jemals gemacht haben."

Inzwischen hatte sich der Professor wieder aufgerappelt und noch einmal einen Blick in die Truhe geworfen. „Dass ich das noch erleben darf. Unglaublich."

„Die Schriftrolle endet mit den Worten: Möge dieses Holz der ganzen Welt zum Segen werden, indem es das Leben unseres heiligen Herrn Jesus Christus von Nazareth bestätigt."

Auf einmal war es ganz still. Dieser Moment war etwas ganz Besonderes. Die Zeit schien stillzustehen. Doch allmählich drangen immer mehr Stimmen an ihre Ohren.

Paul erschrak: „Oh Mann! Das Konzert!"

Markus schlug vor, erst einmal alles so zu lassen, wie es war, und den Raum wieder zu verschließen: „Wir können uns später darum kümmern." Dann lächelte er. „Ich schätze mal, einen weiteren Tag wird der Fund noch da unten aushalten."

Das anschließende Konzert wurde ein voller Erfolg.

Am Ende der Vorstellung kam ein gut gekleideter Mann in die Technikecke geschlendert. „Guten Abend, die Herren, die Dame. Mein Name ist Friedrich Lange. Darf ich fragen, wer die technische Leitung für den Abend hatte?"

Samuel stellte sich vor: „Guten Abend. Also, das war ich, Samuel Goosenbach."

„Wie alt bist du?"

„Ich bin fünfzehn."

„Fünfzehn? Erstaunliche Leistung. Das war ein gelungener Abend. Licht und Ton nahezu perfekt aufeinander abgestimmt. Saubere Gesangsakustik. Sogar mit den Echos der Kirche bist du recht gut klargekommen. Machst du so etwas häufiger?"

Samuel wurde ganz warm ums Herz. Da schien jemand etwas von der Materie zu verstehen und machte ihm Komplimente. Er räusperte sich: „Na ja, immer wenn sich die Gelegenheit bietet. Ansonsten komponiere und mixe ich Musik."

„Faszinierend. Du spielst nicht zufällig ein Instrument?"

„Schon. Klavier und ein wenig Gitarre. Warum fragen Sie?"

„Nun, ich bin Vorsitzender des Ausschusses für Stipendiaten an der Hochschule für Musik in Detmold."

„Detmold, sagen Sie?" Samuel schaute seine Freunde ganz aufgeregt an. „Das ist eine der besten Musikschulen Europas."

„Ah, du kennst uns also schon", freute sich Herr Lange.

„Na ja, was heißt kennen. Da ich ein ziemlicher Musiknarr bin – hauptsächlich im technischen Bereich –, habe ich mich mal ein wenig schlaugemacht. Leider habe ich herausgefunden, dass es wohl sehr schwer ist, im Erich-Thienhaus-Institut unterzukommen."

„Das klingt schon sehr zielgerichtet. Welchen Studiengang hast du dir angeschaut?"

„Ich weiß nicht, ob ich das schon als Ziel beschreiben würde. Ich würde gern Tonmeister in der Musikregie werden."

„Dann habe ich gute Nachrichten für dich, Samuel. Wir halten uns stets die Option offen, besondere Menschen zu entdecken und sie mit einem Stipendium zu unterstützen. Natürlich musst du die Aufnahmeprüfung absolvieren und bestehen. Aber davon unbenommen möchte ich dir gern ein solches Stipendium anbieten. Es ist aktivierbar, sobald du die Schule erfolgreich beendet hast."

Samuel fehlten die Worte. „Wie ... komme ich zu der Ehre?"

„Wie ich schon sagte, ich war begeistert von deiner technischen Leistung und glaube, dass großes Potenzial in dir steckt. Also, was sagst du?"

„Ja! Vielen Dank!"

„Sehr schön. Hier ist meine Visitenkarte. Bitte ruf mich in den nächsten Tagen einmal an. Am besten nachmittags. Ich wünsche euch noch einen schönen Abend."

„Auf Wiedersehen!" Samuel konnte es kaum fassen. „Leute, wie kraaaaassss ist das denn?"

Sarah, Paul, Samuel und Dominik tanzten vor Freude.

Aus den Augenwinkeln nahm Samuel wahr, wie die Archivarin einen Anruf bekam und plötzlich ein sehr betroffenes Gesicht machte. Er winkte seinen Freunden und ging zu ihr. „Clara, alles okay?"

Erschrocken sah sie auf. „Ja, also ... nein. Ich bekam gerade einen Anruf vom Büro, das heißt vom Rathaus. Im Rahmen einer regelmäßigen Sicherheitskontrolle der Computersysteme wurde ein Spionageprogramm auf meinem Laptop entdeckt. Es hatte meinen Terminplaner und den Notizblock angezapft."

Inzwischen war Paul dazukommen. „Aha! So konnte Sektion13 alle unsere Aktivitäten überwachen."

Samuel verschränkte die Arme. „Clara, es kann sein, dass man sämtliche Daten gestohlen hat, die du jemals über den Orden der Archivare, die sieben Testamente und deine Familie gesammelt hast. Du solltest Màrkos informieren. Das könnte für ihn zur Gefahr werden."

Die Archivarin senkte traurig den Kopf. „Ja", seufzte sie, „ich weiß. Es tut mir leid."

Paul winkte ab. „Pfff. Das ist ja nicht deine Schuld. Ab sofort keine solche Daten mehr auf deinem PC", sagte Paul streng.

Da kam Samuels Vater. „Samuel, ich bin sehr stolz auf dich."

„Ach ja?"

„Ehrlich! Wie ich hörte, hast du das alles hier gemacht, um deinen Freunden zu helfen, und du hast dabei große Verantwortung übernommen. Durch dieses Benefizkonzert kommt bestimmt eine gute Spendensumme zusammen, um die Rehaklinik zu unterstützen. Du setzt dich also für das Wohl vieler ein. Das ... beeindruckt mich. Ich denke, das ist das größte Ziel, das man im Leben verfolgen kann."

„Danke, Dad." Samuel war erstaunt. Doch dann setzte er noch einen drauf: „Das ist noch nicht alles."

Sein Vater schaute ihn erwartungsvoll an.

„Ich muss dir was sagen." Etwas unsicher warf er seinen Freunden einen Blick zu, die ihm aufmunternd zunickten. „Okay, also ... ich weiß jetzt, was ich werden will."

„Da bin ich aber gespannt."

„Ich möchte Toningenieur werden, mit der Spezialrichtung Musikregie. Du hast dich immer gefragt, wofür ich die ganze Technik brauche, die sich zu Hause in meinem Zimmer stapelte. Nun ... zunächst mal ... hierfür." Samuel zeigte seinem Vater seine Technik, die hier zum Einsatz gekommen war.

Sein Vater schien überrascht zu sein. „Sekunde ... hattest du heute nicht eigentlich irgend so ein Musikfestival? Die Technik sollte doch dafür genutzt werden."

„Ja, das stimmt."

Sarah preschte hervor und klopfte Samuel auf die Schulter. „Sie können stolz auf Ihren Sohn sein. Samuel ist nicht nur ein super Teamkollege, sondern auch ein begabter Musiktechniker.

Er hat uns sehr geholfen. Das hat er so gut gemacht, dass er sogar ein sehr seltenes Angebot bekommen hat."

„Was für ein Angebot?"

Samuel erklärte: „Gerade eben hat uns ein wichtiger Mann von der Musikhochschule Detmold besucht. Von der Schule hatte ich dir ja schon einmal berichtet. Er war von meiner technischen Leitung heute Abend so überzeugt, dass er mir ein ... Stipendium angeboten hat."

„Ist nicht wahr!" Samuels Vater schnappte nach Luft, machte einen Schritt zurück und hielt sich die Hand vor den Mund. Dann sprang er auf Samuel zu und umarmte ihn. „Mein Sohn, ich ... ich weiß nicht, was ich sagen soll. Klasse, einfach klasse." Er war so bewegt, dass ihm schier die Worte fehlten. „Ich verstehe gar nicht, wie ich dich so unterschätzen konnte. Offenbar wollte ich nur, dass du das machst, was ich mir für deine Karriere vorgestellt hatte. Aber du ... bist so viel mehr."

„Hey Dad, ist schon gut."

Doch Samuels Vater drückte ihn noch fester

„Papa, doch nicht vor den anderen. Ich krieg keine Luft."

Alle lachten und freuten sich miteinander, als Professor Cardiff dazukam, ihnen gratulierte und fragte: „Sagt mal, wart ihr eigentlich schon mal in Ägypten? Ich könnte eure Hilfe gebrauchen. Ich habe gerade eine mysteriöse Nachricht von einem Freund bekommen. Er schreibt von großer Weisheit, verborgen im Sand."

„Ein neues Abenteuer?", horchte Dominik auf.

Samuel lachte. „Aber erst helft ihr mir beim Aufräumen!"

Gemeinsam erlebten sie noch einen langen, fröhlichen Abend am Lagerfeuer. Sie hatten sich alle so viel zu erzählen.

Samuel und seine Freunde beschlossen spontan, die Nacht im Zelt zu verbringen, und überlegten bereits fieberhaft, was es mit dieser geheimnisvollen Botschaft auf sich haben könnte.

Zum Nachlesen ...

Verzeichnis der im Buch genannten Bibelstellen:

Auf Seite 79 wirst du an Ehrlichkeit erinnert.
Bibelstelle: 3. Mose 25,17 *(Neue evangelistische Übersetzung):*
Niemand soll seinen Nächsten ausnutzen.
Fürchte dich vor deinem Gott, denn ich bin Jahwe, euer Gott!

Auf Seite 84 erfährst du, wie Gott uns sieht.
Bibelstelle: 1. Samuel 16,7 *(Lutherbibel):*
Aber der HERR sprach zu Samuel: Sieh nicht an sein Aussehen und seinen hohen Wuchs; ich habe ihn verworfen. Denn es ist nicht so, wie ein Mensch es sieht: Ein Mensch sieht, was vor Augen ist; der HERR aber sieht das Herz an.

Auf Seite 90 lernst du, dass Gott der Stärkere ist.
Bibelstelle: Apostelgeschichte 13,4-12 *(Neue evang. Übersetzg.):*
Vers 12: Als der Prokonsul sah, was geschehen war,
kam er zum Glauben, höchst erstaunt über die Lehre des Herrn.

Auf Seite 109 findest du eine Idee, um Gutes zu tun.
Bibelstelle: Sprüche 25,21 *(Neue evangelistische Übersetzung):*
Wenn dein Feind hungrig ist, gib ihm zu essen,
wenn er Durst hat, gib ihm zu trinken.

Auf Seite 134 findest du die Quelle des Lebens.
Bibelstelle: Psalm 36,10 *(Neue evangelistische Übersetzung):*
Denn bei dir ist die Quelle des Lebens,
in deinem Licht sehen wir das Licht.

Auf Seite 140 siehst du, wie wichtig der Glaube ist.
Bibelstelle: Johannes 5,24 *(Neue evangelistische Übersetzung):*
Ich versichere euch: Wer auf mein Wort hört und dem glaubt, der mich gesandt hat, der hat das ewige Leben. Auf ihn kommt keine Verurteilung mehr zu; er hat den Schritt vom Tod ins Leben getan.

Zum Nachforschen ...

Autor: „Als Christ glaube ich daran, dass alles, was in der Bibel steht, von Gott inspiriert und wahr ist. Alles rund um den Orden der Archivare, die sieben Testamente, Sektion13 und das gefundene Fragment der Kreuzestafel ist frei erfunden."

Tipps und Wissenswertes:

Kontor

Ein Kontor ist eigentlich eine Handelsniederlassung für Kaufleute aus dem Ausland. Vor allem in den großen Kontoren (zum Beispiel in Bergen, in Deutschland) wurde der ausländische Seehandel abgewickelt. Dass der Orden der Archivare in Villstein ein Flößereikontor betrieb, war also ungewöhnlich. Pauls Vater Markus versucht, mehr darüber herauszufinden.

Tempelritter

Die Tempelritter – auch Templer genannt – wurden vermutlich um 1118 n. Chr. in Jerusalem gegründet. Ihr ursprünglicher Name lautet *Orden der armen Ritterschaft Christi vom salomonischen Tempel*. Hugo von Payens gründete mit einigen Mitrittern den Orden, der es sich zur Aufgabe gemacht hatte, Pilger aus Europa zu schützen, die die heiligen Stätten in Israel besuchen wollten. Später wurde der Orden mehrmals stark vergrößert und nahm vielfältige Aufgaben wahr.

Kreuzestafel

Das wichtigste Ereignis der Menschheitsgeschichte: die Kreuzigung von Jesus Christus. In der Bibel, in Johannes 19,19, erfahren wir, dass der damalige Statthalter Pilatus ein Schild am Kreuz anbringen ließ. Auf dieser Tafel stand geschrieben: *Jesus von Nazaret, König der Juden.*

Auf unserer Website kannst du weiterstöbern und viele interessante Dinge erkunden: ***www.testament7.de***.

Wie alles begann ...

Testament7 (Band 1)
Das Buch der Wahrheit

Gb., 192 S.
ISBN 978-3-86353-582-7
Best.-Nr. 271 582

Testament7 (Band 2)
Das Geheimnis von Villstein

Gb., 192 S.
ISBN 978-3-85810-520-2
Best.-Nr. 271 583

Testament7 (Band 3)
Das Pergament des dritten Zeugen

Gb., 208 S.
ISBN 978-3-86353-584-1
Best.-Nr. 271 584

Das Abenteuer geht weiter!

Das Team rund um Paul, Dominik, Sarah und Samuel hat bereits drei der sieben Testamente gefunden. Wenn du wissen möchtest, wie und wann es weitergeht, dann laden wir dich gern ein, auf unserer Website ein wenig zu schmökern. Dort findest du Informationen rund um unser Team, die Stadt Villstein und viele weitere interessante Themen.

Vielen Dank fürs Lesen und bis bald! ;)

Im Internet findest du uns unter:
www.testament7.de

Oder du scannst den folgenden QR-Code
mit deinem Smartphone ein:

Ein Mensch sieht,
was vor Augen ist,
der HERR aber
sieht das Herz an.
1. Samuel 16,7